Olivier Adam
Gegenwinde

Roman

Aus dem Französischen von
Andrea Springler

Klett-Cotta

Klett-Cotta
www.klett-cotta.de
Die Originalausgabe erschien unter dem Titel »Des vents contraires«

Printed in Germany
Schutzumschlag: Rothfos & Gabler, Hamburg
Unter Verwendung eines Fotos von Peter Marlow/Magnum Photos/
Agentur Focus
Gesetzt von r&p digitale medien, Echterdingen
Gedruckt und gebunden von fgb, freiburger graphische betriebe,
Freiburg im Breisgau
ISBN 978-3-608-93887-6

Für Karine,
in mancherlei Hinsicht.

»On ne refait pas sa vie
On continue seulement
On dort moins bien la nuit
On écoute patiemment
De la maison les bruits
Du dehors
L'effondrement«

[Man fängt kein neues Leben an
Man macht bloß weiter
Man schläft nicht mehr so gut
Man horcht geduldig
Im Haus auf die Geräusche
Draußen
Den Einsturz]

Philippe Djian / Stephan Eicher
»Tu ne me dois rien«

I
NACHSAISON

DAS KLASSENZIMMER LEERTE sich allmählich, die Kinder ließen ihre Ausmalbilder liegen, standen von ihren Stühlchen auf und stürzten sich in die Arme ihrer Eltern, wohlwollend beobachtet von der Lehrerin, einer schüchternen, zarten jungen Frau, der ich fast drei Monate lang nichts vorzuwerfen gehabt hatte. Manon hatte ihr zum Abschied einen Kuss auf die Lippen gedrückt, und sie hatte nicht mit der Wimper gezuckt, mit glänzenden Augen hatte sie uns alles Gute gewünscht: Sie beneidete darum, dass wir an die Küste zögen. Ich fand Manon am anderen Ende des Raums, wo sie zwischen Kaufladenauslagen mit Plastikgemüse Hannah umschlang, die beiden klammerten sich aneinander, hatten Angst vor der Trennung. Hannah war ein blässliches Mädchen, und ich wusste von ihr nicht einmal, ob sie sprechen konnte. Sie war zwei- oder dreimal bei uns gewesen, die beiden hatten den ganzen Nachmittag gespielt, versteckt unter der Tamariske, deren Zweige sich so tief herabbogen, dass sie eine Hütte bildeten, ich bekam sie nur zu Gesicht, wenn ich ihnen ein Glas Milch ein Stück Brot einen Riegel Schokolade brachte, und damit saßen sie dann an dem verrosteten Eisentisch, von dem die weiße Farbe abblätterte. Manchmal hatte die kleine Hannah zum Hochhaus B von Les Bosquets hinaufgeblickt, dort wohnte sie, und diese umgekehrte Perspektive muss ihr sonderbar vorgekommen sein, von ihrem Zimmer aus konnte sie uns im Garten sehen, aber das war so selten geworden, die Sommernächte, die Musik die Girlande im alten Kirschbaum der Rauch des Holzkohlegrills, das Bier und die Nachbarn, die aufkreuzten, das lag so weit zurück, in letzter Zeit machte ich mir nicht einmal mehr die Mühe, die Fensterläden zu öffnen, und alles verwahrloste.

Wir verließen die Schule, es war noch nicht fünf, und schon wurde der Himmel im Osten dunkel. Auf der anderen Seite der Bahngleise kletterte die Straße dem von Mietskasernen versperrten Horizont entgegen. Das Haus mit dem rissigen Verputz bildete ihr Ende und schien zufällig da hingestellt worden zu sein, danach kamen nur noch eintönige Blocks, die sich bis zur Autobahn endlos aneinanderreihten. Manon ging langsam, widerwillig, ihr war bange vor dem, was folgen sollte. Ein Umzugslaster mit weit geöffneten Türen bestätigte ihre Befürchtungen. Die meisten unserer Möbel stapelten sich darin, von den Kartons nur knapp verborgen. Der Kleinen entfuhr ein Schrei. Ich nahm sie an der Hand und führte sie ins Haus. Alles war leer und abgewohnt, von unserem Leben waren nur wenige Spuren geblieben. An den vergilbten Wänden hatten die Bilderrahmen ihren Abdruck hinterlassen, weiße Rechtecke in verschiedenen Größen, von den Jahren, vom Tabak, vom Staub braun gewordene Umrisse. Vor fünf Jahren waren wir hier eingezogen, Clément war durch die frisch gestrichenen Zimmer gerannt. Sarah, mit dickem Bauch unter ihrem apfelgrünen Kleid, ein Heft in der Hand, hatte Maß genommen, die künftige Einrichtung geplant. Ich hatte ihr Haar hochgehoben und an ihrem Nacken geknabbert. Manon ging bis in die Mitte des Wohnzimmers, Boden Decke vier Wände und sonst nichts. Ich legte ihr die Hand auf die Schulter.

»Geht's, mein Engel?«

Sie antwortete nicht, steif und kreidebleich betrachtete

sie die Katastrophe. In der Garage hörte man die Männer poltern, ab und zu fiel etwas mit Getöse zu Boden, dann folgten Flüche. Als sie sich zitternd zu mir umdrehte, hatte sie Tränen in den Augen. Ich nahm sie in den Arm. Das war das Einzige, was ich tun konnte. Ich fand keine Worte, mir blieben nur Gesten. Sie schmiegte ihr Gesicht an meinen Hals und fing laut zu weinen an.

»Ich will nicht. Ich will nicht.«

»Was willst du nicht, mein Engel?«

»Von hier weg. Wenn wir weggehen, kann Mama uns nicht finden, dann kann sie nicht zurückkommen.«

Statt einer Antwort zog ich sie noch fester an mich, ich hatte ihr nichts Besseres zu bieten, kein stichhaltiges Argument. Ihre Tränen liefen mir in den Halsausschnitt und benetzten mein Hemd. Draußen hatte die Nacht die Welt verhüllt, nur verschwommene Lichter, helle Streifen, Schatten und schimmernde Reflexe waren von ihr noch übrig. Mit nassem Gesicht und verrotztem Mund schlief Manon ein; so endete es immer: in der feuchtwarmen Erschöpfung des Kummers.

Ich bettete sie auf eine Decke, die ich auf dem Boden ausbreitete. Die Wangen hochrot, das Haar in die Stirn geklebt, rollte sie sich grummelnd zusammen. Sie war noch so klein. Manchmal vergaß ich das fast. Auf Knien küsste ich ihre fiebrige Stirn und ihren winzigen Mund. Ich legte mich neben sie. Sie kuschelte sich an meinen Bauch. Der Steinfußboden war glatt und eiskalt, Sarah hatte ihn gehasst und ihn vollkommen zugedeckt mit Teppichen, die sich überlappten und kein Stückchen mehr frei ließen. Hinter mir hustete es. Die Möbelpacker standen verlegen nebeneinander und beobachteten uns. Ich erhob mich so behutsam wie möglich, um Manon nicht zu wecken.

»Für die Kinder ist es nicht immer leicht«, meinte der Größere.

Er schien ehrlich betroffen und sah die Kleine mitleidig an. Mit gedämpfter Stimme sagte er, sie seien startbereit, nur die Fahrräder müssten noch eingeladen werden. Ich konnte es kaum glauben. Möbel abbauen, Kisten packen, Garage leerräumen, Waschmaschine Sofa Kühlschrank, für all das hatten sie keine vier Stunden gebraucht. Ich bedankte mich und wünschte ihnen gute Fahrt, auch ich würde bald aufbrechen, man würde sich bestimmt auf der Autobahn wiedersehen. Sie gingen auf Zehenspitzen aus dem Zimmer, dann knirschten ihre Schritte auf dem hellen Kies im Hof. Ein oder zwei Minuten lang brummte der Motor, bevor sich das Geräusch im abendlichen Rauschen auflöste.

Kurz danach kam Clément, mit verschlossenem Gesicht, die Hände in den Taschen. Ich hatte keine Ahnung, was er die ganze Zeit draußen getrieben hatte, seit September holte ich ihn nicht mehr von der Schule ab, und meistens tauchte er erst gegen sechs Uhr auf, goss sich ein großes Glas Cola ein, nahm sich ein paar Kekse und verschwand in sein Zimmer. Ich stellte mir vor, dass er am Flussufer herumlungerte, mit Kieselsteinen kickte oder versuchte, sie auf dem Wasser hüpfen zu lassen, und mit verlorenem Blick in die trübe Flut starrte. Ihm gefiel es dort. Jedes Wochenende mussten wir am Fuß entlangradeln, der Weg wurde hinter der Baumreihe enger, fiel leicht ab, und die Erde vermischte sich mit Sand, ein Miniaturstrand, zwei Schritte von den Autos entfernt. Auf der anderen Seite, hinter den Wohnblöcken, überragte das Krankenhaus die Stadt, und er ließ es nicht aus den Augen, als könnte seine Mutter noch dort sein.

Er machte einen Rundgang durch die Zimmer, drückte

seine Nase ans Fenster und warf einen Blick auf die Brennnesseln, die Pilze, den von Vogelmiere durchsetzten gelben Rasen. Im Schein der Straßenlampen sah alles geschniegelt und gestriegelt aus, aber am Tag war der Garten nur noch ein ödes Stück Brachland. Auf seine stumme und konzentrierte Art verabschiedete sich Clément von dem einzigen Haus, an das er sich erinnern konnte. Aber er versuchte, auch allem anderen Lebwohl zu sagen.

»Schaffst du es?«, fragte ich.

Er atmete tief ein und versuchte zu lächeln, es war niederschmetternd, wie er sich zwingen musste, er glich so sehr seiner Mutter, genau wie sie bemühte er sich, niemandem zur Last zu fallen, dachte nie an sich selbst, sondern sorgte sich nur um die andern, verbarg den eigenen Schmerz, um mich nicht zu beunruhigen. Wie abwesend zog er seine Jacke aus und ließ sie zu Boden gleiten, dann legte er sich neben seine Schwester, die Hände flach auf dem weißen Sandstein, die Augen zur Decke gerichtet, wo nur noch eine Glühbirne hing. Mit ihren verwuschelten Haaren, den vom Körper abgespreizten Armen und den Händen, die sich berührten, bildeten sie beinahe einen Stern. Ich legte mich dazu und schloss den Kreis.

Die Scheibenwischer wischten nicht besonders gut, und ganze Teile der Windschutzscheibe blieben trüb. Manon schlief, halb über ihren Bruder gesunken. Ich stellte Johnny Cash an, und seine Stimme verschmolz mit dem Motorgeräusch und dem Zischen der Reifen auf dem nassen Asphalt.

»Hast du dich von deinen Freunden verabschieden können?«

»Ja.«

»Hast du ihnen die neue Adresse gegeben?«

»Ja, ja.«

»Hast du ihnen auch gesagt, dass sie im Sommer kommen können …«

Clément starrte auf die Straße und antwortete zerstreut, im Rückspiegel sah ich, wie er seine Schwester behutsam beiseiteschob und seinen Gameboy aus der Jackentasche zog, seine Finger bewegten sich auf den Tasten. Die Straße war fast leer, nur Lastwagen fuhren schwer durch die Nacht. Mein Blick blieb einen Moment an Cléments Gesicht hängen. Ohne dass ich es bemerkt hatte, war er plötzlich groß geworden und behielt immer diesen glatten, ernsten Ausdruck eines verschlossenen Jungen, der ihn noch älter machte. Verschlossen, rätselhaft und spöttisch, wie ihn mir einmal seine Lehrerin beschrieben hatte, eine rundliche Dame mit Brille, die stets geblümte Kleider trug und ihr Vokabular offensichtlich aus den Psychologie-Seiten einer Frauenzeitschrift bezog. Unentwegt beschwor sie mich, einen mit ihr befreundeten Kinderpsychiater aufzusuchen, ihrer Meinung nach konnte nur ein Seelenklempner Clément helfen, »aus seiner Lethargie herauszukommen, sich zu öffnen und die Verweigerungshaltung aufzugeben, in der er sich eingerichtet hat«. Zum Schluss hatte ich mich gar nicht mehr bemüht, meinen Ärger über ihr dummes Gerede zu verbergen, und sie gebeten, sich gefälligst auf ihren Unterricht in Schreiben und Rechnen zu beschränken, um das Übrige würde ich mich kümmern und sie solle aufhören mich zu nerven. Ich hatte Clément an der Hand genommen, und wir waren wortlos davonmarschiert. Während er bei McDonald's seine Nuggets kaute, verirrte sich sogar ein Lächeln auf sein Gesicht, das war so lange nicht mehr vorgekommen, dass ich es gar nicht fassen konnte.

»Warum lächelst du?«

»Nur so. Weil du das zu der dicken Kuh gesagt hast.«

»Der dicken Kuh?«

»Ja, so heißt sie bei uns.«

»War es dir nicht unangenehm, dass ich so mit ihr geredet habe?«

»Nein. Im Gegenteil. Jetzt nervt sie mich vielleicht auch nicht mehr.«

Manon erwachte kurz vor Rennes, sie wusste nicht mehr, wo sie war und wohin wir fuhren, ich will heim, ich will heim, wiederholte sie hartnäckig. Ich tat, was ich konnte, um sie mit CDs und mit Spielen, die ich kannte, abzulenken, sie ließ sich nicht trösten. Schließlich setzte ich den Blinker. Die Raststätte war hässlich und überfüllt, wir irrten eine Weile die Regale entlang, Manon schniefte und hielt meine Hand, als hätte sie Angst, verlorenzugehen. Ich zog sie zu den Plüschtieren, Panther mit glänzenden Augen, Schafe mit mattem Fell und ein bizarres Schwein stritten sich um das oberste Bord, aber nichts gefiel ihr. Clément blätterte in Videospiel-Zeitschriften. Worin deren Reiz bestand, war mir schleierhaft, in diesem Bereich wie in vielen anderen schien mir nichts über die Praxis zu gehen, aber ich angelte trotzdem vier Euro aus meiner Gesäßtasche, und dann trollten wir uns wieder. Die Kinder krabbelten ins Auto, Manon wirkte beruhigt, und Clément drückte seine Zeitschrift an sich, ich qualmte und sah zu, wie sich die beiden in die alte Decke einmummten. Unter dem dunklen Himmel brummten die Motoren, und das Lichterband der Autobahn durchschnitt den Horizont. Ich streckte mich, versuchte mit den Fingerspitzen meine Füße zu erreichen, meine ganze Wirbelsäule war ein einziger Knoten. Kistenpacken und Ausräumen des Hauses hatten mich fertiggemacht, mein Rücken war kaputt, alles tat mir weh, mein Körper ließ mich die Jahre schlechter Behandlung büßen, Teer Nikotin Alkohol, und die zwei Zentner, die meine Knochen zu tragen hatten. Bevor ich weiterfuhr, musterte ich im Rückspiegel mein Gesicht, es sah nicht gut aus: Ringe unter den Augen, gelber Teint, abgespannte Züge und das Gebiss eines Greises. Da stehen nur noch Ruinen, hatte mir der letzte Zahnarzt, zu dem ich mich getraut hatte, erklärt, bevor er einen Seufzer ausstieß, der Bände sprach über das Ausmaß der Schäden und die Summe, die ich würde hinblättern müssen, um noch ein paar Jahre mein Steak kauen zu können und ihm den Eintritt in schicke neue Golfclubs zu ermöglichen. Natürlich war ich nie wieder hingegangen, unter dem Vorwand, dass ich ihn nicht mochte, dass mich sein Gerede anödete, und Sarah hatte mit den Schultern gezuckt. Es sind schließlich deine Zähne, hatte sie gesagt, als spräche sie mit einem unvernünftigen, launischen Kind.

Das Hotel ging auf den Strand hinaus, ein der Gischt ausgesetztes, bürgerlich altmodisches Haus, vom Speisesaal bis zu den Zimmern überladen mit geblümten Stoffen und

Trockensträußen, das glänzende Holz der Möbel verströmte einen süßen Duft nach Honig und Wachs. Manon stürzte sich aufs Bett, das geblümte Federbett war tief wie Pulverschnee. Ich zog die Vorhänge auf, das Meer spritzte bis auf die Promenade, man konnte es kaum vom Himmel unterscheiden, weiß glitzernde Gischtfontänen überraschten die wenigen Spaziergänger, die mit spitzen Schreien auseinanderstoben. Die Kleine hüpfte eine gute halbe Stunde auf der Matratze herum. Die Sprungfedern jaulten um ihr Leben. Clément achtete nicht darauf, in einen Sessel versunken, die dünnen Arme um die Knie geschlungen, starrte er auf den Fernseher, wo in hypnotisierendem Rhythmus die Kanäle vorüberzogen. Ich bat ihn auszuschalten, und wir traten auf den Balkon hinaus, zwei Liegestühle fröstelten auf den Holzplanken, und um die Laternen herum schimmerte silbrig die Nacht. Das Tosen der Brandung wurde lauter. Man verstand sein eigenes Wort nicht mehr. Ich fing an zu brüllen. Für nichts und niemanden. Ein Schrei, so schwarz und tief wie die Nacht.

Die Kinder gähnten, sie starben vor Hunger. Ich sah auf die Uhr, es war zu spät. Wir versuchten trotzdem unser Glück. In der Altstadt glänzten verfrühte Weihnachtslichter nur für uns, die Rue Saint-Vincent war menschenleer und stieg unter dem funkelnden Sternenzelt an. Wir betraten die einzige noch offene Crêperie. Ein Paar saß beim Kaffee, an den Wänden wucherte ein Wald, in dem sich Elfen, Feen und Zwerge versteckten. Mit Reißnägeln an der Decke befestigte Hexen drehten sich auf ihren Besen. Manon sah sich verzückt um, die Wirtin brachte es nicht übers Herz, uns in die Nacht zurückzuschicken.

Wir aßen unsere Crêpes in Rekordzeit. Die Kleine war im

siebten Himmel, sang und erfand unaufhörlich Reime, Geschichten, in denen jede Menge Kaninchen, Eichhörnchen, Kobolde und Lichtungen in dunklen Wäldern vorkamen. Sie hatte ein paar Figürchen aus ihrer afrikanischen Tasche hervorgekramt: einen Drachen, einen Ritter auf seinem Pferd, den Zauberer Merlin, drei Prinzen und zwei Prinzessinnen. Zwischen den Tellern und zwei Bissen lieferten wir uns blutige Kämpfe, küssten die schlafenden Schönen wach und veranstalteten langweilige Bälle. Wie zwei Verliebte machten wir uns wieder auf den Weg, Clément quengelte ein paar Schritte hinter uns, er war müde und fror. Während des Essens hatte er keinen Piep gesagt, aber ich machte mir keine Sorgen, insgesamt ging es schon besser, fand ich, besser jedenfalls, als ich gehofft hatte. Wir kehrten ins Hotel zurück, die Minibar war gefüllt, ich stellte die sechs kleinen Pullen auf den Terrassentisch, holte drei Decken, und während Clément, im Liegestuhl zusammengerollt, einschlummerte, trank ich in der Kälte, die der Wind noch verschärfte, und Manon kuschelte sich in meine Arme. Ab und zu streckte sie den Kopf aus ihrer wollenen Vermummung und erklärte fröhlich mit schläfriger Stimme, sie habe mich lieb, oder sie sei gar nicht müde. Ich muss noch vor ihr eingeschlafen sein.

Als ich die Augen wieder aufschlug, waren wir drei fast erfroren, die Welt bestand nur noch aus dem Rauschen des Meeres, es nahm uns auf, verschluckte uns, und es tat gut, so überflutet, verschlungen, endgültig vergessen zu werden. Die Nacht beschützte uns, und in diesem Moment habe ich gedacht, es könnte wieder werden, hier würde ich die Scherben wieder zusammenfügen, von neuem Fuß fassen, die Kinder und mich dem Schmerz entreißen können, der uns seit Monaten lähmte. Das Haus mit unseren Spuren, mit den Erinnerungen an uns vier, war irgendwann unerträglich geworden, ich war fast nicht mehr ausgegangen, die Kinder waren vor meinen Augen verkümmert, ich hatte das Gefühl gehabt, das Licht sträubte sich hereinzukommen, alles würde früher oder später über uns zusammenstürzen. Das Unkraut im Garten, der Efeu, der Wein, die Tamariske, alles schien sich über uns zu schließen, uns zuzudecken und lebendig zu begraben. Alles wurde Dschungel, und ich glaubte uns verloren im schwarzen Herzen der Wälder. Wir mussten uns in Sicherheit bringen, ich sah keinen anderen Ausweg, ich bot das Haus zum Verkauf an, und jetzt waren wir hier, hier würden wir versuchen zu leben, in dieser Stadt am Meer, in der ich meine Kindheit verbracht hatte, und ohne lange darüber nachzudenken, vertraute ich uns ihr nun an.

»Na, dann gehen wir mal.«

Der Große trank seinen Kaffee aus und gab mir eine schlaffe, rauhe Hand. Mit seinem Hundeblick, seinen feuchten Augen und den grauen Tränensäcken erinnerte er mich an den Nachbarn im vierten Stock, als ich Kind war, der gleiche aschfahle Teint, der gleiche Tabakgeruch, die gleiche Hose mit Farbflecken, der gleiche Fernfahrerpullover, die gleichen strohigen Haare. Ein Typ, den ich nie anders gesehen habe als mit einer Zigarette zwischen den Zähnen. Niemand wusste, wie er seinen Lebensunterhalt verdiente. Offiziell entrümpelte er Keller, Dachböden und so was. Er lud die Sachen in seinen schrottreifen weißen Lieferwagen, brachte einen Teil seiner Beute zur Müllhalde und verscherbelte das Übrige, so gut er konnte, auf Trödelmärkten oder in Gebrauchtwarenläden, oder er verteilte es ringsum. Oft läutete er bei uns, meine Mutter bot ihm Kaffee an, aber er hatte nie Zeit, er kam nur, um uns Plastiksäcke mit altem Krempel zu bringen, der Alex und mich begeisterte: rostige Roboter, zerbeulte Autos, eine Sammlung von staubig riechenden, aufgequollenen Comic-Heften. Mama schaute uns kopfschüttelnd zu. Dafür ruiniert man sich zu Weihnachten und an den Geburtstagen, sagte sie, bevor sie wieder in der Küche verschwand.

»Ich hoffe, es wird Ihnen hier gefallen«, sagte der Große.

»Ich auch«, erwiderte ich ausweichend, und er ließ endlich meine Hand los. Sein langer magerer Körper beugte sich hinunter, um den Werkzeugkasten aufzuheben. Der Kerl war klapperdürr, und doch hatte er zwei Tage lang meine Möbel und Umzugskartons getragen, ohne eine Spur von Müdigkeit zu zeigen. Ich warf einen Blick auf den leeren Wagen, ein blitzsauberer Transporter von schönem Austerngrau, er musste ihn über Nacht hier geparkt haben, in der Sackgasse, vor dem unsichtbaren Meer, ich stellte ihn mir auf seiner engen Pritsche vor, wie er keinen Schlaf fand und mit offenen Augen seine Gauloises paffte. Am Vortag im Haus, während der Pause, hatte er mir, auf den Garten und die Wohnblocks starrend, die sommers wie winters einen flaschengrünen Schatten auf uns warfen, mit melancholischem Gesicht anvertraut, seine Exfrau lebe auch in Saint-Malo, mit dem gemeinsamen Sohn und ihrem neuen Lebensgefährten, der im Gewerbegebiet die Honda-Vertretung hätte. Seinen Jungen sähe er nie, bei seinem Job, ich wüsste gar nicht, was für ein Glück ich hätte, dass meine Kinder bei mir seien, hatte er gesagt, und seine Augen waren feucht geworden, aber das kam sicher nur vom Staub oder Rauch oder wegen einer Wimper.

Sein Kollege verabschiedete sich ebenfalls, er war viel kleiner, kompakter, ein Körper wie ein Leguan. An einem Vormittag hatte er zwei Kannen Kaffee geleert. Er arbeitete schweigend, konzentriert und hob die Kartons hoch, als wären sie mit Federn gefüllt. Nichts schien schwer zu sein für ihn. Jedenfalls nichts Konkretes. Mit dem Kinn wies er in den Raum. Die Sonne schien auf die Möbel. Man hätte meinen können, sie stünden immer schon da.

»Das gibt noch ganz schön viel Arbeit.«

Ich nickte, aber eigentlich war nicht mehr viel zu tun, ich hatte nur das Allernötigste mitgenommen, das Geschirr, die Kleider, die Spielsachen der Kinder. Alles Übrige war irgendwo weit weg, verkauft, weggeworfen oder an die Nachbarn verschenkt. Das Haus war wie ein neuer, gedächtnisloser Ort. So hätte ich mir mein Gehirn gewünscht: weiße Wände, helle Böden und Decken, Fenster, durch die ein gläsernes Licht fiel.

Beim Hinausgehen warfen sie einen Blick in die Sackgasse. Sie endete hoch über dem Meer. Eine Treppe senkte sich steil in die Felsen, sechsundsiebzig Stufen führten zum Strand. Vor uns lag nichts als eine unendlich abwechslungsreiche Szenerie aus Himmel und Wasser, Granit und Sand, den Gezeiten, dem Wind, dem Regen und den Vögeln überlassen. Der Kleinere fragte mich, ob das da hinten der Atlantik sei. Ich nickte, ich verbesserte ihn nicht, irgendwie wollte ich selbst lieber denken, dass hier nicht mehr der Ärmelkanal, sondern schon der Ozean war.

»Das ist doch verrückt«, meinte er. »Wir haben hier geschlafen und es nicht mal gemerkt. Aber stimmt, heute Morgen waren verdammt viele Möwen da. Können wir mal hingehen?«

»Natürlich.«

Wir gingen die Straße entlang, und bei jedem Schritt verschluckte das Blau ein wenig mehr von der Landschaft. Die Häuser verschwanden, um den Wellen und dem Himmel Platz zu machen, das Rauschen des Verkehrs wurde allmählich schwächer, schließlich war alles von der Brandung erfüllt. Ich spürte, wie meine Lungen sich öffneten und mein Gehirn im Schädel wieder seinen Platz fand. Ich erinnere mich, dass ich das undeutliche Gefühl hatte, endlich nach Hause gekommen zu sein. Wir setzten uns auf eine Bank, der Wind blies durch uns hindurch, und unter unseren Füßen fiel das mit Flechten, Strandfenchel und Goldlack überwucherte Kliff hinab auf den Sand.

»Verdammt, ist das schön«, sagte der Große.

Das Meer war ruhig und weit draußen, von zartem, eisigem Blau, in der Ferne tauchten schwarze Inselchen auf, und der Strand dehnte sich mehrere hundert Meter weit aus, seidig und golden, vom Wasser geriffelt und von geheimnisvollen Sandrinnsalen durchzogen. Wir rauchten schweigend, versunken in den Horizont.

Der Große schloss die Hecktür, während der Kleine mich die Papiere unterschreiben ließ. Ich wünschte ihnen gute Fahrt, bedankte mich für ihren Fleiß und ihre guten Ratschläge: Der Garten bestand aus einem Haufen Unkraut und kranken Bäumen, eingefasst von grauen, schartigen Mauern, sie hatten eine Skizze gemacht, und im Handumdrehen hatte sich meine Ödnis in ein blühendes Stück Land mit teppichdickem Rasen, Grillplatz, Schaukel und Gemüsebeet verwandelt. Der Lastwagen schnaubte noch einmal, bevor er vor dem Fenster verschwand, ich stand allein im Wohnzimmer. Das stille, lichtdurchflutete Haus hatte etwas Vertrautes, seine Schlichtheit war beruhigend. Es ist gut, sagte ich mir. Das brauchen die Kinder. Beruhigung. Und bei mir war es nicht viel anders.

Im ersten Stock schlief Manon zusammengerollt mitten in meinem Bett, direkt auf der Matratze. Die Sonne fiel auf ihr Haar und ließ ihre rechte Wange rot aufleuchten. Sie lutschte am Daumen und schnarchte. Sie war einfach eingedöst, es hatte ihr zu lang gedauert, bis ihre Playmobilkisten ausgeladen wurden. Ich öffnete das Fenster, und ein Geruch nach lauem Wind strömte herein, ein Duft nach Himmel, nach Frühling, so kurz vor dem Winter. Ich legte mich neben sie, küsste ihr vierjähriges Gesichtchen und schloss eine ganze Weile die Augen.

Im gelben Zimmer riss Clément kilometerweise Klebeband von den Kartons. Er packte systematisch und gewissenhaft die vielen Spielsachen, Puzzles und Gesellschaftsspiele aus und verstaute sie auf den Borden seines Regals, in den Schubladen seines Schreibtischs und unter seinem Bett. Ich beobachtete ihn eine Zeitlang. Ab und zu hielt er inne und betrachtete ein Modellflugzeug, eine Figur oder einen Roboter, das war alles. So hatte er immer schon gespielt. Schon lange vorher. Trotzdem fand ich es sonderbar und beunruhigend. Er ging stets auf dieselbe Art vor, er begnügte sich damit, seine Spielsachen nach seinen Vorstellungen in eine bestimmte Ordnung zu bringen, und diese Ausgangssituation entwickelte sich dann nur noch in seinem Kopf weiter. Da mochten noch so wilde Schlachten stattfinden, Fahrten, Stürme, Schiffskollisionen aufeinander folgen, es bewegte sich nichts. Das konnte Stunden dauern. Er hockte da und blickte auf reglose Action Men, mitten in der Bewegung erstarrte Piraten, Warhammer-Armeen, die nicht ausrückten. Er stellte seine letzte Rafale aufs oberste Regalbrett. Ich trat lautlos zu ihm, legte ihm meine Hand auf die Schulter. Mit einem Schrei fuhr er auf.

»Hast du mich erschreckt!«

»Entschuldige. Kommst du zurecht?«

»Es geht.«

»Soll ich dir helfen?«

»Wenn du willst.«

Ich setzte mich neben ihn, und wir machten uns an die Kleider, draußen war die Sonne etwas höher gestiegen, beschien das Parkett und vergoldete die Wände. Ein staubflirrender Strahl durchschnitt das Zimmer. Ich nahm seine Sachen aus dem Koffer, und er räumte sie in die Kommode, manchmal faltete er einen Pulli oder ein T-Shirt auseinander, um sie glattzustreichen und sorgfältiger wieder zusammenzulegen. Danach kamen die Bücher und die Schulsachen an die Reihe. Schweigend arbeiteten wir über eine Stunde Seite an Seite. Am Ende war alles geordnet, nur das Bett musste noch gemacht und Platz für die Poster gefunden werden.

»Gefällt es dir?«

»Ja. Es ist gut.«

»Hast du keinen Hunger?«

»Nein. Noch nicht.«

»Hilft du mir dann bei Manons Zimmer?«

Wieder machten wir uns an die Arbeit, der Raum war größer und die Tapete hässlich, Wochen zuvor war Manon vor diesem Lachsrosa stehengeblieben. Sie hatte erklärt: Das ist mein Zimmer, bevor sie hinausgegangen war, um den Garten zu besichtigen. Dort wimmelte es von Schnecken. Ich hatte ihnen viel zu verdanken. Die Kleine liebte sie, und ich glaube, ihnen war es zu verdanken, dass mein Plan aufging.

Ich öffnete das Fenster. Auf dieser Seite war das Rauschen des Meeres bei ruhigem Wetter zu einem Gemurmel gedämpft, doch es roch nach Salz und nach Algen, der Nordwind brachte mit jeder Flut lange rötliche und lilafarbene Strähnen an den Strand. Clément unterbrach das Auspacken der Kisten immer wieder, um seine Schwester anzuschauen, sie schlief mit roten Wangen und feuchtem Nacken, er wollte fertig werden, bevor sie aufwachte. Wir beeilten uns, die zerlegten Kartons türmten sich im Flur, Girlanden von braunem Klebeband hingen an der Treppe. Mein Herz klopfte, als ich mir vorstellte, was für große Augen sie machen, wie entzückt sie sein würde, wenn sie das vollmöblierte Puppenhaus entdeckte, das blau-rosa Schloss, wo nicht das kleinste Boskett, nicht die kleinste Blume, nicht das kleinste Licht fehlte, die der Größe nach aufgereihten Plüschtiere, die Puppen, die um den Puppentisch saßen, bereit, einen Darjeelingtee und winzige Plastikkuchen miteinander zu teilen. Bald waren nur noch die Barbies übrig, Clément glättete ihnen das Haar und zog die Kleider zurecht, bevor er sie mir gab, ich setzte sie sorgfältig auf die Kommode, ein Möbelstück, das Sarah als Kind gehört hatte und das wegzuwerfen ich mich nicht hatte entschließen können: Ich brauchte nur die Augen zu schließen und sah sie vor mir, wie sie sich im Garten daran zu schaffen machte, sie trug die gestreifte Latzhose, die ich hasste, und hatte die Kommode bereits zwei Mal abgebeizt und neu gestrichen, blau und weiß für Clément, fünf Jahre später dann rosa und grün, in meinem Kopf lief all das ab wie ein Super-8-Film ohne Ton mit Lichtlöchern und angesengten Ecken, alles kam mir mit blitzartiger Geschwindigkeit wieder in Erinnerung, der süße Duft der Blumen und des getrockneten Grases, sogar den Sommerwind, der uns damals liebkoste, konnte ich spüren, die brennende Sonne und die drückende Luft, die allmählich frischer wurde, die Kühle des Biers, das wir uns in der lauen Abendluft genehmigten, während an der Front der Hochhäuser die Lichter angingen, im nächsten Augenblick fing das Filmmaterial Feuer, Sarah schmolz dahin, bis sie ganz verschwunden war, und Manon fing an, nach ihrer Mama zu schreien. Ich sah Clément an, er war verstört, ohnmächtig verzog er das Gesicht. Ich hätte gern etwas für ihn getan, aber ich konnte nichts tun, ich stürzte in mein Zimmer; Manon saß verrotzt und mit hochrotem Gesicht mitten auf dem Bett und rang nach Luft. Als sie mich sah, wurde es noch schlimmer. Ich will nicht Papa ich will Mama ich will Mama ich will Mama, heulte sie immer wieder. Ich wusste, wie es enden würde. Ich nahm sie in die Arme und legte das Ohr auf ihre Brust. Da konnte sie sich noch so sehr wehren und mich in den Bauch treten, mir das Gesicht zerkratzen und mich an den Haaren ziehen, ich bewegte mich keinen Zentimeter. Lange brauchte ich nicht zu horchen. Ich rannte die Treppe hinunter, Wohnzimmer Küche Garage, Schränke Garderobe Kommode Schubladen, alles durchsuchte ich. Die Kleine bearbeitete mich mit ihren Fäusten, ihr Atem wurde zusehends schwächer, ihre Lungen pfiffen und rasselten, die Luft ging ihr aus, ich spürte es, konnte mir vorstellen, wie es in ihr brannte. Ihr verdammter bonbonrosa Rucksack blieb unauffindbar. Mit dem Fuß stieß ich gegen den Medikamentenkarton und rief nach Clément, damit er ihn öffnete, er leerte den Inhalt auf den Teppich, und wir wühlten darin herum, wie ein Irrer riss Clément die Schachteln auf und warf die leeren Verpackungen in alle Richtungen, es hätte ja sein können, dass sich ein Spray in einer Aspirin- oder Alka-Seltzer-Schachtel versteckte. Wir hatten das Unterste zuoberst gekehrt. Wir mussten den Tatsachen ins Auge sehen. Das beschissene Salbutamol hatte sich verflüchtigt.

Ohne Jacke und Mantel lief ich mit Manon hinaus. Zu Clément sagte ich, er solle keine Angst haben, wir seien in einer Minute zurück, ich würde eine Lösung finden, er solle sich keine Sorgen machen; blass und beherrscht spielte er den großen Jungen, und ich fragte mich, wann diese schöne Fassade zusammenbrechen würde. Ich lief die Straße hinunter bis zur Kreuzung, links stieg der von Bäumen und Villen mit gepflegten Gärten gesäumte Boulevard hinauf in den Ort, rechts wurde er schmaler und führte zum Strand. Der kleine Imbiss mit seiner Terrasse die Fish-and-Chips-Bude das Hotel und die Bar mit den großen Panoramafenstern, die auf den Sand hinausgingen, nichts hatte sich seit meiner Kindheit verändert. Manon jammerte heiser, es gehe ihr so schlecht. Ich betrat die erste Apotheke, ein winziger altmodischer Laden, in dem sich fünf oder sechs dauergewellte Alte drängten. Einige saßen, andere stützten sich auf ihren Stock, die Schaufenster waren vollgepfropft mit Reklame für Stützstrümpfe, die Welt war hundert Jahre älter geworden. Ich stürzte zum Ladentisch und verlangte Salbutamolspray. Die Apothekerin, eine etwas verkniffene Rothaarige, bat mich höflich zu warten, bis ich an die Reihe käme.

»Ich habe keine Zeit«, sagte ich und wies auf die Kleine. »Sie erstickt, das sehen Sie doch.«

In meinen Armen schnappte Manon nach Luft wie ein Fisch auf dem Trockenen, jeder ihrer pfeifenden Atemzüge war eine Qual für sie. Die Rothaarige musterte sie mit kaltem Blick und fragte mich, ob ich ein Rezept hätte. Ich zuckte mit den Schultern. Das schien sie nicht zufriedenzustellen.

»In dem Fall kann ich nichts für Sie tun«, beschied sie mich und wandte sich der nächsten Kundin zu.

»Warten Sie doch, sie hat einen Anfall ...«

»Es tut mir wirklich leid, aber ohne Rezept kann ich nichts für Sie tun, das wissen Sie so gut wie ich. Außerdem, wenn Ihre Tochter wirklich Asthmatikerin ist, sollten Sie ihr Spray immer dabeihaben.«

»Was soll das heißen, *wenn* sie wirklich Asthmatikerin ist? Wollen Sie mich verarschen? Her mit dem Spray, verdammt!«

»Monsieur, ich ...«

Ich ließ sie nicht ausreden, ich rannte einfach ins Lager und irrte suchend zwischen den Metallschränken herum, ein beschissenes Labyrinth von Schubfächern. Hinter mir wurden Stimmen laut, die mir befahlen herauszukommen, drohten, die Polizei zu rufen. Schließlich stieß ich auf ein Dutzend Salbutamol-Packungen. Ich nahm zwei davon, warf einen Zwanzigeuroschein auf den Ladentisch und suchte das Weite. Die Apothekerin bebte vor Zorn, und die Omis fragten sich, wo das noch enden sollte. Auf dem Bürgersteig verabreichte ich Manon eine vierfache Dosis des Medikaments und trug sie bis ans Meer. Wir setzten uns auf eine Bank und wiederholten die Prozedur. Die Luft war schneidend kalt, aber ich spürte nichts und sie auch nicht, glaube ich. Auf meinem Arm wurde ihr Atem wieder ruhig, und sie beteuerte, sie habe mich lieb, ich sei ihr Papa und sie wolle keinen anderen. Vor uns erstreckte sich der feuchte Sand, ein riesiger Spiegel, in dem die Wolken kopfüber vorbeizogen. Das alles kam mir so vertraut vor. Die Jogger, die Kinder mit ihren Bällen, die nassen Hunde. Zwei knallbunte Drachen durchschnitten die eiskalte Luft, die Möwen schienen sie zu verfolgen. Es war, als hätte ich diesen Ort nie verlassen. Im Wasser lagen Jugendliche, schwarz umhüllt, auf ihren Surfbrettern und warteten auf die letzten Wellen vor der Dunkelheit, Spinnen auf einer Pfütze flüssigen Silbers.

»Weißt du, als ich so alt war wie du, hab ich hier gewohnt«, sagte ich zu Manon.

»Als du vier warst?«

»Ja, und sechs und zwölf und achtzehn.«

»Hast du mit deinem Papa und deiner Mama hier gewohnt?«

Ich nickte, die sinkende Sonne zwang mich, ein Auge zuzukneifen.

»Wo sind die, dein Papa und deine Mama?«

»Fortgegangen«, sagte ich.

»Fortgegangen, wie Mama?«, fragte sie.

»Nein. Nicht wie Mama. Für immer fortgegangen, weißt du.«

»Wie die Mama in *Bambi*?«

»Genau, wie die Mama in *Bambi*. Komm wir gehen. Sonst erkältest du dich.«

Wir kehrten durch die Felsen zurück, den Blick auf die Landzunge gerichtet, die orangerote Sonne im Rücken. Unter unseren Füßen knackten die Muschelschalen, und unsere Socken saugten sich mit dem eisigen Wasser voll. Wir redeten über alles und nichts, über die Burgen, die wir am Strand bauen wollten, das Baden im Sommer, die Blumen, die im Garten wachsen sollten, und über die Schaukel, in ein paar Tagen würden wir sie kaufen, eine aus hellem Holz würden wir aussuchen, mit einer grünen Rutsche; Manons Augen begannen zu leuchten. Ich trug sie die Stufen hinauf, in der Sackgasse reihten sich die Häuser mit ihren geschlossenen Fensterläden aneinander, im Frühjahr würde man sie öffnen, an Ostern oder Himmelfahrt, nach hinten hinaus ahnte man Gärten mit hohem Gras, und die Briefkästen liefen über von feuchten Werbesendungen, im Nieselregen aufgequollenen Prospekten, die aneinanderklebten, unentzifferbar.

Als wir zurückkamen, hatte Clément das Zimmer seiner Schwester fertig eingerichtet, alles war perfekt bis in die kleinsten Details, die Poster hingen an der Wand, und ich fragte mich, wie er sie in dieser Höhe anbringen und so geschickt hatte anordnen können, auch die Bilder waren aufgehängt, die Schachtel mit den Nägeln und der Hammer lagen auf der Kommode.

Die Kinder nahmen ihr Bad, während ich das Essen zubereitete, ich genehmigte mir meine ersten beiden Whiskys, und wir aßen auf dem Sofa, über den niedrigen Tisch und unsere Spaghetti bolognese gebeugt, die Augen auf den Bildschirm gerichtet, wo zum tausendsten Mal Buzz Lightyear merkte, dass er nur ein Spielzeug war. Clément schlief vor dem Ende ein, eine angebissene Banane in der rechten Hand. Ich trug ihn in sein Bett. In seinem türkisblauen Schlafanzug und mit den feuchten, nach hinten gestrichenen Haaren war er plötzlich nicht mehr neun Jahre alt, ich hatte das Gefühl, ihn noch an meinem Oberkörper zu spüren, im ersten Sommer seines Lebens in der Heide von Fréhel, Hand in Hand mit Sarah, meine Lippen auf seinem noch weichen Schädel mit den wenigen schwarzen Härchen und dem Geruch nach geronnener Milch, Lakritz und süßer Seife. Ich küsste ihn auf die Stirn, löschte das Licht und schloss die Tür. Manon schlief erst spät am Abend ein, ein oder zwei Stunden schaute sie mir zu, dann hatte sie genug, sie fiel einfach um.

Um drei Uhr morgens stapelten sich die Kartons in der Garage, abgesehen von den Zimmern der Kinder wirkte das Haus etwas leer, aber alles war an seinem Platz: Die Geräte waren angeschlossen, die Werkzeuge im Schuppen, Kochtöpfe und Teller in den Schränken. Die Einrichtung meines Zimmers bestand nur aus einer Matratze, die auf dem Boden lag, und einem Gartentisch, den ich zu meinem Schreibtisch gemacht hatte. Die Glastür ging auf das mit der Nacht verschmolzene Meer und den sternenbesäten Himmel hinaus, wenn man sie öffnete, waren die Wellen so nah, dass sie an die Hauswand zu schlagen schienen. Der Garten sah unwirklich milchig aus, doch das bleiche Licht der Straßenlampen war trügerisch, ich wusste, am Tag würde ich stundenlang Unkraut jäten, die strohtrockenen gelben Flecken aus dem Rasen entfernen, die Büsche, die wenigen Bäume und die kränkelnden Rosenstöcke schneiden müssen. Mein Rücken würde leiden, es wäre eine undankbare Arbeit, deren Ergebnisse erst in ein paar Jahren sichtbar würden, wenn ich alles umgegraben und gesät, wenn ich Bambus, Kamelien, vielleicht eine Mimose, ein oder zwei Nadelbäume, einen japanischen Ahorn gepflanzt hätte und all das gewachsen wäre wie der Efeu auf den Mauern, die das Grundstück umgaben, wenn alles mit zartem Grün, schmucken Blumen, Wein, Glyzinien und Flieder überzogen wäre; ich konnte es kaum erwarten, mich ans Werk zu machen, die Erde unter meinen Nägeln zu spüren, mit meinen Fingern durchs Gras zu fahren wie durch feuchtes Haar, die Insekten wimmeln zu sehen und, ich weiß nicht warum, so etwas wie einen Geschmack von Humus und Wurzeln auf der Zunge zu haben.

Im Nachbarhaus ging ein Licht an. Es war eine kleine, sonderbare Hütte, vollkommen ebenerdig, und ich hätte nicht viel darauf gewettet, dass die Wände bei Sturm standhalten würden. Eine Frau erschien, sie war blond und alterslos, ihr Nachthemd schlotterte um ihren schmalen Körper. Dann sah ich ihre Silhouette in der Küche hantieren, in den Schränken kramen, Wasser zum Erhitzen in die Mikrowelle stellen. Nach ein paar Minuten kehrte sie ins Licht zurück, die Nase an die Scheibe gedrückt, tauchte sie ihre Lippen in eine dampfende Tasse. Hinter ihr öffnete sich eine Tür ins Wohnzimmer, und man konnte das Blinken eines kümmerlichen Tannenbaums, aus Plastik wahrscheinlich, erkennen. Dafür war es noch viel zu früh. Sie schaute zu mir auf, und unsere Blicke kreuzten sich. Jetzt sah ich sie besser, sie mochte vierzig Jahre alt sein, vielleicht etwas älter, vielleicht etwas jünger, es war schwer zu sagen, ihr Gesicht wirkte müde und abgespannt. Ohne mir etwas dabei zu denken, winkte ich ihr zu, und meine Hand blieb eine Weile in der Luft stehen. Sie antwortete mit einem vagen Lächeln, bevor sie ihre Tasse abstellte, dann wurde das Fenster wieder dunkel, nur die roten und grünen Lichter blinkten schwach. Auch wenn es noch in weiter Ferne lag, würde Weihnachten schließlich kommen. Ich würde einen Baum kaufen, ihn schmücken, alle möglichen Geschenke darunterlegen müssen. Eine gute Figur machen, festlich gestimmt sein. Es wäre das zweite Mal ohne Sarah. Plötzlich schien sich eine große Stille auf das Haus zu senken. Ich machte eine letzte Runde durch die Zimmer, löschte die Lampen, stellte die Heizung höher, und dann schlüpfte ich unter die Bettdecke. Der Schlaf würde noch lange auf sich warten lassen, obwohl die Nacht sich schon dem Morgen zuneigte, doch das hatte nichts zu bedeuten, war erst einmal ein gewisses Stadium erreicht, blieb die schiere Müdigkeit, man sank auf den Grund. Ich schloss die Augen. Alle möglichen kleinen Geräusche stiegen aus dem Erdgeschoss auf, regneten vom Dach. Die Welt war für immer da und vibrierte leise.

Die folgenden Tage wirkten auf mich wie ein Versprechen, das Leben sah nach Ferien aus, die Kinder schliefen lang, standen ohne Murren und Tränen auf, und die Stunden zogen vorüber wie ein langsam wandernder Streifen Licht. Wir bastelten im Haus herum, plünderten ein paar Läden, aber die meiste Zeit verbrachten wir draußen, genossen Meer und Sand, die sich uns verschwenderisch darboten, unter einer verdächtigen, für die Jahreszeit allzu großzügigen Sonne. Was mir geboten wurde, das nahm ich, ohne mich zu zieren, das Leben hatte uns nur zu lang die kalte Schulter gezeigt. Ich war bloß ein wenig auf der Hut, das Misstrauen war mir zur zweiten Natur geworden, dieses Zwischenspiel würde ohne Vorankündigung enden. Vorläufig aber waren die Kleinen ruhig und heiter, ab und zu blitzte Freude in ihren Gesichtern auf, die Landschaft war Balsam auf ihre Seelen. Wir spielten stundenlang Ball, warfen uns unter dem klaren Himmel Frisbeescheiben zu, Manon buddelte unermüdlich im Sand. Ich setzte mich an einen Plastiktisch der Strandbar, Denise brachte mir meinen Kaffee und ging wieder hinein, um sich in ihrem ledergarniturgeschmückten Wohnzimmer aufzuwärmen. Sie hatte mich aufwachsen sehen und freute sich, mich wiederzusehen. Nach Sarah fragte sie mich nicht. Hier waren alle auf dem Laufenden. Selbst im Pariser Exil blieben Einheimische Einheimische, man erkundigte sich beiläufig nach ihnen und wartete auf ihre Rückkehr in den Ferien oder für immer, niemand ging wirklich fort, am Ende kam man wieder, ohne Luft und Himmel vermoderte man langsam. Ich las die Zeitung, während ich mit einem Auge die Kinder beaufsichtigte, ich blätterte die Seiten um, doch nichts berührte mich wirklich, nichts konnte mich erreichen, alles war so endgültig weit weg. Ich hatte in diesen wüsten Tagen, in denen wir verstört dahintrieben, nie aufgehört, Zeitung zu lesen, es gab mir das Gefühl, am Ball zu bleiben. Eine Verbindung zur Welt aufrechtzuerhalten, als alles um uns herum zusammenbrach. Manchmal fing es ohne Vorwarnung an zu schütten, wir flüchteten uns in das saubere, kahle Haus, bei brennenden Lichtern fühlten wir uns verloren wie auf dem offenen Meer. Flüsternd lauschten wir dem Platzregen, der Himmel draußen war lila, und in der Ferne kündigte ein gelber Vorhang die Fortsetzung an, wir drückten unsere Nasen an die Scheibe, um den Regenbogen zu bewundern, die Sonne schien herein, zeichnete schwarz die Fenstersprossen auf den Boden, für Manon waren es die Felder von Himmel-und-Hölle. Wir warteten keine Minute länger und gingen wieder hinaus, wir nahmen nicht die Treppe, sondern glitten direkt den Felsen hinunter, der glatte, nasse Granit war eine ideale Rutschbahn. Die Schuhe landeten in einer eiskalten Pfütze, in der Algen zitterten und Seeanemonen leuchteten. Manon sammelte Strandschnecken, Clément machte Jagd auf Muscheln, am Abend zuvor war seine Tasche voll davon gewesen, wir sortierten sie nach Form und Farbe, es dauerte wahnsinnig lang und führte zu nichts, aber die Kinder machten es mit bemerkenswertem Ernst, es schien eine besondere Bewandtnis damit zu haben, etwas Geheimnisvolles, Unerklärliches war da im Spiel.

Über all das legte sich die dumpfe Angst des Sonntagabends wie ein Schleier. Das erschreckte mich aber nicht. Am nächsten Tag fing die Schule wieder an, es würde mein erster Tag sein, es war sogar beruhigend, eine so vertraute Beklommenheit zu spüren, deren Ursprung man kannte. Ein Gefühl, das aus der Kindheit kam, wir aßen vor dem Fernseher zu Abend, im Schlafanzug und mit feuchtem Haar, nach den Pommes von Samstagmittag den Hotdogs von Samstagabend und dem Sonntagsbraten hatte die Mahlzeit selbst etwas Nüchternes und verwies darauf, dass man wieder zur Tagesordnung überging, vor unseren Tellern schien sich alles plötzlich zusammenzuziehen, unsere Lungen, der Raum, die Zeit selbst. Eine diffuse Traurigkeit hatte uns im Griff, bis wir schlafen gingen, und noch Jahre später, als ich nirgendwo mehr hinmusste, in kein Büro und in keine Schule, und nichts den Montag eindeutig vom Sonntag zu unterscheiden erlaubte, sollte mich das gleiche Gefühl überkommen, mir blieb die Luft weg, der Magen krampfte sich zusammen.

Um neun Uhr brachte ich die Kinder zu Bett. Die Sackgasse war wie ausgestorben, und an den Fenstern der Häuser wurden die Rollläden heruntergelassen. Alles schien zu stocken, die Zeiger auf dem Zifferblatt der Uhr standen still, wäre man in die Nacht hinausgegangen, hätte man die Vögel im Flug erstarrt und das Meer reglos gefunden, wäre man in die Zimmer eingedrungen, hätte man Schlafende gefunden, die nicht mehr atmeten, und Frauen, die in der Stille der Küchen zu Statuen geworden waren. Die ganze Stadt hielt den Atem an, bevor es weiterging.

Die Vorschule war direkt neben der Grundschule, die beiden Höfe grenzten aneinander, Manon konnte ihren Bruder sehen und ihm in der Pause zuwinken, es beruhigte mich, mir die beiden so vorzustellen, getrennt, aber solidarisch, stets um einander besorgt, ohne dass man genau wusste, wer auf wen aufpasste. Clément wollte nicht, dass ich ihn begleitete, ich fragte ihn, ob er wirklich sicher sei, aber er machte sich nicht die Mühe zu antworten, ich sah zu, wie er, von seinem Schulranzen fast erdrückt, mit dem Gang eines Miniaturcowboys auf sein Klassenzimmer zustrebte. Vor der Tür lächelte ihm eine Frau mit langem schwarzem Haar entgegen, sie wechselten ein paar Worte, dann drehte Clément sich um und zeigte mit dem Finger auf mich, sie nickte, und ich meinte zu sehen, dass sich ihr Gesicht verzog. Das fing nicht gut an. Sein Kind am ersten Schultag zu begleiten und sich seiner Lehrerin vorzustellen, war vermutlich das mindeste, was man tun sollte, tat man es nicht, wurde man sofort in den Rang der verantwortungslosen Väter verwiesen.

Manons neues Klassenzimmer glich dem alten: Die Wände, die Möbel, alles war in Apfelrot und Himbeerrosa gehalten. Madame Désiles erwartete uns schon. Sie war eine energische Frau mit unglaublichen Kleidern, übersät mit Taschen, Reißverschlüssen und schwarzen Schnüren, deren Funktion mir unklar blieb.

»Ah, da ist ja Manon ...«

Die Kleine schmiegte sich an meine Beine wie ein verängstigtes Tier, ich spürte, wie sich ihre Hand in meine schob und meine Finger drückte. Madame Désiles warf ihr ein gezwungenes Lächeln zu, sie wirkte fast enttäuscht. Wir betraten das Klassenzimmer, wo nach uralter Regel die Mädchen sich geschäftig um eine Küche aus hellem Holz scharten, während die Jungen sich um die Autos stritten, die zu geheimnisvollen Reparaturen in die Werkstatt gebracht werden mussten. Eigentlich war alles in Ordnung, wir würden das nie wirklich ändern.

»Und die Mutter des Kindes?«

»Sie ist nicht bei uns.«

»Ist sie in Paris geblieben?«

»Ja. Vielmehr nein.«

»Leben Sie vielleicht getrennt ...«

Ich fand keine Antwort, ich stand mit hängenden Armen da und sah sie an, ich muss ausgesehen haben wie ein Karpfen oder eine Schildkröte. Ich wäre gern auf der Stelle umgekehrt oder verschwunden.

»Ich meine, wenn Sie geschieden sind, ist es besser, ich weiß es. Vor allem, wenn es noch nicht lange her ist. Solche Situationen haben immer Auswirkungen auf die Kinder, deshalb ist es besser, wenn man informiert ist. Dann ist man ... wachsamer.«

Ich hatte Ameisen in den Beinen, ich spürte, wie sie hinauf in meine Schenkel krabbelten, den Weg durch das Geflecht der Adern nahmen, bald würden sie das Becken erreichen, die Wirbelsäule, und mein Gehirn annagen. Ich nickte und entschuldigte mich, ich musste gehen, um neun Uhr gab ich meine erste Stunde.

»Schaffst du es, mein Engel?«

Manon atmete tief, biss sich auf die Wangen und gab mir dann mit einem schwachen Lächeln zu verstehen, ja, sie würde es schaffen. Ich trat hinaus mit dem Gefühl, wieder an die Oberfläche zu kommen. Als ich auf dem Schulhof an den von Sand und Salzwasser verschmierten Fenstern des Klassenzimmers entlangging, ließ ich Manon nicht aus den Augen: ein Liebender auf dem Bahnsteig, während der Zug davonfährt. Bald verschwand sie aus meinem Blickfeld, mir war, als würde ich sie verlieren. Ich kehrte zum Auto zurück, Nachzügler hasteten auf das Tor zu, widerstrebend, die Augen vom Schlaf verquollen, zitternd, von ihren Eltern am Arm gezogen.

Ich fuhr ostwärts, einem cremefarben und zitronengelb gefransten Himmel entgegen. Der Tag brach an, und die Stadt ging in die Felder über. Unterhalb der Straße belebte sich das Meer allmählich, sein Blau blitzte und schien das Licht aufzusaugen. Als ich zu den Dünen kam, hatte sich die Nacht vollständig aufgelöst. Hohe, gelbliche Gräser ragten aus dem weißen Sand. Der Strand bildete eine Bucht, eine perfekte Sichel zwischen zwei Landzungen, die von Farn, Weißdorn, Heidekraut und Ginster überwuchert waren. Dahinter konnte man auf beiden Seiten kilometerlang dem Wasser folgen, die Küste wurde zerklüftet, Felsen und Heide senkten sich in die grünen Fluten oder endeten in einem Sandstreifen. Vor mir erhob sich, gewölbt wie eine Brust, eine kleine Insel, auf der Schwärme von Kormoranen, Möwen und ein paar Austernfischer nisteten. In der Ferne zerschnitten Wolken wie phosphoreszierende Bänder den Himmel in grelle Fetzen. Über Fréhel kündigte ein Schleier von schönem Lilagrau einen Schauer an. Ich legte mich hin. Die Sonne färbte alles gelb, übergoss die Welt mit kaltem Gold. Der Wind blies mir weiße und gelbe Kristalle ins Gesicht, es knirschte zwischen meinen Zähnen. Ich schloss die Augen und schlief ein, allein inmitten der hellen Weite, vor dem durchscheinenden und wie von innen erleuchteten Horizont, von der Brandung gewiegt.

Das Meer weckte mich, es leckte an meinen Füßen und benetzte meine Schuhe. Der Himmel war wie mit Schiefer bedeckt, über den Sand eilte ein vermummtes Paar, ein Hund lief voraus, dessen Pfoten den Sand niemals zu berühren schienen. Meine Glieder waren steif, mein Gesicht geschmirgelt, meine Haut war eine dünne Membran. Ich schaute auf die Uhr. Mein Telefon blinkte, ein lächerliches Leuchtzeichen, ein Taschensemaphor. Ich hörte die Nachrichten ab. Sie waren alle von meinem Bruder, er fragte, wo ich bliebe, vor zwanzig Minuten hätte ich da sein sollen, er musste die erste Stunde selbst geben, ich fing an, ihm auf den Geist zu gehen.

Nadine trank einen Kaffee an ihrem Schreibtisch, einem verbogenen grauen Metallgestell, an dem vor ihr schon meine Mutter gesessen hatte. Im Nebenraum, einer klassischen Kombination aus stoffbespannten Wänden und Stuhlreihen vor einem von der Decke hängenden Fernseher, lief ein Video mit ganzen Serien von unsinnigen Fragen. Hauptsächlich ging es um Vorfahrtsregeln, erlaubtes Überholen und Hinweisschilder, und die größte Sorgfalt schien darauf verwandt worden zu sein, dass keine der beschriebenen Situationen im echten Leben, am Steuer eines echten Wagens, auf einer echten Straße vorkommen konnte. Etwa zehn Schüler saßen im Dunkeln und machten gähnend ihre Kreuzchen. Nadine hob die Nase von ihrer Tasse und lächelte mich an.

»Dein Bruder ist wütend. Was hast du getrieben?«

»Nichts, ich bin am Strand spazieren gegangen. Ich habe mich hingelegt, ich bin eingeschlafen.«

Sie schüttelte mit freundlich betrübter Miene den Kopf und hielt mir ihre Wange hin, damit ich meine Lippen daraufdrückte. Ich schenkte mir einen zu dünnen Kaffee ein und blickte mich um, nichts hatte sich verändert seit der Zeit, als ich Kind war, Mama machte damals das Sekretariat und kümmerte sich um die Theorieprüfung, Papa gab Fahrstunden, und weder Alex noch ich konnten uns vorstellen, eines Tages ihren Platz einzunehmen. Ich dachte, dass sie nun bald zehn Jahre tot waren und dass es etwas schmerzlich Ironisches hatte, in einem Auto eingeklemmt zu enden, wenn man einen großen Teil seines Lebens der Sicherheit auf den Straßen gewidmet hatte.

»Wie geht's den Kindern?«

»Manon hat gestern einen Anfall gehabt. Aber ich glaube, es wird schon werden.«

Nadine sah mich liebevoll und mitleidig an, ihre Augen zuckten, sie hatte Sarah immer gerngehabt. Sie hatten sich nur selten gesehen, ein paar Tage im Sommer, jedes zweite Weihnachten, und das war so ungefähr alles, doch sie verstanden sich gut, brachten ihre Zeit damit zu, am Strand entlangzugehen, Füße im Wasser, Schuhe in der Hand und die Röcke hochgerafft. Abends tranken sie in der Küche Bier, Alex und ich hörten im Garten ihr Gelächter, wenn die Kinder im Bett waren und wir unsere Zigarren rauchten und in den schwarzen Himmel starrten.

»Und du?«

»Und ich?«

»Wie geht's dir?«

Ich hatte keine Zeit zu antworten, mein Bruder kam herein und reichte mir die Schlüssel. Er hatte in den letzten Monaten etwas zugenommen, sein kurzgeschnittenes Haar betonte das füllige Gesicht, einen Augenblick fragte ich mich, was bei ihm nicht stimmte, aber es war nicht der passende Moment für ein Gespräch.

»Das ist deine«, sagte er mit einem Blick durchs Fenster. »Es ist ihre zehnte Stunde. Ich hab ja versprochen, dir keine Anfängerinnen zu geben …«

Ich ging zur Tür, schnappte mir im Vorbeigehen noch den Tagesplan, er war eher locker, drei Schüler insgesamt. Alex fragte mich, ob ich mich sicher fühlte, und als ich ihn ansah, dachte ich, im Grunde blieb man sein Leben lang der kleine Bruder.

»Keine Dummheiten, hm?«

Ich verließ das Büro und fühlte, dass er mir nachschaute, mich im Blick behielt, zwei Monate zuvor hatte ich ihn angerufen, ich brauchte Geld, ich hatte seit drei Jahren nichts veröffentlicht, seit Sarahs Verschwinden nichts geschrieben und nichts in den Schubladen, die Rücklagen gingen zur Neige, alle schienen mich vergessen zu haben, nichts tat sich auf, nicht das bescheidenste Drehbuch, keine klitzekleine Lesung in einer Schule oder irgendeiner winzigen Bücherei der hintersten Provinz, es war eine Riesengefälligkeit von ihm, das wusste ich wohl, wie hatte ich sie überhaupt verdient? Die Kindheit lag weit zurück, selbst die Jugendzeit, und ansonsten war das Leben weitergegangen, wer weiß, ob wir miteinander gesprochen hätten, wenn wir uns auf der Straße oder anderswo begegnet wären, ohne uns zu kennen. Er hatte sich ein paar Tage Bedenkzeit erbeten, mich aber sofort wieder angerufen, ja natürlich, was glaubte ich denn, er werde doch seinen kleinen Bruder nicht im Stich lassen.

Ich stieg in den Wagen, setzte mich auf den Beifahrersitz, bestimmt zehn Jahre hatte ich keine doppelten Pedale mehr berührt. Prüfend tastete ich mit dem Fuß danach. Mit der linken Hand griff ich zum Lenkrad, zum Schaltknüppel, zur Handbremse. Ich hatte nie Fahrstunden gegeben, ich hatte keine Ahnung, wie man sich verhalten sollte, aber mir fiel alles wieder ein. Ich kannte diese Autos wie meine Westentasche. Wir losten, und je nachdem übernahm Alex an dem Tag das Steuer und ich die Pedale oder umgekehrt, wir fuhren im Tandem durch die dunkle Nacht, wir kehrten sturzbesoffen aus den Kneipen zurück, und jeder von uns hielt eine Hälfte unseres Schicksals entweder in den Händen oder unter den Füßen. Ich weiß nicht, wie wir es geschafft haben, ohne Zusammenstoß und ohne Kratzer davonzukommen. Ich schaute auf meinen Zettel und forderte Justine auf zu starten. Soweit ich es beurteilen konnte, war sie um die achtzehn Jahre alt und kaute Nägel. Sie drehte den Zündschlüssel und ihr Fuß trat aufs Gas. Der Motor heulte auf.

»Langsam ...«

Sie ließ alles los und sah mir direkt in die Augen.

»Ich tue, was ich kann.«

Ich begriff sofort, mit wem ich es zu tun hatte.

Wir bogen in eine enge Straße ein, ganz am Ende konnte man das Meer erkennen, von hier aus war es nichts als ein Stahlband, ein Aluminiumglitzern. Justine fuhr unsanft, trat so heftig in die Bremse, dass wir an die Windschutzscheibe geschleudert wurden, schaltete nur, wenn ich sie anwies, ihre Unwilligkeit wurde nur noch von ihrer ätzenden Laune übertroffen. Wir schafften es trotzdem, aus der Stadt herauszukommen, nicht ohne zwei, drei Fußgänger in Angst und Schrecken versetzt zu haben. Die Häuser wurden weniger, die Straße immer leerer, kein Hindernis erhob sich mehr vor uns, die Kurven schmiegten sich an die zerklüftete Küste. Wir fuhren an Kohlfeldern, an Reihen kahler Bäume vorbei, Wiesen fielen ins smaragdgrüne Meer ab. Allmählich schien Justine sich zu entspannen. Sie warf mir verstohlene Blicke zu, hielt den Atem an, klammerte sich aber endlich nicht mehr ans Steuer wie an einen Rettungsring. Die Straße stieg an, und plötzlich gab es nur noch den Himmel über der Steilküste. Ich setzte meine Sonnenbrille auf und ließ die Scheibe ein Stück hinunter. Das Meer dehnte sich, so weit das Auge reichte, die Luft war frisch und gischtgeschwängert, der Duft nach Erde und feuchtem Gras drang ins Wageninnere. Ich atmete tief ein. Etwas in mir wurde leichter. Wir fuhren Richtung Cancale, und ich sagte mir, es wäre nicht schlecht, die Gelegenheit zu nutzen und Austern zu kaufen. Es überraschte mich, dass ich an so etwas denken konnte. Ich wertete es als gutes Zeichen, einen Lichtblick. Ich stellte mir sogar vor, ich würde, wenn die Kinder schliefen, die Nase am halboffenen Fenster, das schimmernde Fleisch samt der Perle schlürfen. Das dumpfe Rauschen des Ärmelkanals und sein Salzgeruch würden mich streifen, und ich hätte das Gefühl, in eine Welle zu beißen. Das Auto geriet leicht aus der Spur.

»Fahren Sie etwas weiter rechts ...«

»Es ist doch niemand da.«

»Das ist kein Grund.«

Justine seufzte entnervt und blieb, ohne dass ich sie darum gebeten hatte, am Straßenrand stehen. Ganz nah brandete das Meer, direkt unter der aus Brombeergestrüpp und Ginster auftauchenden Kapelle Notre-Dame-des-Flots schlug es gegen die Felsen. In der Ferne kehrte ein kleines Fischerboot zur Küste zurück, es wurde hin und her geschleudert wie eine Plastiktüte. Sie zog ein Päckchen Lucky hervor und steckte sich eine an.

»Ich hab Lust auf eine Zigarette.«

Wortlos schnallte sie sich ab und stieg aus. Ich tat es ihr nach. Der Wind pfiff, er füllte meine Lungen und schmirgelte mir die Haut, ein Schauder lief mir über den Rücken. Der Horizont schien das Ende der Welt zu sein. Nach mehreren Anläufen hatte ich meine Craven angezündet, ich inhalierte tief, und der Rauch breitete sich bis in meine Fingerspitzen aus. Justine folgte dem Küstenpfad, wie eine Seiltänzerin balancierte sie auf dem schmalen Streifen Erde, den Heidekraut und Disteln, Samtgras und Meerträubel säumten. Ihr ausdrucksstarkes Gesicht war vom Haar halb verdeckt, sie hatte eine Sonnenbrille auf, deren schweres, dunkles Gestell ihre Haut noch weißer erscheinen ließ. Am Rand der Steilküste drehte sie sich um.

»Kommen Sie, ich habe Lust spazieren zu gehen.«

Ich war nicht sicher, ob man mich auch dafür bezahlte, aber ihr Stiefvater blechte ja, und nach dem, was sie erzählte, war der Typ ein Schwein. Ich fragte mich, ob sie das auch schon beim alten Raymond gemacht hatte, ich musste ungefähr zehn gewesen sein, als Papa ihn einstellte, jetzt war er im Ruhestand, ich ersetzte ihn, und er schob in seinem kleinen Haus am Hafen wahrscheinlich eine ruhige Kugel. Wir marschierten ein paar Minuten dicht am Abgrund entlang, der Pfad führte durch die niedrige Heide, manchmal war er überwachsen, und unsere Füße versanken im weichen Gras. Justine setzte sich auf einen Felsen. Der Wind zerrte an ihren Haaren. So blieben wir eine Weile, schweigend und nachdenklich, bittere Kräuter kauend, die Augen halb geschlossen. Im Westen dehnte sich die Küste wie eine zarte, mottenzerfressene Spitze, und weit draußen im Meer ahnte man, wie einen Nebelstreif, die Kanalinseln. Ich sah auf die Uhr. Es war Zeit zurückzukehren. Ich musste mich gewaltsam von der Stille und dem Licht losreißen.

Justine kontrollierte ihren Rückspiegel und war bereit, den Motor anzulassen. Mein Telefon vibrierte, es war Alex, meine nächste Stunde fiel aus.

»Ich habe Hunger. Gehen wir etwas essen?«

Es war eine Frage, glich aber einem Befehl, sie blickte mich fröhlich an, wenn sie so strahlte, war sie ganz verändert. Dass ein Mädchen wie sie nichts Besseres zu tun hatte, als mit einem total verbrauchten Kerl, der dazu noch zwanzig Kilo Übergewicht hatte, essen zu gehen, war für mich ein Rätsel, aber ich versuchte nicht, es zu verstehen. Ohne auf irgendetwas zu achten, fuhr sie los, ein Wohnmobil konnte gerade noch ausweichen, und wenn ich an Gott geglaubt hätte, hätte ich ihm, glaube ich, gedankt für so viel Aufmerksamkeit. Justine war nicht einmal erschrocken, es schien sie nicht zu kümmern, sie trällerte einen alten Song der Stones. Wir fuhren mit 40 km/h, und die Pointe du Grouin ragte aus dem Meer, ich dachte an die Vögel, die dort nisteten, Sarah meinte, es seien Tausende, wir haben uns ins Gras gesetzt, um sie zu beobachten, es schien ihr nie langweilig zu werden. Zehn Minuten später waren wir im Hafen und kniffen die Augen zusammen, um die Bucht zu betrachten, das Wasser spiegelte so, dass es fast weh tat. Die Austernbänke waren kaum zu erkennen. Auf den Anhängern der Traktoren rauchten Männer mit Latzhosen und grünen Gummistiefeln inmitten der Körbe. Die Sonne fiel durch die Scheibe des Restaurants und brannte uns auf die Wangen. Justine stopfte sich mit Brot voll, während sie auf ihren gegrillten Fisch wartete. Ich hatte schon den ersten halben Liter Rotwein geleert, als mein Essen kam. Ich weiß nicht mehr, worüber wir gesprochen haben. Über alles und nichts. Zweifellos ein bisschen über sie. Ende des Jahres würde sie achtzehn werden, mit dem Abitur in der

Tasche konnte sie endlich weg von zu Hause, sie wollte ihr Glück in Paris versuchen, würde nehmen, was sich böte, Bedienung, Kassiererin, ganz egal, ihr Leben würde jedenfalls anderswo stattfinden. Sie war nicht sicher, ob sie es bis dahin aushielte, die Winter hier waren zu lang die Leute zu alt die Nächte zu dunkel, sie wollte Lichter Trubel Menschen, so stellte sie sich die Stadt vor, und ich wollte ihr nicht die Illusion nehmen.

»Kennst du Leute dort?«

»Nein. Aber ich lerne welche kennen. Wir werden sehen. Sowieso habe ich gar keine Wahl. Ich muss abhauen, bevor ich vollkommen durchdrehe. Irgendwo muss ich ja bleiben. Schlimmer als zu Hause kann es nicht werden.«

Ich hatte den zweiten halben Liter Rotwein ausgetrunken und hörte ihr zu, ich fühlte mich einfach wohl, mir war heiß, und die flachen Austernboote steckten im Schlick. Sie fing wieder an zu trällern und sah mich von der Seite an, ich erinnerte sie an jemanden, einen Typen, der Bücher schrieb. Ich zuckte die Achseln und verlangte die Rechnung.

Wir fuhren übers Land zurück. Kilometerweit reihten sich nur Wiesen und Felder aneinander, aus denen hier und da Gehöfte und Traktoren aufragten. Dann wurden die Reklametafeln häufiger, und die Häuser wuchsen aus dem Boden, eins ans andere geklebt. Ich setzte sie zu Hause ab, vor einem Mietshaus inmitten von fünf anderen, die alle gleich aussahen. Langgestreckte Blocks, sechs Stockwerke hoch, heller Granitputz. Zum Abschied gab sie mir, ich glaube, ganz automatisch, als wären wir alte Freunde, einen Kuss auf die Wange. Ich blieb noch im Auto sitzen, diese Häuser kannte ich besser als jeder andere, ich hatte dort die ersten zehn Jahre meines Lebens verbracht, dann schaffte mein Vater sein Taxi ab, meine Mutter verließ den Schalter der

Familienkasse, sie fingen mit der Fahrschule an, und wir zogen in ein eigenes Häuschen, ein paar hundert Meter vom Meer entfernt. Seit damals hatte sich nichts wirklich verändert, der Anstrich war erneuert und Satellitenantennen an den Fassaden angebracht worden, man hatte zwanzig Parkplätze in ein Basketballfeld verwandelt, überall, in allen französischen Stadtrandsiedlungen, waren zur gleichen Zeit die Körbe wie Pilze aus dem Boden geschossen. Wir hatten im vierten Stock gewohnt, und der Balkon war unser Fahrradabstellplatz gewesen, durch die Pappwände konnte man hören, was in der Wohnung nebenan los war, und die Küchengerüche vermischten sich zu einem faden Dunst. Meine Mutter war oft zu Hause, kochte immer Kaffee, servierte Kekse für die Nachbarn, die hereinschauten, warum sie so wenig ausging, war mir ein Rätsel, sie langweilte sich in dieser Wohnung, und das Meer war zum Greifen nah. Im Grunde wusste ich nie, wer sie wirklich war, wer sich hinter ihren geblümten Kleidern und der Fürsorge für uns verbarg. Soviel ich wusste, hatte sie weder eine Leidenschaft noch echte Freunde, ich erlebte sie immer ausgeglichen, nicht traurig und nicht fröhlich, zurückhaltend und farblos. Für die Leute war sie eins mit uns, ging in der Familie auf, ein Teil des Puzzles. Mein Vater dagegen war die klassische, trügerische Mischung aus autoritärem Schweigen, Kälte und unterdrückter Freundlichkeit, ungeschickten Annäherungsversuchen, barscher Männlichkeit und verhinderten Gefühlsregungen, und dabei ist es für mich immer geblieben. Ich denke, so ist es überall, man lebt nebeneinander her, ohne sich je wirklich zu begegnen, ohne sich zu kennen, ohne auseinander schlau zu werden. Das Konkrete kittet uns zusammen, das Alltägliche verbindet uns, der Raum bringt uns einander nahe, und wir empfinden füreinander eine seltsame, bedingungslose Liebe, eine nicht zu rechtfertigende tiefe Zärtlichkeit, die doch nur durch diesen äußeren Rahmen entsteht. Als ich anfing, mich um sie zu kümmern, war es zu spät, das Schweigen war zu hartnäckig, die Scham saß zu tief, die Beziehungen waren zu verkrustet, als dass man sie hinterfragte. Mein Bruder und ich teilten ein Zimmer, an den beigefarbenen Wänden klebten Rennwagen zwischen Postern von U2 Platini The Cure McEnroe, Nirvana Cantona Boris Becker. Er schlief im oberen Bett, oft verbot er mir hereinzukommen, unter dem Vorwand, er mache seine Hausaufgaben. Kaum hatte ich die Tür hinter mir geschlossen, hörte ich ihn mit dem Joystick unseres Amstrad-Computers hantieren. Ich ging durchs Wohnzimmer mit den schweren Möbeln, meine Mutter plauderte mit der Frau aus dem dritten Stock, einer Dicken, die sich nie von ihrem Pudel trennte, ihr Parfüm war zu stark und ihre scheußlichen Blusen machten mir Angst, ich könnte nicht sagen, warum. Ich weiß auch nicht mehr, was ich all diese Stunden im Treppenhaus trieb, im Winter saß ich ab fünf Uhr im Dunkeln, ich machte mir nicht mal die Mühe, das Licht anzuschalten, ich horchte auf die Geräusche, die aus den unteren Stockwerken heraufdrangen, auf die alten Leute im Erdgeschoss, die mir klebrige Bonbons schenkten, und auf die Musik der beiden jungen gegenüber, wenn man bei ihnen vorbeiging, sah man nichts, die Fenster waren mit indischen Vorhängen verhüllt, sie hatten lange Haare, und von ihr konnte ich, ob ich wollte oder nicht, unter den orangefarbenen Tuniken die Brüste sehen. Ich mochte ihr geflochtenes Haar und ihren Brillanten auf dem rechten Nasenflügel. Sie ließen mich oft reinkommen, da roch es sonderbar, die afghanische Musik bildete ein ständiges sanftes Hintergrundgeräusch. Sie hatten keinen Fernseher, und ich erinnere mich nicht, was ich bei ihnen machte, ich glaube, ich setzte mich einfach nur in eine Ecke, blätterte in Comics oder Kunstbüchern, während er auf seiner Gitarre klimperte und sie aus verzwirbelten Drähten, die sie um rote oder smaragdgrüne Steine wickelte, Schmuck bastelte. Im ersten Stock lebte Lucas mit seinem Vater, ich habe nie erfahren, ob er auch einmal eine Mutter hatte. Der Alte stank nach Bier, und jedes Mal, wenn ich ihm begegnete, lief es mir kalt den Rücken runter, er versuchte, einen nur aus Muskeln bestehenden schwarzen Molosser an seiner Leine in Schach zu halten, diesen Hund habe ich nie anders gesehen als mit blitzenden Fangzähnen unter hochgezogenen Lefzen. Manchmal erzählte mir Lucas von der Prügel, die er für irgendeine lächerliche Kleinigkeit bezog, wenn ich mit meinen Eltern darüber sprach, schüttelten sie ohnmächtig und traurig den Kopf. Was sollen wir tun?, sagten sie, stimmt, sein Vater trinkt zu viel, das weiß ja jeder, aber man muss ihn verstehen, er war nicht immer so, weißt du. Nein, wusste ich nicht, und ich sah nicht, was sich dadurch änderte. Ich denke oft an Lucas und frage mich, was wohl aus ihm geworden ist, falls überhaupt etwas oder jemand aus einem werden kann, wenn man so mit Angst und Ohrfeigen aufgewachsen ist. Ich stelle mir immer vor, ihm an einer Straßenecke zu begegnen, er ist hohläugig geworden, hat Zahnlücken und wächserne Haut, er sieht aus, als wäre er tausend Jahre alt. Das letzte Mal, als ich ihn sah, trug er seine Tasche auf dem Rücken, ich wohnte nicht mehr hier, aber wir sahen uns trotzdem noch, er war fünfzehn und wollte abhauen, er brauchte Geld, ich klaute etwas aus der Fahrschulkasse. Ich traf ihn am Bahnhof. Es war sieben Uhr morgens. Ich sehe noch den roten Himmel über den Gleisen vor mir, den alten Bahnhof mit dem beigefarbenen Putz, die krakeelenden Vögel auf dem Dach. Der Wind pfiff durch die Halle. Wohin fährst du?, hatte ich ihn gefragt. Er hatte lächelnd die Schultern gezuckt und sich dann auf den Bahnsteig getrollt, eine Zigarette zwischen den Zähnen. Es begann zu regnen.

In Erinnerungen versunken fuhr ich schließlich weiter. Die Straßen waren verschwommen, wie verschleiert vom Nieselregen. Durch die Windschutzscheibe zerfloss alles, mitten in der Stadt streckte sich eine wilde Landzunge ins Meer, karge Heide und scharfkantige Steinblöcke. Verloren in Dornengestrüpp und Heidekraut, unter einer Flut von zartem oder auch dunklem Grün, ein Miniatur-Irland, überragte ein langes, bröckelndes Gebäude die Wogen. Rohre liefen über die Felsen hinab und senkten sich unter die Wasseroberfläche, pumpten das Wasser aus dem offenen Meer hoch. Auf gut Glück lüpfte man Planen und bahnte sich einen Weg, der Geruch von Algen und Krustentieren hinterließ einen Seeigelgeschmack auf der Zunge. Yann kreuzte auf, frisch geduscht, aber immer noch in einer Duftwolke von Austern, Krebsen, Venusmuscheln. Vom Morgengrauen bis in den Nachmittag tauchte er seine Handschuhe in die Becken, verpackte literweise Mies-, Jakobs-, Venusmuscheln, Meermandeln und Napfschnecken, reizte die Langusten, ärgerte die Samtkrabben, stopfte sie in Säcke oder Kisten, die dann in alle Ecken Frankreichs gingen, im Grunde pfiff er drauf, er verabscheute das ganze Zeug. Er liebte es, draußen seine Zigarette zu rauchen, den Wind im Gesicht, und im ersten Morgenschein hier anzukommen wie in einem unbekannten, unberührten und irgendwie feindlichen Land. Mitten am Nachmittag wieder zu gehen, sich aufs Motorrad zu setzen und aufs Geratewohl die Küste entlangzudüsen.

Autos mochte er weniger, aber was half es, er würde sich damit abfinden müssen, seine Freundin erwartete ein Kind, ein Mädchen, er würde es Lola nennen, aber die um ihn geschlungenen Arme, ihre aneinandergeschmiegten Körper im Fahrtwind, von der Geschwindigkeit stabilisiert, das würde er dann schon vermissen. Er konnte sagen, was er wollte, er fuhr fabelhaft, ganz spielerisch, er schaltete pfeifend, quasselte unentwegt und blieb beim Einparken völlig locker. Eine Fahrstunde mit ihm war eine unterhaltsame Spazierfahrt. Mein erster Tag ging zu Ende, und die Dinge ließen sich gar nicht so schlecht an. Die Arbeit, so leicht sie auch war, lenkte mich ab und füllte die Stunden, dichtete die Risse und Löcher. Es war nur oberflächlich, das wusste ich, es war die Illusion der ersten Tage und würde so lang halten, wie es halten würde, aber ich musste zugeben, während sechs Stunden war Sarah nur flüchtig in meinem Gehirn aufgetaucht, der Griff hatte sich gelockert und die Leine mir mehr Spielraum gelassen als sonst.

»Hast du gesehen?«, fragte Manon. »Da drüben, das ist der Mann vom Umzugslaster …«

Um uns herum kamen die Kinder in Trauben aus dem Schulgebäude; halb so groß wie ihre Ranzen, trippelten sie über den Hof, Familienvans schluckten sie in einem Radau von Motorenlärm und Türenschlagen. Ich schaute zum Tor, ein paar Mütter spähten nach ihrer Brut, die meisten schwanger oder mit Kinderwagen, in denen Säuglinge dösten. Sie waren in Sarahs Alter, wirkten aber älter, es war schwer zu erklären, etwas im Verhalten, der Haarschnitt, die Wahl der Kleidung. Eine Art Einverständnis. In den letzten Wochen war Sarah auch müde gewesen, man hatte es an ihrem Gesicht, ihren Schultern, der unmerklichen Krümmung ihres Rückens gesehen.

»Wo denn?«, fragte ich.

»Der Mann, da.«

Ich folgte ihrem Finger, und sie hatte recht, fahl, mager, mit grauen Tränensäcken, stand er etwas abseits und beobachtete den Schulhof. Was machte er da? Soviel ich wusste, hätte er in Paris oder in Marseille sein müssen, ein riesiger Umzug, zwei Klaviere, eine Bibliothek und dreihundert Quadratmeter antike Möbel. Unsere Blicke kreuzten sich, seine hellen Augen spielten ins Durchsichtige. Ich nickte ihm zu. Er schien überrascht, mich zu sehen, und antwortete mit einer unbestimmten Geste, ich wollte zu ihm hin, als plötzlich Clément vor mir stand, mit nachdenklicher Miene. Ich hatte ihn nicht kommen sehen. Ich küsste ihn auf die Stirn, nahm seinen Schulranzen, und wir wandten uns zum Auto.

»Na, war's gut?«

»Ja.«

»Hast du Freunde gefunden?«

Er zuckte die Achseln. Damit würde man sich begnügen müssen. Es war schon schlimmer gewesen. Ich öffnete den Kofferraum, um seine Sachen zu verstauen, er würdigte die lange schwarze Hülle, die auf der schmutzigen Matte lag, mit keinem Blick, das enttäuschte mich beinahe. Ich blickte zum Himmel, es sah gut aus, ein strahlendes Blau, kaum gedämpft von der zerzupften Watte der Wolken. Clément kroch seufzend auf den Rücksitz.

»Weißt du«, versuchte es Manon, »ich hab eine Freundin gefunden. Sie heißt Jade. Das ist schön, oder? Jade ...«

»Na ja.«

»Und ihr Vater ist Polizist, stell dir vor.«

»Was geht denn mich das an?«

Die Kleine steckte es ungerührt ein, sie war es gewohnt, die bedingungslose Liebe, die sie ihrem Bruder entgegenbrachte, und ihre Fähigkeit, ihm alles zu verzeihen, weckten Bewunderung.

»He«, rief ich, »du könntest netter sein zu deiner Schwester ...«

Clément machte ein mürrisches Gesicht, und seine Augen funkelten vor unterdrücktem Zorn, den er nur noch nach außen richten würde, auf die reglose Landschaft, die parkenden Autos, die Bushaltestelle und den Blumenhändler, das Café und das Rathaus nebenan. Bevor ich losfuhr, warf ich einen letzten Blick zum Tor. Der Große war verschwunden. Jedenfalls war niemand mehr da. Nur ein paar Kinder, die in der Nachmittagsbetreuung blieben, im Rückspiegel sah ich sie auf Bänken sitzen und diskutieren, man würde sie erst abends abholen, sie wurden winzig und dann vollends unsichtbar, als ich in die Straße einbog, die zum Meer hinunterführte.

Am Strand blies ein kräftiger, frischer Wind, stetig und

ohne nachzulassen. Die wenigen Spaziergänger beugten sich vor, um voranzukommen, nur die Hunde schüttelten ihr Fell, als wäre nichts. Hier und da lagen Klumpen schwarzer Algen auf dem Sand, das ablaufende Wasser hatte sie da zurückgelassen, jetzt umspülte es kaum mehr die Forts vor der Küste. Ich warf einen Blick nach Westen, es würde nicht mehr lang dauern, bis am Ende des Strands die Altstadt aufflammte: Die Strahlen der untergehenden Sonne streiften die Wogen, und der Himmel begann sich rosa zu färben. Das Segel vibrierte in meinen Händen, ungeduldig flatterte es wie ein Vogel. Ich steckte das letzte Rohr in die Muffe, und das Ding blähte sich auf. Clément packte die Griffe, schrie »alles klar«, und ich ließ los. Der Drachen stieg mit einem Ruck auf, vollkommen senkrecht, unter dumpfem Summen. Ich lief zu Manon, die Gischt peitschte mir ins Gesicht. Sie hockte im Sand und zeichnete mit einem Stock Figuren, die mal eine Blume, mal ein Monster, dann wieder ein Haus und schließlich ihren Vornamen darstellen sollten. Man musste gutwillig sein, um irgendetwas darin zu erkennen. Wir kletterten auf einen Granitblock. Sie klammerte sich an meine Hand und hing nur an mir, während ihre Füße ins Leere rutschten. Wir plauderten beim Klettern, wir gingen rasch den Tag durch, und hauptsächlich kam dabei heraus, dass ihre Lehrerin ihr Angst machte und für ihren Geschmack zu viel schrie, aber sie hatte Bilder gemalt, eine Papierkrone gebastelt und ein bisschen geturnt. Von dort oben, mit der Nase im Wind, verfolgten wir die hellen Kurven, die der Drachen in den rosa Himmel zeichnete: perfekte Bahnen, große, tadellose Achter. Clément lenkte das Ding, als hätte er es schon sein ganzes Leben lang getan, die Kraft des Windes zog ihn Richtung Meer, ab und zu lösten seine Füße sich leicht vom Boden, man hätte meinen können, er fliegt davon. Manon leerte ihr Päckchen Honey Pops, ohne ihren Bruder aus den Augen zu lassen. Ich glaube, sogar ich hatte sein Gesicht und seine Laune vergessen, als er es schaffte, das Dreieck nur ein paar Zentimeter über den Wellen in der Schwebe zu halten.

Die Kälte brach herein wie die Nacht, mächtig und unausweichlich. Entlang der Promenade gingen nacheinander die Laternen an, wenn man die Augen zusammenkniff, bewegte sich das Licht auf den Festungswall zu wie ein Lauffeuer. Manon hörte den ganzen Abend nicht mehr auf, im Auto, im Haus, überall suchte sie verschwommene Lichtflecken. In den erleuchteten Fenstern an den Stirnseiten der Villen konnte man Schatten erkennen. In den Salons mit den polierten Möbeln und den Fernrohren auf vergoldeten Holzstativen, großen Stelzvögeln gleich, mit den Aquarellen an den Wänden, den Clubsesseln und niedrigen Tischen aus exotischem Holz schickte man sich an, den Chivas aufzumachen.

Ich holte den Pack Bier aus dem Kühlschrank, stellte ihn mitten auf den Tisch und nahm die erste Flasche heraus. Der Fernseher mir gegenüber war nur ein nutzloses graubraunes Rechteck, aus der Anlage kreischte Otis Redding. Die Kinder waren gegen neun Uhr eingeschlafen. Sie waren fix und fertig, die jodgesättigte Luft und der peitschende Wind hatten sie im Sommer immer umgehauen. Sarah und ich betrauten Nadine damit, ihren Engelsschlaf zu bewachen, und gingen zum Strand hinunter, es war mild, und bei der Pointe du Décollé sank die Sonne in die Felsen. Ich küsste sie bei jedem oder fast jedem Schritt, ich konnte es nicht lassen, so wenig wie ich es lassen konnte, unter dem leichten Stoff ihres Kleides ihren Hintern zu berühren, ihre

Brüste zu streicheln, wenn sie sich an mich lehnte und wir das Meer anschauten und mein Schwanz zwischen ihren Pobacken hart wurde wie ein Stück Holz. Hinter den Kabinen zog sie auf allerliebste Art ihren Slip aus, und ihr Mund schmeckte frisch. Wir blieben noch lang mit den Schuhen in der Hand, Hose und Kleid über den Knien, unter dem sternenübersäten Himmel und warteten, dass die Wellen aufhörten sich zu brechen und ölig und schäumend auf dem Sand auszulaufen, wo sie leise knisterten.

Ich trank mein Bier in einem Zug aus, die Musik zerriss mein Gedärm, ich ging hinaus in die kältestarre Nacht. Am Ende der Straße toste das Meer, erfüllte alles, schlug an meinen Schädel, bis es ihn geöffnet hatte und sich in ihn ergoss. In der lockeren Erde stehend, rauchte ich eine Zigarre. Der Rasen war in einem schlimmen Zustand, mottenzerfressen wie ein alter Stoff, von wilden Gräsern und allem möglichen Dreckzeug durchsetzt, das sich in den ersten schönen Tagen unweigerlich ausbreiten würde. Die Mauer aus Leichtbausteinen um das Grundstück zerfiel, der Vormieter hatte sich damit begnügt, die Löcher notdürftig mit grauem Zement zu stopfen. Wein wuchs in einem komplizierten Muster an ihr entlang, dicke Nägel versuchten ihm den Weg zu weisen, doch vergeblich. Das Fenster des gegenüberliegenden Hauses ragte kaum über die Mauer hinaus, in einem Rechteck gelben Lichts war die Küchendecke zu erkennen, an der eine Kugel aus zerknittertem Papier hing. Ich stellte mich auf die Zehenspitzen, und die Nachbarin zuckte zusammen, als sie mich auftauchen sah. Sie zog an ihrer Zigarette und lächelte mir einen Augenblick zu, während meine Lippen ein stummes Guten Abend formten. Sie war sehr blass und ihr Haar so hell, dass es fast weiß aussah, unter ihren tiefliegenden Augen hatte sie dunkle Ränder, von denen man ahnte, dass sie nie ganz verschwanden. Sie öffnete das Fenster einen Spalt, ich kletterte auf den dicken abgesägten Baumstamm und stützte die Ellbogen auf die Mauer. So unterhielten wir uns eine Weile, über alles und nichts, über die Gegend, Spaziergänge, die man machen konnte, Ecken, die es zu erkunden gab. Ich kannte das alles in- und auswendig, ich hatte meine Kindheit und Jugend hier verbracht, einige Allerheiligenfeste und ziemlich viele Sommer, aber ich ließ sie reden. Sie liebte die sanften Ufer der Rance und die Halbinsel Saint-Jacut-de-la-mer, bei Ebbe konnte man stundenlang über den mit winzigen weißen Muscheln übersäten Sand gehen, das Meer benetzte ihn nur eben und reichte einem nie höher als bis zum Schienbein, Algen und Felsen verliehen ihm unwahrscheinliche Farben, von Smaragdgrün über Türkis bis Aquamarinblau, Marineblau oder Flaschengrün. Ich war halb erfroren, als sie sagte, sie müsse jetzt gehen, sie arbeite im Krankenhaus und habe Nachtdienst, einen Augenblick schwankte ich, ob ich ihr erzählen sollte, dass auch Sarah Krankenschwester war, aber es hatte gar keinen Sinn, es war wie ein absurder alter Reflex, Überbleibsel eines anderen Lebens. Sie machte das Fenster zu, nicht ohne mich zu bitten, nur ja nie zu zögern, wenn ich etwas brauchte, ganz gleich, ob es darum ging, die Kinder zu hüten oder mit einem Päckchen Zucker, einem Laib Brot auszuhelfen, bei einem Glas Wein oder einer Zigarette ein wenig zu schwatzen. Ein paar Minuten später übertönte der Motor ihres Autos das Rauschen der steigenden Flut.

Die Sackgasse war menschenleer. Ich ging aufs Wasser zu, und es war, als würde ich in der Nacht versinken, um nie wiederzukehren. Alles roch nach Regen, Jod und gefrorener Erde. Sarah war bei mir, unsichtbar und nass, ich spürte ihre Anwesenheit, ihre Hand an meinem Hals, ihre eisigen Finger, die auf meinem Bauch spielten. Die Treppe führte ins Leere, der Wind fuhr durch die Kräuter, die sich an nichts festhielten. Ich näherte mich dem unsichtbaren, im schwarzen Himmel verlorenen Meer, mein Magen krampfte sich zusammen und meine Brust war wie in einen Schraubstock gezwängt. Es begann zu regnen, schwere Tropfen, wie Kugeln, ich ließ mich durchlöchern, durchbohren, ich ließ mich durch und durch waschen, bis Sarah verschwand, ihr Gesicht und ihr Körper, und die Spur, die ihre Abwesenheit hinterließ.

Als ich zurückkam, war das Licht an und Manon weinte. Ich stürzte in ihr Zimmer, aber ihr Bett war leer, sie hatte sich zu Clément geflüchtet. Er hatte seine Arme um sie geschlungen, wiegte sie und bedeckte sie mit Küssen, er tat, was er konnte, der Arme, das Leben verlangte schon zu lange allzu viel von ihm. Als treuer Bruder versuchte er, ihr beizustehen, aber angesichts der entfesselten Gewalten konnten wir selbst zu zweit nicht viel ausrichten.

»Sie hat einen Albtraum gehabt.«

»Das hab ich ja gesagt. Das sind auch deine verdammten Monster und dieses Zeug.«

»Nein. Das ist es nicht.«

»Was ist es dann?«

»Mama.«

Mehr wollte ich nicht wissen, da gab es nichts zu wissen, sie hatte immer diesen Traum, in dem ihre Mutter am Ende der Straße auf sie zu warten schien. Manon lief auf sie zu und kam näher, ohne sie je erreichen zu können, und irgendwann verschwand sie und alles wurde schwarz. Das hatte sie mir schon zigmal erzählt. Ich bedeutete Clément, er solle weiterschlafen, und nahm Manon auf den Arm.

Ich zog mich aus, hängte meine Kleider zum Trocknen über die Heizung, und wir legten uns ins Bett, sie schmiegte sich an mich, nichts konnte uns trennen. Die Nacht umrauschte uns, zwang uns ihr Gezischel auf, der Regen prasselte auf die Scheiben wie Hände voll Kies, und der Wind ließ das Haus knarren. Wir schliefen mit nassen Haaren ein, meine nass vom Regen und ihre von den Tränen, die mir aus den Augen liefen wie aus einem Wasserhahn, ich konnte nichts machen, sie mussten fließen, es brachte nichts, dagegen anzukämpfen.

Um drei Uhr morgens schreckte ich hoch. Das Zimmer war eiskalt. Ich fasste an den Heizkörper, ich ging durchs ganze Haus, keiner funktionierte. Draußen jagten sich die Böen, warfen sich mit Wucht gegen die Wände, doch vergeblich, das Haus rührte sich nicht von der Stelle, nur das Holz und die Rohre ächzten. Ich holte zwei Steppbetten aus dem Schrank und deckte die Kinder zu, Clément schlief friedlich, sein Nacken trotz der Kälte feucht von Schweiß. Der Himmel vor dem Fenster war weiß, als wollte es schneien, das Zimmer war in ein schwaches, bleiches Licht getaucht. Ich küsste seine blasse, kalte Stirn, ich blieb einen Augenblick bei ihm und lauschte auf seinen Atem, betrachtete sein regloses schönes Gesicht, wünschte mir ganz fest, dass ihm nichts zustoßen möge, nie mehr, dass nichts ihn verletzen möge, dass er niemals sterben möge. Danach schenkte ich mir ein Glas bis an den Rand voll Whisky und verbrachte den Rest der Nacht damit, die Heizkörper zu entlüften und die Heizungsrohre zu reinigen. Schließlich breitete sich das heiße Wasser wie Öl in einem neuen Motor aus, und das Haus wurde allmählich warm. Ich schlüpfte zu Manon ins große Bett, ich war völlig fertig, meine Beine wogen acht Tonnen, und meine Lider fielen zu, ohne dass ich mich dagegen wehren konnte, man hätte glauben können, sie wären aus Blei.

Der Wecker läutete, als mich gerade ein Elefant auf die Matratze drückte, der entschlossen schien, mich da festzuhalten. Die Nacht draußen bot nichts, was einen zum Aufstehen motivierte. Clément kam ins Zimmer und rieb sich die Augen, schniefend verlangte er seinen Kakao.

»Mir war kalt heute Nacht.«

»Ich weiß. Die Heizkörper haben schlappgemacht, aber jetzt gehen sie wieder.«

Ich richtete mich auf, mein Kopf brummte wie ein Wespennest im Sommer, wie eine Flughafenhalle. Eine Hälfte meines Gehirns war in Watte gehüllt, die andere steckte in einem Schraubstock, der von einem Sadisten festgezogen wurde. Ich kitzelte Manon, um sie zu wecken; ohne die Augen aufzuschlagen, verlangte sie ihre Nuckelflasche. Auf dem Wohnzimmertisch verhöhnte mich eine Jack-Daniels-Pulle, ich hatte sie geleert, während ich den Klempner spielte.

Ich schaute durch die Glastür, sie war mit Schneeflocken aus weißem Papier beklebt, dazwischen konnte man die Kinder erkennen, sie schliefen im Stehen, während Madame Désiles ihnen an der Tafel zu erklären versuchte, dass es Dienstag und für sie ungeheuer wichtig war, das zu wissen. Ungeduld und Erbitterung drangen ihr aus allen Poren. Über ihr, neben einem vergilbten Poster mit den Buchstaben des Alphabets, zeigte eine Uhr kurz nach neun. Ich fragte mich, wie Clément sich wohl aus der Affäre gezogen hatte, so wie ich ihn kannte, hatte er irgendein überzeugendes Lügenmärchen erfunden, bei seinem zurückhaltenden Wesen war er ganz schön gerissen. Manon bekam es mit der Angst, sie presste mit aller Kraft meine Hand, und ich selbst fühlte mich nicht gerade in Höchstform. Trotzdem klopfte ich an die Tür, die Kleine stapfte hinein, wie sie es in solchen Fällen immer tat, und die Lehrerin bat sie, sich hinzusetzen. Dann befahl sie den Kindern barsch, ruhig zu bleiben, und zog mich aus dem Klassenzimmer. Im Flur unter den an unsichtbaren Fäden hängenden Hexen und Kürbissen entschuldigte ich mich, so gut ich konnte, aber das interessierte sie nicht. Sie wollte über etwas anderes mit mir reden. Sie flüsterte fast. Obwohl wir allein waren.

»Monsieur Anderen, ich möchte mit Ihnen sprechen.«

»Jetzt schon?«, scherzte ich.

Ihr war offensichtlich nicht zum Lachen. Sie wippte ungeduldig mit dem Fuß und warf entnervte Blicke in ihr Klassenzimmer.

»Sie können keine zwei Sekunden stillsitzen«, murmelte sie.

Auch ich schaute hinein, soweit ich es beurteilen konnte, waren die Kinder ein bisschen unruhig, aber es war nicht weiter schlimm, es schien mir vor allem zu beweisen, dass sie lebendig waren.

»Ja. Jetzt schon. Also: Manon erscheint mir, wie soll ich sagen ... hypersensibel ... Oder, sagen wir, äußerst empfindlich.«

»Wie das?«

»Gestern habe ich mit ihr geschimpft, und sie ist in Tränen ausgebrochen, auf eine so maßlose Weise, als wäre es das erste Mal ...«

»Na klar ... wenn Sie mit ihr schimpfen.«

»Schimpfen Sie nie mit ihr?«

»Nein.«

»Sie erheben nie die Stimme?«

»Nie. Das ist gegen meine Prinzipien.«

»Ihre Prinzipien?«

»Ja.«

»Wissen Sie, man tut seinen Kindern keinen Gefallen, wenn man ihnen immer alles durchgehen lässt.«

»Machen Sie sich keine Sorgen, sie hat es schwer genug gehabt. Und außerdem geht Sie das nichts an.«

Sie starrte mich eine Weile an, man hätte meinen können, sie wollte mich scannen. Etwas verstimmte sie sichtlich, ihr Blick stieß sich an meiner undurchsichtigen Oberfläche. Ehrlich gesagt war es mir schnuppe. Ich fragte sie, ob das alles sei, sie machte sich nicht die Mühe zu antworten, ließ mich einfach stehen, verschwand in ihrem Klassenzimmer und knallte die Tür zu, kurz danach hörte ich, wie sie laut wurde und die Kinder anschrie, sie sollten Ruhe geben. Im Hof markierten Striche auf dem Boden eine Miniaturrennpiste, und die Basketballbretter reichten mir gerade bis zum Kinn, an einer großen Kiefer, in der Nistkästen hingen, kletterte senkrecht ein Eichhörnchen hinauf, als wollte es den Himmel berühren. Das hätte der Kleinen gefallen, dachte ich.

Nadine sah kaputt aus, aber seltsam strahlend, ihre Augen leuchteten, und das zu einem Knoten geschlungene lange Haar ließ ihren Nacken frei. Ein mit roten und blauen Perlen besetztes Stück Holz hielt das Ganze, man fragte sich, wie. Im Büro hing ein Duft nach Kaffee und Schnittblumen, es war stets der gleiche, wie aus der Vergangenheit und der Kindheit aufgestiegen. Sie blätterte in einer alten *Elle*, eine mitten zwischen die Autozeitschriften geratene Emmanuelle Béart zeigte mehr als nötig. Ich ließ mir nichts entgehen. Sie gab mir seufzend meinen Zettel, es hatte sich etwas geändert, es ändert sich so oder so ständig etwas, sagte sie müde, jeden oder fast jeden Tag, wenn es etwas gibt, was sich nicht ändert, dann ist es das. Ich dachte einen Moment darüber nach, dann nahm ich die Schlüssel des Clio und hauchte ihr ein Küsschen zu. Vor mir erhob sich trist und düster die Kirche, eine alte Omi trat ein, sie zog einen Einkaufstrolley aus Schottenstoff und ging so gebeugt, dass sie winzig schien, kaum größer als ein Kind. Für wen würde sie beten? Ich startete und fuhr los, ich hätte mit geschlossenen Augen steuern können, die Straßen spulten die alten Routen, die vertrauten Strecken ab. Am Ende der Sackgassen erblickte man das Meer und ein Stück Strand, und über allem pulsierte der Himmel. Ich hatte nicht mehr an das Geheimnis des Herbstes hier gedacht, das intensive, grelle Licht, das über dem Wasser lag, die Luft, die plötzlich peitschen konnte, wenn sie über einen strich, die Wüstenei der den Vögeln überlassenen, mit hohen Gräsern gespickten Dünen, die Wildheit der Küste, das Tiefgrün des Kliffs, das dunklere Grau der Inselchen und Landzungen, die stille

Stadt, die nach den Menschenmassen des Sommers plötzlich wie ausgestorben war, die Flut, die gegen die Deiche donnerte, als wollte sie sie einreißen, die in hohen Fontänen bis auf die Straßen spritzte, sie unbefahrbar machte, begierig, alles unter sich zu begraben. Ich bog in die Rue des Marais ein, das Haus war nicht wiederzuerkennen. Im Lauf der Zeit hatten die neuen Besitzer es umgestaltet, und ich hätte nicht sagen können, ob es nun schöner oder nicht mehr so schön war. Es war einfach anders, es war nicht mehr das Haus, das ich gekannt hatte, in dem Alex und ich erwachsen geworden waren, in dem mein Vater und meine Mutter die letzten zwanzig Jahre ihres Lebens verbracht hatten, bevor sie mit dem Auto ein Geländer durchbrachen und in der Rance versanken. Über die Lorbeerhecke hinweg zählte ich zusammen, was verschwunden war. Der alte Kirschbaum, von dem an einem dicken Seil ein Autoreifen hing, Papa hatte ihn für die Enkelkinder angebracht, noch bevor sie kamen, und letztlich hatte nur Sarah ihn benutzt, in der Abenddämmerung hatte sie sich um sich selbst gedreht, den Blick ins Laub und in den Himmel gerichtet. Die betonierte Terrasse mit dem Grill aus rotbraunen Backsteinen, der Gemüsegarten mit den Tomaten dem Salat den Karotten, die Beerensträucher meiner Mutter, Brombeeren Himbeeren rote und schwarze Johannisbeeren, das Birnenspalier an der Mauer. Das Haus war weiß verputzt statt blassblau wie in meiner Jugend, die Umrandung der Fenster war nicht mehr in einem kräftigeren Blau gehalten, sondern jetzt blassgelb, und Plastikrollläden ersetzten die alten Holzläden. Ich fuhr an der Mauer entlang, auf dem gepflegten Rasen lagen ein Fahrrad, ein Ball und ein großer roter Spielzeuglaster. Auf hölzernen Dielen stand ein himbeerrosa gestrichener Tisch zwischen vier Teakstühlen. Hinter dem Küchenfenster trank eine Frau in den Vierzigern ihren Tee, vor ihren Augen stritten sich die Vögel um den in den Zweigen des Kirschbaums hängenden Fettknödel. Ich schaute mir das alles an, und es bedeutete mir nicht viel. Wir waren nicht mehr hier, weder meine Eltern noch ich noch mein Bruder, Orte bewahrten nichts, sie gaben sich dem Erstbesten hin und löschten alles in wenigen Sekunden. Ich fuhr weiter, und in der Küche mit den hellen Möbeln bereitete Mama das Essen zu, mein Vater würde gegen sieben Uhr heimkommen. Sie stellte Zucchini mit Käse in den Ofen, und ich beendete an dem Resopaltisch zu den Regionalnachrichten meine Hausaufgaben. Mein Bruder parkte sein Mofa hinten im Garten, im Hereinkommen erkundigte er sich, was es zum Abendessen gebe, küsste Mama widerstrebend auf die Wangen, berichtete mir zufrieden, wie viele Tore er geschossen hatte, und ging duschen. Dann war mein Vater an der Reihe, er zerzauste mir die Haare zur Begrüßung, und um acht Uhr aßen wir, nachdem er seinen Aperitif getrunken und die Zeitung überflogen hatte. Der Abend verlief ohne Reibungen, beim Essen tauschte man banale Neuigkeiten aus, überlegte, wie ohnehin schon minimale Kosten noch verringert werden könnten, plante Käufe, die das Ergebnis der vorangegangenen Diskussion null und nichtig machten, berichtete von den Noten, die man bekommen hatte, klärte die Termine kommender Essensverabredungen, verhandelte über das Taschengeld und den außerplanmäßigen Kauf eines Markenkleidungsstücks, einer Schallplatte, einer Kinokarte oder neuer Schuhe, wenn die anderen noch nicht ganz zerschlissen waren. Dann gingen wir ins Wohnzimmer, und Mama schlief während des Films ein, dem ich nur mit einem Auge folgte. Alex sagte, er werde ausgehen, und mein

Vater meckerte der Form halber. Ein paar Jahre später verließ ich meinerseits das Samtsofa, um mich zu meinen Kumpels zu gesellen, sie versammelten sich auf ihren Mofas, Bierflasche und Kippe im Mund, hoch über dem Strand auf der Promenade, die von neuen Laternen gesäumt wurde, eine lange Reihe orangefarbener Kugeln in der regnerischen Nacht.

Justine stieg ins Auto, ohne ein Wort zu sagen, und der Wind fuhr ins Wageninnere, seit Mitternacht hatte er nicht aufgehört zu blasen, nachdem er Wolken und Regen landwärts getrieben hatte, schliff er das Licht, die braune Erde, die alten Steine. Sie startete, ohne dass ich sie dazu aufgefordert hatte, und der Motor starb hustend ab.

»Du hast sowieso vergessen, deinen Sitz einzustellen.«

Sie seufzte entnervt und fügte sich widerwillig.

»Und deine Rückspiegel auch. Und dich anzuschnallen.«

Sie kniff Augen und Mund zu einer Grimasse zusammen, die drohend sein sollte, und ihre übertrieben eifrigen Gesten waren nichts anderes als eine Verarschung. Das gefiel mir, ich hatte nie etwas übrig gehabt für Lauheit, Unterwürfigkeit, falsche Höflichkeit, und Sarah auch nicht, man durfte sie nicht nerven, sie konnte im Nu ihre Krallen ausfahren.

»Ist der Herr nun zufrieden«, fragte sie gespielt einfältig.

Ich nickte, lächelte konziliant, und wir fuhren in Richtung Meer. Dort rasten die Wolken, energie- und spannungsgeladen, die Wellen sahen von weitem kompakt aus, ihr Kamm hätte Gliedmaßen abtrennen können wie ein frisch geschärftes Messer. Der Motor machte einen schrecklichen Radau, Justine blieb im zweiten Gang, sie ließ die

Maschine auf Hochtouren drehen und schien nichts dabei zu finden.

»Schaltest du nie in den Dritten?«

»Nein. Nie. Warum? Stört Sie das?«

Unwillkürlich musste ich lachen. Ich sagte, sie solle links abbiegen, und betrachtete einen Augenblick ihr Profil. Sie war überwältigend schön, es genügte, sie anzusehen, und man bekam weiche Knie.

»Wollen Sie ein Foto von mir?«, fragte sie trocken.

»Nein, es geht schon«, erwiderte ich und wandte den Blick ab.

Wir fuhren ein Weilchen, ohne ein Wort zu wechseln, die Stadt ging in Wiesen über, wir durchquerten menschenleere Weiler, Häuser mit ihren dicken Mauern schienen irrtümlich dorthin gebaut worden zu sein, zwischen die Felder. Justine langweilte sich schrecklich inmitten der Pferde und Traktoren, auf den schmalen, holprigen, kurvenreichen Landstraßen. Schließlich schlug sie vor, wieder in die Zivilisation zurückzukehren und irgendwo anzuhalten, sie brauchte einen Kaffee. Ich hatte nichts dagegen, wir machten uns davon, und fünf Minuten später führten uns enge Sträßchen zwischen prächtigen Villen hindurch zum Deich.

Das Meer brandete winterlich aufgewühlt und metallisch glitzernd, ein besonders schwerer Brecher durchnässte uns von oben bis unten. Justine schrie auf, ihr Haar triefte und ihr Mantel und der Saum ihres Kleides wurden dunkel von Feuchtigkeit. Das Hotel war zwei Schritte entfernt, ein großes bürgerliches Haus mit vielen Terrassen, Balkonen und Erkern. Die Bar ging auf den Strand hinaus, Touristen saßen beim Frühstück, den Blick auf die salzwasserbespritzten Panoramafenster gerichtet, man fragte sich, was sie in dieser Jahreszeit hier suchten.

»Die Thermen«, sagte Justine. »Sie verbringen eine Wahnsinnszeit damit, im warmen Wasser zu liegen, sich massieren und in Algen packen zu lassen ... Sie bezahlen ein Vermögen, um sich von jungen Mindestlohnempfängerinnen verhätscheln zu lassen, und beklagen sich, das ›Personal‹ sei nicht nett und freundlich genug ...«

Diesmal hatte ich das Gefühl, Sarah reden zu hören. Ich konnte mir ein Lächeln nicht verkneifen. Wir setzten uns in die Nähe der Heizung, an den Wänden hingen Ölschinken in Blautönen, man brauchte nur den Kopf zu drehen, um festzustellen, dass das echte Meer schöner war. Die Bedienung brachte uns einen dünnen Kaffee, an der Art, wie sie ihn auf den Tisch stellte, konnte man sehen, dass sie lieber woanders gewesen wäre. Spitz wies sie mich darauf hin, dass die Jacke meiner Tochter auf dem Boden liege. Justine brach in Gelächter aus, mit ihren glänzenden Augen, den schmalen, ihre winzigen Zähne entblößenden Lippen wirkte sie einen Moment lang noch jünger. Wir tranken unseren Kaffee und schauten aus dem Fenster. Draußen mischten sich die Farbtöne von Austern und Kohle, Grünspan und Gischt. Auf den Wellenbrechern hockten Möwen und schrien grundlos, Jogger in fluoreszierenden Anzügen rannten über den Deich, das Meer zog sich zurück, ohne sich zu ergeben. Ich beugte mich vor, in der Ferne war die Altstadt in Nieselregen und Dunstschleier gehüllt.

»Hallo, was machst du denn hier?«

Ich fuhr zusammen. Der Typ war rotgesichtig und fett und küsste Justine auf die rechte Wange. Er musste um die hundertzwanzig Kilo wiegen, in seinem Nacken lockten sich schweißnasse zu lange Haare.

»Du siehst doch, ich trinke einen Kaffee. Und du?«

»Was wohl? Auslieferung, wie immer ...«

Er musterte mich, ein komisches Lächeln im Mundwinkel. Hinter ihm sah ich seinen Lastwagen, der vor dem Hotel stand, ein dickes Logo, *France Boisson,* verlief quer über die gelbliche Flanke. Durch die halboffene Hecktür waren Bierfässer und rote Kisten voll Cola zu sehen.

»Das ist Paul, mein Fahrlehrer …«

»Wenn ihr ihnen das Fahren so beibringt, verstehe ich, warum wir dieses Chaos auf der Straße haben.«

Ich lächelte, und er gab mir seine weiche, fleischige Hand.

»Wir machen grade eine Pause«, sagte ich.

»Glückspilze. Na, dann geh ich mal. Ich muss schuften … Grüß Johnny von mir … Du bist wirklich ein verdammtes Weibsstück geworden.«

Mit diesen Worten verabschiedete er sich und stapfte davon, dicker Bauch, breiter Rumpf, kurze Beine. Justine schaute ihm nach, und etwas an ihr verdüsterte sich, als wäre das Licht plötzlich von ihrem Gesicht gewichen.

»Wer war das?«, fragte ich.

»Ein Freund meines Vaters … Sie haben zusammen gearbeitet, sie sind für dieselbe Firma gefahren. Er hat sich um uns gekümmert, als Papa gestorben ist. Bis meine Mutter Johnny kennengelernt hat …«

»Johnny?«

»Mein Stiefvater. Er heißt Bertrand, aber alle nennen ihn Johnny … Können wir über was anderes reden?«

Ihre Stimme zitterte, als sie das sagte, und ihre Augen erloschen, zwei matte, gehärtete Tonkugeln. Ich fühlte mich völlig bescheuert. Was fiel mir ein, solche Fragen zu stellen, ich kannte sie kaum, und jetzt saß sie da und starrte mit leerem Blick aufs Meer, kaute an ihren Nägeln und verschluckte die abgebissenen Stücke. Besser, wir machten was anderes, ich trank meinen Kaffee aus und winkte der Kellnerin.

»Fahren wir zurück?«

Sie antwortete nicht, aber ich stand trotzdem auf. Ich hielt ihr die Jacke hin, und sie erhob sich schließlich auch. Sie war bleich und wirkte verloren, hielt sich am Stuhl fest, als könnten ihre Beine sie nicht tragen.

»Geht's?«

»Klar. Mir ist nur ein bisschen schwindlig. Das passiert mir andauernd. Können Sie mir ein Stück Zucker geben?«

Ich holte einen Würfel vom Nebentisch, als ich ihn ihr reichte, war es zu spät, sie lag schon zu meinen Füßen, sie war vollkommen geräuschlos zusammengesackt, schlaff und weich wie ein Lappen. Ein Murmeln ging durch den Raum, doch niemand rührte sich. Ich kniete mich neben sie, sie blickte verwirrt aus weit aufgerissenen Augen und atmete tief. Ich steckte ihr den Zuckerwürfel in den Mund, sie kaute ihn langsam, als wäre es ein Stück Fleisch. Eine Weile blieben wir so, bis sie wieder zu sich kam, es schien mir Stunden zu dauern. Ich half ihr auf die Beine, so gut es ging, stützte sie nach Kräften, aber sie drohte wieder umzusinken, wenn das so weiterging, würde sie dahinschmelzen und auf dem Fußboden zerfließen. Alle schauten auf uns, in den Ecken wurde getuschelt, manche taten, als wäre nichts, und bekrümelten sich weiter mit ihren Croissants, aber es war offensichtlich, dass wir störten. Die Kellnerin kam schließlich und fragte mich, ob sie etwas tun könne.

»Sie muss sich ausruhen, glaube ich.«

»Im ersten Stock ist ein Zimmer frei, wenn Sie wollen.«

Wir drangen in die düsteren Flure des Hotels vor. An den schmutzigrosa bespannten Wänden hingen funzelige Leuchten, die meisten Türen standen offen, und Frauen in

Arbeitskitteln wechselten Bettwäsche, zogen Vorhänge auf und putzten weißgekachelte Bäder. Wir betraten ein großes Zimmer, das aufs Meer hinausging. Auch an den Wänden war das Meer, absurderweise versuchten Sonntagsmaler, etwas vom ihm zu fassen zu kriegen, indem sie es erstarren ließen. Die Kellnerin half mir noch, Justine aufs Bett zu legen, bevor sie verschwand. Ich schlug vor, einen Arzt zu rufen, doch Justine wollte nichts davon wissen, es würde vorbeigehen, meinte sie, sie müsse nur ein wenig schlafen. Ich ging ins Bad, um ein Glas Wasser zu holen. Ich machte mir das Gesicht nass, der Typ im Spiegel, der mich ansah, sein schwerer Körper und sein graumelierter Bart, sein dickliches Gesicht und die Schatten unter seinen zu wässrigen Augen, das war nicht ich, das war ich ohne Sarah, und für mich stand fest, ich ohne Sarah, das hatte noch nie viel bedeutet. Als ich zurückkam, war Justine unter die Decke geschlüpft, ihr Kleid lag zum Trocknen über der Heizung. Ich setzte mich zu ihr, hielte ihr den Kopf und gab ihr zu trinken. Das Schlucken fiel ihr schwer, man hätte meinen können, das Wasser brannte ihr in der Kehle. Als das Glas leer war, nahm sie meine Hand und zog mich wortlos aufs Bett. Ich legte mich neben sie, trotz meiner Klamotten spürte ich ihren zierlichen Körper, die unfreiwillige Liebkosung ihrer Haut. Sie suchte Schutz in meinen Armen. Das Zimmer war ruhig, die Doppelfenster dämpften das Brausen des Meeres, verwandelten es in ein Autobahnsummen. Justine redete mit ferner Stimme, die Wörter gingen ineinander über, spulten sich ab wie ein langer Faden ohne Anfang und Ende. Ich zog sie an mich, und sie verstummte. Nach kurzer Zeit wurde ihr Atem ruhig und regelmäßig. Er war weit weg, tief und in die Schwere des Schlafs gesunken. Ich stand auf, um die Vorhänge zuzuziehen, draußen hatte es zu regnen angefangen, es goss diagonal und geräuschlos, der bloße Sand nahm alles auf, und sein kräftiges Gelb forderte den finsteren Himmel heraus. Es war kalt, ich holte eine zweite Decke aus dem Schrank. Mit einem kindlichen Grunzen mummte sie sich in die Wolle ein und rollte sich zusammen. Aus dem Bad rief ich Alex an, die Zeit verging, und ich würde die nächste Stunde absagen müssen. Er wurde stinksauer und begriff nichts von dem, was ich ihm erzählte.

»Verdammt, Alex, dem Mädchen ging's schlecht, das ist alles, ich wollte sie nicht allein lassen ...«

»Wenn's ihr so schlecht ging, hätte man sie ins Krankenhaus bringen müssen ...«

Ich legte auf und kehrte ins Zimmer zurück, Justine schnarchte leise. Ich setzte mich in den Sessel und bewachte eine Weile ihren Schlaf, mit einer Hand hielt ich den Vorhang auf, um das Hin und Her der Spaziergänger in ihren Aigle-Jacken, Cabans, Kapuzen, die Veränderungen des Lichts und des Morgenhimmels zu beobachten. Ich ließ sie schlafen, ihr Gesicht war glatt und ausgeruht, blass wie das eines traurigen Kindes. Ich bezahlte das Zimmer. Die Kellnerin an der Rezeption war besorgt. Aber ich hatte das Gefühl, dass es ihr hauptsächlich um den Laden zu tun war. Ich sagte ihr, es sei jetzt alles in Ordnung, man solle Justine nur nicht stören, sie brauche Ruhe.

Etwa zwanzig Eltern drängten sich vor der Schule. Durch die Hecke vor den Kindern verborgen, stand er da, groß, mager, zweimal gefaltet wie das einfachste Origami, und kaute an seinen Fingern. Ich hatte ihn schon früher am Tag, während einer Fahrstunde, gesehen, es war in einer anderen Straße, aber da versteckte er sich auch schon, ein Busch und ein Strommast gewährten ihm diskreten Schutz. Mein Schüler hatte drei Anläufe gebraucht, um zu wenden, es war ein pickliger Jüngling, nicht sehr aufgeweckt, Computerfan, einer von der schüchternen und verschlossenen Sorte, empfindlich und verklemmt, von den Jungs verspottet und von den Mädchen übersehen. Wir waren eine Zeitlang stehen geblieben, ich hatte in aller Ruhe die üblichen Banalitäten von mir gegeben, wir quatschten über Vorfahrtsregeln und Geschwindigkeitsbeschränkung bei Regen, im Rückspiegel sah der Große winzig aus und verrenkte den Hals, um nach den Fenstern eines weißen, von Bäumen umstandenen Hauses zu spähen.

Die ersten Kinder erschienen, ein Gemurmel lief durch die Menge der Wartenden, eine Erregung, jeden Tag zur selben Zeit klopften die Herzen demselben Wiedersehen entgegen. Manche Kinder rannten los, andere trödelten und schauten sonst wohin, völlig gleichgültig gegenüber denen, die auf sie warteten. Die letzten blieben in der Nachmittagsbetreuung und begannen mit Murmeln oder Fußball zu spielen. Er zuckte zusammen, als ich ihm die Hand auf die Schulter legte.

»Na, immer noch da?«

»Ja«, stammelte er. »Ich …«

»Haben Sie ihn gesehen?«

Er wurde blass. Den ganzen Nachmittag hatte ich an ihn gedacht, an die Stunden, die er damit verbrachte, auf die Schatten hinter den Gardinen zu lauern, auf die undeutlichen Bewegungen des Jungen im Ausschnitt des Fensterrahmens, wenn er von einem Zimmer ins andere ging, sich mit einem Spielzeug oder einem Glas Limonade in der Hand aufs Sofa fallen ließ. Stundenlang beobachtete er ihn von weitem, verborgen hinter Autos, mit blutendem Herzen.

»Wahnsinn, wie groß er geworden ist …«

»Haben Sie mit seiner Mutter gesprochen?«

Er schüttelte niedergeschlagen den Kopf. Er blickte mich seltsam an. Ich merkte, dass er versuchte, mich zu durchschauen, dass er zögerte, sich fragte, ob ich jemand war, dem man vertrauen konnte, ich selbst hatte keine Antwort auf diese Frage, im allgemeinen sagte man mir das Gegenteil nach, aus Gründen, die sich meiner Kenntnis entzogen, wohl aber ihre Berechtigung hatten. Manon stürzte in meine Arme, ihre Augen glänzten wie Quarz, allem Anschein nach hatte sie geweint. Ich zog es vor, nichts zu merken, sie hängte sich wortlos an meinen Hals, ein richtiges Äffchen, sie drückte mich, als hätte uns ein Ozean ganze Tage lang getrennt und uns ohne Nachricht von einander gelassen. Clément kam auch, ich fragte die beiden, ob sie sich an den Umzugsmann erinnerten, Manon würdigte mich keiner Antwort, und Clément begnügte sich mit einer knappen Kopfbewegung, er hatte es offenbar eilig, heimzukommen.

»Gut. Ich muss jetzt wohl gehen«, sagte ich.

Der Große nickte, ohne die Jungen aus den Augen zu lassen, schreiende, schmutzige Lausbuben, die Fußball spielten und einander vors Schienbein traten, ihre Schulranzen waren die Pfosten, und ein zerfetzter Tennisball diente als Fußball.

»Ihrer, ist das der Torwart?«, fragte ich.

Er bejahte, und ich hätte mein Hemd dafür verwettet, denn der Junge war ihm wie aus dem Gesicht geschnitten.

»Er ist in meiner Klasse«, sagte Clément.

Der Große reagierte nicht, er war so vertieft in den Anblick seines Sohns, er war wie hypnotisiert. Um uns herum strömten Gruppen von Kindern auf den Gehweg, Autos nahmen sie auf, und sie verschwanden für den Rest des Tages, man würde sie vor dem nächsten Morgen nicht mehr sehen, nicht einmal in den Straßen der Altstadt oder am Strand, es war, als würde man sie in ihr Zimmer oder in den Keller einsperren und zweimal abschließen.

»Keine Dummheiten, nicht wahr?«, sagte ich, als wir gingen.

Er zuckte mit den Schultern, für Dummheiten war es zu spät, sein Kollege hatte ein Problem auf der Straße gehabt, und der Chef hatte erfahren, dass er nicht mit ihm zurückgefahren war, er war gefeuert.

»Eben ... Man soll es nicht übertreiben ...«

Die Kinder kletterten ins Auto, Manon schrie vor Freude, als sie ihre Barbiepuppe auf dem Sitz fand, es war eine Prinzessin mit komplizierter Frisur, ihr weißes Kleid war überladen mit Schleifen, Schleiern und Spitzen. Clément nahm sein Videospiel in die Hand, drehte es ungläubig und stieß ein »Geil« aus, das alles sagte. Ich fuhr los, mein Herz schlug bis zum Hals, es hatte keinen Sinn, sie dauernd so mit Geschenken zu überschütten, aber ich konnte es mir nicht verkneifen, ihre Freude schickte Wellen des Wohlbehagens durch mein Hirn und mein Herz. Ich machte kehrt. Als ich wieder an der Schule vorbeifuhr, hielt der Umzugsmann seinen Sohn an der Hand, der Kleine hatte weder Jacke noch Schulranzen, und niemand schien sie zu beachten. Im Rückspiegel sah ich, wie sie in eine Parallelstraße einbogen. Bevor sie aus meinem Blickfeld verschwanden, holte der Große ein Schokocroissant aus seiner Tasche, und der Junge sah zu ihm auf, gespannt, strahlend.

Die Nacht hatte alles zugedeckt, die Kälte wurde klirrend, versprach einen Morgen mit Rauhreif, glattem, eisigem Meer, rosigem Sand. Holzbalken versperrten den Garten, im dunklen Gras lagen Seile und apfelgrüne Plastikteile. Ich winkte Manon, mir zu folgen.

»Was ist das?«, fragte sie, und ihre Stimme war heiser vor Müdigkeit, angegriffen von den Glassplittern, mit denen die Luft ringsum durchsetzt zu sein schien.

»Deine Rutsche und deine Schaukel.«

Die Erde unter unseren Socken fühlte sich an wie Zement. Manon schlich sich an, als könnte alles davonfliegen. Mit den Fingerspitzen berührte sie das fast weiße Holz, die feuchte Oberfläche der Rutsche, den Sitz der Schaukel. Es war, als streichelte sie die Teile, als wollte sie sich ihrer Realität versichern.

»Ich möchte schaukeln«, hauchte sie.

»Warte ... Ich muss sie erst aufstellen, weißt du.«

»Wann machst du das denn?«

»Ich weiß nicht, morgen.«

»Nein, jetzt.«

Sie ging wieder hinein, um ihren Film anzuschauen, an ihrem Gesicht konnte ich sehen, dass sie nicht spaßte. Ich blieb draußen, durchgefroren bis auf die Knochen, in dieser Jahreszeit hing alles von der Sonne ab, ging sie unter oder verschwand hinter einer Wolke, war sofort tiefer Winter. Ich untersuchte jedes Teil, öffnete den Plastikbeutel voller Metallstreben, Schrauben und Bolzen. Ich warf einen Blick auf die Montageanleitung in fünf Schritten, die ebenso unverständlich und nutzlos war wie jede Montageanleitung in fünf Schritten. Dann ging ich ans Ende der Straße eine Zigarette rauchen. Das Meer rauschte sanft, für die Augen war es nur eine Folge von mehr oder weniger lichtem, mehr oder weniger undurchdringlichem, mehr oder weniger beweglichem Schwarz. In den Häusern an der Steilküste gingen nach und nach die Lichter an, manche machten nicht mit, wirkten kompakt und verlassen, man konnte sich vorstellen, eine Scheibe einzuschlagen, eine Klinke herunterzudrücken und von ihnen Besitz zu ergreifen, vor Ostern würde einen niemand stören. Man könnte von Zimmer zu Zimmer irren, ein Feuer anzünden, seinen Namen auf den Briefkasten kleben und da leben wie ein Schatten. Eine meiner Schülerinnen wohnte im größten Haus, seine verspielten Formen, das Türmchen und die gotischen Giebel gaben ihm den Anstrich eines englischen Herrenhauses. Élise war siebzig, und ihr Mann war gerade gestorben, sie war seit ewigen Zeiten nicht mehr gefahren, es war hier nie nötig gewesen, eine Privattreppe führte sie zu *ihrem* Strand, und einkaufen ging sie jeden Morgen zu Fuß, zum Metzger oder Krämer an der Ecke, ansonsten hatte ihr Mann sie gefahren, aber jetzt, wo ihr »Chauffeur nicht mehr da« war, hatte sie keine andere Wahl. Am Ende der Stunde hatte ich sie zu Hause abgesetzt, und sie hatte mir einen Kaffee angeboten. Das Wohnzimmer öffnete sich in den Himmel, überragte das unendliche Meer, hier hatte sie in einer Ecke ihr Bett aufgeschlagen, im oberen Stockwerk warteten vier Zimmer auf niemanden mehr, die Kinder waren eins nach dem anderen ausgezogen, groß geworden, ohne dass man es merkte, verschwunden, bevor man auch nur begriffen hatte, dass sie wuchsen und sich unwiderruflich entfernten.

Ich ging zurück, die Nachbarin parkte gerade ein, und für ein paar Sekunden erfasste mich der Lichtkegel ihrer Scheinwerfer. Sie lächelte mir beim Aussteigen zu, ihr Blick drückte Wohlwollen aus, eine Art abgenutzte, weil großzügig und selbstlos aller Welt entgegengebrachte Zärtlichkeit. Ich kannte diesen Blick gut, Sarahs Kolleginnen im Krankenhaus hatten ihn auch. Ich fragte sie, ob sie zufällig eine Bohrmaschine hätte, ich bräuchte sicher eine für die Schaukel. Sie winkte mir, ihr zu folgen. Das Haus war winzig und unordentlich, das Wohnzimmer roch nach Salbei, und durchs Fenster konnte man mein Zimmer ahnen, das große Bob-Dylan-Poster, die einzige Dekoration, und den nutzlosen Schreibtisch. Seit Monaten, fast Jahren, hatte ich mich nicht daran gesetzt, ich hatte dort nichts mehr zu tun, Schreiben kam mir, ehrlich gesagt, gar nicht mehr in den Sinn, und die seltenen Male, die ich es doch versucht hatte, war mir alles so sinnlos erschienen, dass ich mich sogar fragte, ob ich den Computer behalten sollte, er war unter einem Stapel Decken im Schrank versteckt. Sie führte mich zur Abstellkammer. Hinter einer Tür, von der die Farbe abblätterte, verstaubten Werkzeuge. Ich stöberte eine Weile zwischen Schleifmaschinen, Schaufeln, Kellen, Hacken, Schraubenschlüsseln, Beißzangen, Holzhämmern, Schraubenziehern, Bolzen, Rechen und Spaten, wozu konnte all das dienen in so einer kleinen Hütte? Als ich mich wieder aufrichtete, die Bohrmaschine in der Hand, ein altes, flaschengrünes Bosch-Gerät, stand sie hinter mir und reichte mir ein Glas. Wir kehrten ins Wohnzimmer zurück und tranken unseren Whisky, ohne etwas zu sagen, das Radio füllte die Stille aus, übernahm das für uns. Durchs Fenster sah ich mein Zimmer, das Licht war jetzt an, Clément saß an meinem Schreibtisch, reglos, er schien die Wand anzustarren, was mochte er da nur tun, woran mochte er denken, ich hätte viel drum gegeben, es zu erfahren. Wir waren beim dritten Glas, als der Sprecher *Le petit bal perdu* ankündigte.

»Es wird dir total bescheuert vorkommen, aber ... würdest du mit mir tanzen?«

»Kein Problem«, sagte ich und stand auf, schwankte nur ein wenig, wie nach drei Gläsern starkem Alkohol, wenn man nichts gegessen hat. Gerade so viel wie nötig. Gerade genug, um mit einer Frau zu tanzen, die man kaum kennt, und sich von einem alten Chanson rühren zu lassen, das aus den Tiefen der Kindheit kommt oder aus noch viel früherer Zeit, aus der Ewigkeit oder so was.

Sie stand ebenfalls auf, und unter der chinesischen Kugellampe, auf dem eiskalten Steinfußboden, tanzten wir mit halbgeschlossenen Augen. *Nein, der Name des kleinen Tanzlokals fällt mir nicht mehr ein. Doch ich kann mich noch erinnern, dass sie sich glücklich in die Augen sahen. Und das war gut. Und das war gut*. Wir drehten uns in dem tristen, leeren Zimmer, vom Sofa aus beobachtete uns ihr Hund, es war eine Art Yorkshire, der sie nie aus den Augen ließ, sie mit verliebtem Blick umfing. Sie nannte ihn Richard, und als ich sie fragte, warum Richard, antwortete sie, wegen Ferré, und das fand ich gut als Antwort. Ferré, das passte mir. Brautigan hätte mir genauso gepasst, aber Ferré war gut. Am Vortag hatte Élise mir sein Haus auf einer Insel gezeigt, es war nur bei Ebbe zu erreichen, bei klarem Wetter konnte man von dort aus Jersey sehen. Das Chanson war zu Ende, und sie verharrte noch einen Augenblick in meinen Armen, den Kopf auf meine Schulter gelegt, wir bewegten uns nicht mehr, unter meinen Händen spürte ich ihren mageren Körper. Schließlich hob sie das Gesicht, ihre Augen waren von einem kalten, transparenten Blau, ihre Lippen murmelten danke, und wir setzten uns wieder hinter unsere Gläser.

»Alles gut?«, fragte ich sie.

»Alles gut. Nur etwas müde. Ein langer Tag im Krankenhaus. Ich weiß nicht, seit ich in der Psychiatrie bin, kommen mir die Tage länger vor.«

»Lass dich versetzen.«

»Nein. Auf keinen Fall. Es gefällt mir. Ich meine, es interessiert mich. Manche, weißt du, die haben nur uns auf der Welt. Niemand kommt sie besuchen. Ein Typ ist seit vier Jahren da, er ist noch keine fünfundzwanzig, und seine Eltern sind nur zwei Mal gekommen, kannst du dir das vorstellen? Und dann gibt es auch Ältere, man weiß, dass sie ihre Tage da drin beschließen werden. Wir sind wie eine Familie für sie. Das hört sich blöd an, aber es ist die Wahrheit. Allein heute, zum Beispiel, da haben wir ein Mädchen aufgenommen, wenn du die gesehen hättest, sie kam von selbst, eine Schönheit, sie kann noch keine zwanzig sein, aber sie sah völlig verbraucht aus. Wir konnten nichts aus ihr herausbekommen, nicht einmal ihren Namen. Es ist schrecklich, das zu sehen, man könnte meinen, sie ist ausgehöhlt worden. Man hat sie auf ein Bett gelegt, da blieb sie den ganzen Tag mit offenen Augen, starrte an die Decke und stöhnte.«

Ich ließ sie noch ein wenig reden und trank ein letztes Glas Whisky, sie war unermüdlich, ihr Job laugte sie aus, aber wenn sie draußen war, war sie immer noch drin, sie kam nie richtig davon los, schleppte ihren Tross von Deklassierten Psychotikern Magersüchtigen Schizophrenen und Selbstmordkandidaten hinter sich her. Wie alle im Krankenhaus tat sie, was sie konnte, um sie wieder auf die Beine zu bringen, aber wenn sie schließlich entlassen wurden, war es immer zu früh, sie hatte das Gefühl, sie zu verlieren, und machte sich jedes Mal Sorgen um sie: Sie schienen ihr zu zerbrechlich, um es mit der Außenwelt aufzunehmen. Die anderen, die galt es vor allem zu beruhigen, meistens hatten sie diesen verschreckten Blick, den nichts wirklich beschwichtigen konnte. Ich kannte das alles irgendwie, ich war mehrmals zu Lesungen da drin gewesen, es ging stets sehr ruhig und zugleich nervös, sehr sanft und sehr heftig zu. Ich trank aus und entschuldigte mich, mein Bruder erwarte uns zum Abendessen. Ich warf einen Blick auf mein Zimmer, Clément war verschwunden, das Fenster war nur noch ein schwarzes Rechteck.

Als ich heimkam, war Manon mit Farbe bekleckert, ihr Bruder war bei ihr und auch nicht viel sauberer. Ich brauchte keine Erklärung. Der Wohnzimmertisch war mit einem Haufen Blätter und tropfenden Pinseln bedeckt. Rätselhafte Gemälde lagen zum Trocknen übereinander, sie zeigte mir eins nach dem andern, es waren obskure Schatzkarten, unförmige Monster und kunstvoll zerklüftete Gebirge. Auf Manons Bitten hin hatte Clément versucht, ein Häschen zu malen, aber es glich eher einer bunten Maus. Ich ging mit ihnen ins Bad und säuberte sie mit einem Waschlappen. Manon schrie, weil es ihr in den Augen brannte. Ich sagte ihnen, sie sollten sich umziehen, und wir machten uns auf den Weg.

Das Haus lag am anderen Ende der Stadt, und die Wohnzimmerfenster gingen auf den Hafen hinaus. Wenn man sie öffnete, hörte man die Wanten klirren und den Wind in den Masten pfeifen, es brauste wie in einem Tannenwald. Drinnen hätte man glauben können, bei meinen Eltern zu sein, Alex hatte bei ihrem Tod alles zu sich geholt und lebte inmitten betagter, altmodischer Möbel. Im Grunde passte der Rahmen zu ihm, er hatte immer älter ausgesehen, als er war, und schon mit fünfundzwanzig Jahren seinen Frieden gemacht, sich tapfer dem Alltag, dem profanen Leben und den Verpflichtungen untergeordnet und die Rolle des gesetzten, vernünftigen und diskreten Mannes übernommen, die mein Vater lange innegehabt hatte. Er servierte mir den Whisky, noch bevor ich Zeit gehabt hatte, meine Jacke abzulegen, Manon hing mir auch noch am Hals. Nadine kam herein, ein dünnes Lächeln auf den Lippen, sie trug ihr Haar offen und hatte sich leicht geschminkt, Clément stürzte sich in ihre Arme, und sie hielten sich lange umschlungen. Sie waren sich nie besonders nah gewesen, aber er brauchte das wohl, sich in die Arme einer Frau zu kuscheln, die er schon immer kannte und die seine Mutter hätte sein können. So dachte ich damals. Ich küsste sie dann auch auf die Wangen, und sie roch gut nach Zimt und Jasmin. Wir setzten uns zu Tisch, zwei Liter Cola, Pommes mit Ketchup und turmhohe Hamburger warteten auf die Kinder. Sie begannen, all das zu verdrücken, als hätten sie drei Tage nichts zu essen bekommen, und man hörte nichts mehr von ihnen. Währenddessen verschlangen Alex, Nadine und ich astronomische Mengen von Austern mit Zitrone und schälten Dutzende Scampi, deren Beine wir unter schrecklichem Geschlürfe aussaugten. Alles kam ganz frisch aus dem Meer, man hatte das Gefühl, mit dem Kopf ins Wasser einzutauchen. Ein Glas Mayonnaise und drei Flaschen Mâcon Village mussten dran glauben. Ich beobachtete Nadine aus dem Augenwinkel, der Alkohol machte sie immer sentimental und traurig, mit allem, was ihr auf der Seele lag, mit überfließender, auswegloser Zärtlichkeit sah sie den Kindern zu. Alex und sie konnten keine bekommen, ich wusste nicht, warum und hatte nie versucht es herauszufinden, Nadine sagte immer, mit Alex kann ich keine bekommen, und das genügte, um die Diskussion zu beenden und ihr die Tränen in die Augen zu treiben. Manchmal reichte ein Blick auf die beiden, um den Graben zu sehen, der sich dadurch zwischen ihnen aufgetan hatte, ein verdammter Riss des Schweigens und der Missverständnisse, der allmählich breiter wurde. Ich glaube nicht, dass sie es einander vorwarfen, nein, ich glaube nicht, dass es schon so weit war, ich glaube nur, dass sie es kommen sahen und dass es sie zermürbte: die Traurigkeit eines Lebens ohne Kinder. Die Leere, die das früher oder später in einem selbst oder um einen herum erzeugt, ob man will oder nicht.

Nach dem Essen kuschelte sich Nadine zwischen die Kinder auf das große Sofa. Es war rührend und herzzerreißend, die drei so zu sehen, Alex wählte zwei Zigarren aus seiner schimmernden Kiste, einem Ding aus Mahagoni, das ich ihm vor Jahren geschenkt hatte, und wir traten hinaus in die sonderbar milde Nacht. Der Wind hatte sich gelegt, und die Luft war beinahe frühlingshaft. Wir trugen unsere Mäntel weit offen, zwischen den vertäuten Segelbooten glänzte das Meer. Im leichten Seegang schaukelten sie ganz sanft, nur für uns. Weiter weg säumte ein hübscher Halbmond aus Sand den Hafen. Ärmliche Häuser mit rissigem orangefarbenem und blauem Putz reihten sich in wechselnder Höhe aneinander. Aus der Nachtbar drang Lachen, Musik, das dumpfe Klacken der aneinanderstoßenden Billardkugeln. Man erreichte sie über eine von Tauen gehaltene Treppe, die man nach der Sperrstunde wieder hinaufstieg wie das Fallreep eines Schiffs. Als wir am Rand der Promenade mit baumelnden Beinen zwei Meter über dem Sand saßen, holten wir unsere Havannas hervor. Die Musik hinter uns wurde lauter, und ein Mädchen brach in irres Gelächter aus. Alex und ich schauten uns an, Jahre kamen uns wieder ins Gedächtnis, Nächte, in denen wir uns auf dem großen Ledersofa fläzten, abwechselnd eine Runde Bier tranken und eine Runde Billard spielten, und es endete immer damit, dass wir im Morgengrauen an irgendeine Wand kotzten oder mit einer Tüte Schokocroissants in der Hand auf der anderen Seite des Stauwehrs auf den Sonnenaufgang warteten, an einem idyllischen Strand gegenüber den Inselchen, die nach und nach aus der Dunkelheit auftauchten. Sie waren Studentinnen in Rennes oder Paris, verbrachten das Wochenende oder die Ferien hier, wir küssten uns unter dem rosagefärbten Himmel, das Feuer knisterte im Sand, wir vögelten in den Dünen, sie fuhren wieder ab, ohne sich auch nur an unseren Namen zu erinnern, vergaßen unser Gesicht und unsere Hände, unsere Zunge und unser Geschlecht, manche schrieben uns ein paar Briefe, andere hießen Nadine und fuhren nicht wieder weg, oder Sarah und nahmen uns mit nach Paris, in ein winziges Zimmer, dessen einziges Fenster auf eine graue, schartige Mauer hinausging.

Ich hob den Blick, der Himmel war voller Sterne, wie im Sommer.

»Hast du was gehört?«

Alex biss die Spitze der Cohiba ab und zündete sie an, indem er sie drehte. Ich tat es ihm nach und nahm den ersten Zug.

»Nein. Oder doch, er hat angerufen wie jeden Monat, aber es gibt nichts Neues. Auf jeden Fall suchen sie schon lange nicht mehr.

»Verdammt. Wie hat sie euch das antun können ...«

Ich sah ihn an, soweit ich mich erinnerte, war es das erste Mal, dass er sich so offen, so direkt über die Geschichte äußerte. Sarah war seit ihrem Verschwinden für alle ein Tabuthema, und die Gründe, die Umstände dieses Verschwindens waren verbotenes Gelände. Wenn wir uns sahen oder miteinander telefonierten, beschränkten sich Alex und Nadine darauf, sich nach den Kindern zu erkundigen und danach, wie ich mit ihnen zurechtkam, wie ich den Alltag bewältigte, wie ich mit Manons Krisen umging und mit Cléments zunehmender Verschlossenheit, seiner Stummheit und Reaktionslosigkeit. Alex ermahnte mich, die Arbeit wieder aufzunehmen, die Medikamente abzusetzen, er redete mit mir wie mit einem Kind, in diesem Ton des großen Bruders, der mich nervte, er fand, ich übertriebe, ich sollte mich wieder fangen, ich hätte ein Haus zu bezahlen, Kinder zu ernähren, wenn ich so weitermachte, würden wir auf der Straße landen, und ich sollte mich nicht darauf verlassen, dass er mir wieder einmal aus der Patsche helfen würde. In diesem letzten Punkt hatte er unrecht gehabt.

Als Sarah verschwunden war, hatte das im Grunde niemanden gewundert. Niemanden außer mir. Alle schienen ihr Weggehen als eine Selbstverständlichkeit zu betrachten, eine unvermeidliche und vorhersehbare Entwicklung. Ihre Arbeit, mein unmöglicher Charakter und die Mengen an Alkohol, die ich mir hinter die Binde kippte, meine Wutausbrüche, meine unwahrscheinliche Fähigkeit, mich mit der halben Welt zu zoffen und beim Rest verhasst zu machen, alles schien dazu beizutragen. Nur eine Frage blieb offen: Warum hatte sie die Kinder nicht mitgenommen und wie lange würde es dauern, bis sie zurückkam, um sie zu holen? Doch die Tage waren verstrichen, aus den Tagen waren Wochen und Monate geworden, aber Sarah war nicht zurückgekommen, und niemand wagte mehr, von ihrer Rückkehr zu sprechen. Nunmehr begnügte man sich damit, mich von der Seite anzusehen und sich zu fragen, wie es so weit hatte kommen können.

»Was würdest du tun, wenn sie zurückkommt?«

Alex zog mit kleinen Schmatzgeräuschen an seiner Zigarre, ein Baby, das an der Brust saugt, hätte man meinen können. Er stieß lange Rauchwolken aus, die sich zwischen den Segeln auflösten.

»Ich würde sie mit offenen Armen empfangen.«

»Bist du sicher?«

Ich war sicher. Eigentlich wartete ich nur darauf, dass sie wiederkam. Und wir da weitermachten, wo wir aufgehört hatten. Sie brauchte nur zu erscheinen, und ich würde ihr die Tür weit aufmachen, ich würde ihre Hand nehmen ohne eine Wort, ohne den kleinsten Vorwurf. Ich würde ihr keine Frage stellen. Aber etwas sagte mir, dass das nicht geschehen würde. Sie würde nicht wiederkommen, weil sie nicht weggegangen war. Das war unmöglich. Sie konnte uns nicht verlassen haben, weder die Kinder noch mich. Ich wusste es besser als jeder andere.

Das hatte ich dem Inspektor zu erklären versucht, einem Menschen mit grauen Haaren, dessen Hemd über dem vorstehenden Bauch spannte. Ich sehe noch seinen Gesichtsausdruck, während ich ihm den Zweck meines Besuchs darlegte. Ich schwitzte vor Panik. Spöttisch auf seinem Bleistift kauend hörte er mir zu, ein vages Lächeln der Rührung im Mundwinkel. Sein Büro, grau von den Wänden bis zum Schrank, roch nach Tier und kaltem Tabak. Ich glaube, keiner der Sätze, die ich hervorbrachte, hatte den geringsten Sinn. Schließlich war ich verstummt. Es hatte mich gepeinigt, wie er die Dinge sah. Ihm zufolge verschwanden Dutzende Frauen jeden Tag, ganz unerwartet überkam sie dieses Bedürfnis, das Weite zu suchen, alles hinter sich zu lassen und dem erstbesten Surfer, einem italienischen Schönling oder sonst wem zu folgen. Das passierte andauernd, und Typen wie ich, die sich das Schlimmste vorstellten, während ihre Frau sich in einem südfranzösischen Hotel bespringen ließ, die meldeten sich in Horden bei ihm. Letzten Endes kamen die Frauen immer zurück, meist wegen der Kinder, und am schwierigsten zu verstehen war dabei, wie die Ehemänner ihnen um den Hals fielen, an ihren Haaren schnüffelten und Rotz und Wasser heulten. Ich erinnere mich, dass ich diesen Menschen und seinen fetten Dünkel verfluchte, als ich die Polizeiwache verließ. In den folgenden Monaten hatte er mich noch mehrmals angerufen und keinen Augenblick diesen bevormundenden, vulgären und spöttischen Ton abgelegt. Stets erklärte er mir, es gebe nichts Neues und ich müsse mich entschließen, das Offensichtliche zu akzeptieren, Sarah habe die Kinder und mich im Stich gelassen für irgendeine Idylle in der Sonne oder anderswo, mit einem Kerl, der ihr ihre Jugend zurückgebe und dafür sorge, dass sie sich wieder als »Frau« fühle. An jenem Tag war ich niedergeschlagen und mit völlig abgenagten Nägeln nach Hause gekommen, Manon schlief, Clément starrte mit zugleich leerem und konzentriertem Blick auf den Bildschirm seiner tragbaren PlayStation. Mein Schwiegervater hing auf dem Sofa vor der Glotze und fingerte Popcorn aus einer großen Schüssel. Ich hatte acht Tage verstreichen lassen, bevor ich ihn informierte und zu Hilfe rief. Ich wusste nicht mehr ein noch aus, ich sollte eine erste Drehbuchfassung fürs Fernsehen abgeben, der Produzent trat schon seit einem Monat von einem Fuß auf den anderen und drohte, mir einen Koautor zwischen die Beine zu werfen, und ich verbrachte mein Leben auf dem Kommissariat oder am Telefon, rief nacheinander in allen Krankenhäusern weit und breit an, in den psychiatrischen Kliniken, bei den ältesten, vergessensten, unwahrscheinlichsten Bekannten. Manon hörte nicht auf zu weinen und nach ihrer Mutter zu verlangen, sie schrie und erstickte fast, fiel von einem Heulkrampf in den nächsten Asthmaanfall und weigerte sich, in die Schule zu gehen. Clément wiederum machte den Mund nicht auf und antwortete auf meine Fragen nur noch mit abwesendem und ausweichendem Kopfschütteln.

Es hatte mich verdammte Mühe gekostet, meinen Schwiegervater zu überzeugen, er sah nicht ein, warum er sich von seiner Wohnung in Saint-Raphaël, von der Sonne und dem Meer losreißen sollte, auf das er von seiner Terrasse aus blickte, einen elfenbeinfarbenen Stetson auf dem Schädel und ein Glas Gin in der Hand. Er verbrachte da unten einen stumpfsinnigen, friedlichen Ruhestand, braungebrannt wie ein altes Krokodil, ein Junggesellenleben im Bademantel, mit Blick auf das leuchtende Blau, mit Segelausflügen, Zigarren und Bridgepartien, Boulespielen im Schatten der Palmen, Cocktails im Sonnenuntergang am Arm knackiger Damen aus Saint-Tropez, in Cafés mit rosa Neonbeleuchtung an der Fassade. Er kleidete sich nur noch in Weiß, ernährte sich ausschließlich von gegrilltem Fisch und tat sogar so, als spräche er den dortigen Akzent. Dieser Mensch hatte mich immer schon schief angesehen, er hatte mich nie gemocht, mir nie das geringste Vertrauen entgegengebracht, und Sarahs Verschwinden machte es nicht besser. Er schielte aus dem Augenwinkel zu mir und dachte laut darüber nach, was ich ihr angetan haben mochte, dass sie einfach so gegangen war, ohne ihre Sachen mitzunehmen, nicht einmal Kleider oder eine Zahnbürste. Dann löste er den Blick kurz vom Bildschirm und sah mich fragend an. Ich begnügte mich damit, zu wiederholen, was der Inspektor gesagt hatte, und er zuckte nur die Schultern. Der Mann habe sicher recht, er scheine sein Geschäft zu kennen und gesunden Menschenverstand zu besitzen. Er selbst habe im übrigen nie etwas anderes gedacht und verstehe nicht, dass wir, die Kinder und ich, uns so aufregten, sie sei schließlich frei, und man brauche nur ein oder zwei Tage unser Leben zu teilen, um zu verstehen, dass sie beschlossen hatte, einmal Luft zu schöpfen. Darauf stopfte er sich eine riesige Handvoll Puffmais in den Mund, lehnte sich auf dem Sofa zurück und vertiefte sich gähnend wieder in die Verwicklungen seiner Krimiserie. Ich komplimentierte ihn noch am selben Abend hinaus und verfluchte mich, weil ich mich an ihn gewandt hatte. Was hatte ich mir nur dabei gedacht? Ich hasste ihn, selbst Sarah hielt ihn für einen egoistischen Idioten. Am nächsten Tag ging ich zum Arzt und brauchte ihn von nichts zu überzeugen. Meine geröteten Augen, meine nervöse Anspannung und die Tränen, die ich nicht zurückhalten konnte, als ich ihm meinen Fall schilderte, alles sprach für mich. Er schrieb mich krank. Es war das erste einer langen Reihe von Attesten. Das letzte führte schlicht zu einer Vertragsauflösung.

Alex stand auf, und wir machten uns auf den Rückweg. Er sprach über die Kinder, er fand, es ging ihnen besser, sie waren ausgeglichener, der Umzug schien ihnen gut zu tun. Ich war mir nicht so sicher, aber es beruhigte mich, das zu hören, einen Augenblick spürte ich so etwas wie eine Atempause. Freudenschreie kamen aus der Bar unten, ich weiß nicht, was sie da trieben, ob sie das Fußballspiel anschauten oder etwas anderes, von einem Abend auf den andern änderte sich die Kundschaft komplett, unter der Woche waren es die Männer vom Hafen, die zum Fußballschauen und literweise Guinnesstrinken kamen, am Wochenende fielen die Studenten ein, und die Musik plärrte, an manchen Abenden hörte man sie bis zur Mole, ein wirrer Brei von Tönen, es hing vom Wind ab. Die Hand auf der Türklinke, stieß Alex einen langen Seufzer aus, offensichtlich hatte er mir etwas zu sagen, zögerte aber anzufangen. Schließlich stöhnte er:

»Nadine trifft sich mit einem Kerl. Ich habe ihr noch nicht gesagt, dass ich es weiß.«

Er öffnete die Tür, und ich legte meine Hand auf seinen Arm.

»Kennst du ihn?«

»Ja. Aber ich sehe nicht so recht, was das ändert.«

»Und … was willst du tun?«

»Was soll ich denn tun? Ich werde warten, dass es vorbeigeht. Und sie lieben, so gut ich irgend kann, wie ich es immer getan hab …«

Als ich im Wohnzimmer Nadine mit den schlafenden Kindern sah, dachte ich, dass wir gut zusammenpassten, er und ich, und ich sagte mir, der Inspektor hätte sich schiefgelacht, wenn er uns hier gesehen hätte. Nadine lächelte mit aller Zärtlichkeit, zu der sie fähig war, das war nicht wenig. Sie strich der Kleinen übers Haar und murmelte: Wie süß sie sind, und ihre Augen wurden wieder feucht.

»Das kommt von der Zigarette«, sagte sie.

Ich habe sie lieber nicht darauf hingewiesen, dass niemand im Raum geraucht hatte.

Wir kamen heim, es war nach Mitternacht. Ich trug die Kinder nacheinander vom Auto in ihre Zimmer. Ich zog sie aus, streifte ihnen einen Pyjama über, küsste sie auf die Stirn. Manchmal war ihr Schlaf für mich schmerzlich, ein langer Winter legte sich dann auf die Nacht, eine dicke Hülle aus Schweigen und Einsamkeit. Unten im Wohnzimmer qualmte ich zwei Zigaretten und hörte dazu Will Oldham.

Did you know how much I love you.
Is a hope that somehow you
Can save me from this darkness.

Ich hatte keine Lust zu schlafen, es hatte keinen Sinn, mich ins Bett zu legen, ich ging nach draußen und machte die Lampe im Schuppen an. Das gab nicht viel Licht, aber es reichte, um eine Bauanleitung zu entziffern. Im Garten pfiff wieder der Wind, es war zwar nicht wie auf Ouessant, aber es ließ einem trotzdem die Knochen gefrieren. Ich begann, das Gerüst zusammenzubauen, ich musste mich richtig anstrengen, um die Schrauben ins Holz zu drehen, meine Arme waren wie Watte. Ich hatte ja schon seit Monaten nicht mehr trainiert. In der Garage warteten der Sandsack und die roten Handschuhe auf mich, ich brauchte ihn nur noch am Gebälk zu befestigen, ich hatte lange gezögert, ihn in der Garage des alten Hauses vom Haken zu nehmen, das Ding weckte meine Sehnsucht, war zu erinnerungsbeladen, Sarah steckte den Kopf durch die Tür, eine Kippe zwischen den Lippen, sah ein Weilchen zu, wie ich mich abrackerte, und machte auf dem Absatz kehrt, ließ mich ihrem Rücken und ihrem Hintern nachschauen, es war Sommer, sie trug einen leichten Rock und ein Trägertop, nicht selten zog ich die Handschuhe aus und folgte ihr auf das Sofa im Wohnzimmer. In meiner Hosentasche vibrierte mein Telefon. Es war ein Uhr morgens, und ich wusste nicht, wer es sein konnte, außer Tristan. Er lebte seit sechs Monaten in Japan, dass ich so in der Scheiße steckte, hatte ihn erst zögern lassen, er hatte sich nur ein paar Tage vor Sarahs Verschwinden beworben. Ich hatte darauf bestanden, dass er abreiste, ein Jahr in Kyoto, das lehnte man nicht ab, ein Jahr gratis in den Hügeln, das gab es nur ein Mal im Leben, und wenn es nicht Kyoto wäre, was änderte es, dann wäre es San Francisco Toronto Budapest, wir hatten es uns schon lange zur Gewohnheit gemacht, uns nachts zu unterhalten, das Ohr an den Apparat gepresst, wir hatten uns schon lange daran gewöhnt, uns zu verpassen. Von Zeit zu Zeit erschien er bei uns, er kündigte sich ein paar Minuten vorher an, und ich sah ihn am Ende der Straße auftauchen, während sein Zug sich entfernte. Er blieb nie viel länger als eine Woche, nahm die Küche in Beschlag und brachte Stunden damit zu, nach seiner Art Sushi für uns zuzubereiten, jeder seiner Auslandsaufenthalte schien seine Phantasie anzuregen, die auf diesem Gebiet und überhaupt unerschöpflich war, darum hatte ich ihn immer beneidet, in der Küche wie in der Literatur, in der Literatur wie im Leben. Sarah empfing ihn stets mit offenen Armen, sie liebte diese Momente, sie sagte, seine Anwesenheit stehe mir gut, wenn er in der Gegend sei, hätte ich mehr Schwung, würde ich sanfter, irgendwie leichter. Ich hatte sie im Verdacht, ein bisschen verknallt in ihn zu sein. Seine Stimme klang fern, das war ja normal, er rief von einem anderen Morgen, einem anderen Ende der Welt an. Ich hörte gern zu, wenn er mir von seinem Büro erzählte, das auf die Bäume hinausging, von den Nächten, die mitten am Nachmittag hereinbrachen, und früher in der Saison dem Rauschen der Klimaanlage, dem Lärm der Zikaden und der feuchten, stickigen Luft, dem Farn dem

Bambus dem Ahorn, den Zypressen dem Lehm dem Moos, den Raben und den Raubvögeln, den Wildschweinen und den Affen. Es schien dort so ruhig zu sein. Ruhig und abgelegen. Es machte mir Spaß, ihm zuzuhören, wenn er von seiner Routine erzählte, mir vorzustellen, wie er jeden Morgen seine Unterkunft verließ, Hand in Hand mit der Gefährtin, die ihn jetzt seit fast einem Jahr begleitete. »Ein Weg verliert sich zwischen Bäumen und Blumen, Laternen, Schnabelgeklapper, Spinnennetzen. Düfte steigen auf und hüllen uns ein, es riecht nach Zucker und Regen, nach Lakritz und Erde. Wir gehen an schmalen Häusern vorbei mit trüben Scheiben, durch die goldenes Licht filtert, die Fassaden duften nach feuchtem Holz. Den ganzen Tag umwandern wir die Stadt, durch die sich der Fluss mit seinen Sandbänken, seinen Reiherkolonien und Fledermausschwärmen windet, fast so hoch wie die Bussarde gelangen wir. Berge umgeben uns, Kanäle führen uns, und überall wuchert das Grün, erobert Ufer und Eisenbahngleise, unbebautes Gelände und Randbezirke, den Sand der sich selbst überlassenen Flächen am Fuß der Häuserklötze und der Plätze mit den blauen und roten Eisenrohren und den Kindern in Uniform mit Mützen auf dem Kopf und Schlägern in der Hand. An den Berghängen, unter dem dichten gold-, purpur-, oder blutrotgesprenkelten Laubwerk der Bäume, entlang an friedlichen Gärten, Tempeln und Seen, Tälern Wildbächen Flüssen wirbeln unsere Schritte die Blätter auf, und wir lassen uns treiben, uns selbst fern und erschöpft, gereinigt und erholt allein durch die Schönheit, die uns stets beglückt und rettet. Dann wird es Nacht, und die Schilder holen uns ein, Neonreklamen leuchten auf und weisen uns in verwinkelte Gassen, wo Schatten vorüberhuschen, Heldinnen von Murakami, und wo man sich sofort verirrt, glatt verschwinden könnte. Von den silbergrauen Masten fallen Stränge dicker schwarzer Kabel, sie spannen sich über die Straße und bilden von Dach zu Dach ein Knäuel, Mikadostäbe über unseren Köpfen. Dann kehren wir nach Hause zurück und erstellen tief in der Nacht Listen, Verzeichnisse, ordnen unsere Aufzeichnungen, zählen die Dinge zusammen, die wir vergessen, die wir aufgegeben haben, die Herzklopfen oder Kopfzerbrechen machen. Dann dehnt sich die Zeit, und im nächtlichen Gewisper des Regens und der Tiere sinken wir in den Schlaf.« Das war das Letzte gewesen, was ich von ihm gehört hatte, es war jetzt über einen Monat her. Wir haben eine gute Stunde gequatscht, er vor seinem Hügel und ich vor der Werkbank, einem senkrechten Holzbrett mit Nägeln, an denen Schraubenzieher und Zangen, Päckchen mit Muttern und Schraubenschlüssel hingen. Spinnen mit langen Beinen staksten dazwischen herum. Das Gespräch bewegte sich locker von einem Thema zum andern, ich ging mehrere Runden durch den Garten, zupfte Unkraut, zerkratzte mir die Hände an einem Busch. Am wolkenzerfetzten Himmel glänzte ein sehr weißer und fast voller Mond. Dann habe ich aufgelegt, auf halbem Weg zwischen hier und dort, zwischen der zerklüfteten Küste, wo sich mein Leben jetzt wieder abspielte, und den Ahornwäldchen, den verlassenen Tempeln, den Heiligtümern mit den aufgereihten Steinen, wo sich noch für ein paar Wochen das seine abspielen sollte. Ich habe mich wieder an die Arbeit gemacht, die Müdigkeit überkam mich, meine Füße und Arme waren steif vor Kälte. Als alles irgendwie zu halten schien, habe ich das Ganze aufgestellt, es war schwer wie zehn tote Esel und wackelte ein wenig, ich habe die Schrauben nachgezogen, ab und zu gab eine Wolke der Nacht ihre natürliche Dunkelheit zurück. Es war schon fast drei Uhr, als ich die vier mit dem Spaten ausgehobenen Löcher mit Beton auszugießen begann. Ich versenkte die Anker in der dickflüssigen Masse. Danach musste ich nur noch die Rutsche montieren. Das Holz leistete Widerstand, ich konnte noch so fest drücken, es ging nicht. Ich wollte zum Schuppen, meine Füße verfingen sich in den Leitersprossen, sechs verfluchten kleinen grüngestrichenen Eisenstangen, die einen schrecklichen Radau machten. Ich hatte Erde im Mund, einen faden Geschmack von totem Holz und schlammigem Wasser. Die Bohrmaschine war lauter als der Motor eines Wasserflugzeugs, aber das flutschte ins Kiefernholz wie in Butter. Ich bohrte acht Löcher, und als der Bohrer aufgehört hatte, sich wie ein Kreisel um sich selbst zu drehen, spürte ich etwas in meinem Rücken. Ich drehte mich um. Da stand klein und durchfroren Clément in seinem zu dünnen Schlafanzug, auf dem Spider-Man sein Netz spann, rieb sich die Augen und schaute mir zu.

»Was machst du hier? Hab ich dich geweckt?«

»Nein. Ich hab nicht geschlafen. Ich hab Lärm gehört, das ist alles.«

Ich fragte lieber nicht, was ihn mitten in der Nacht wach gehalten haben mochte. Ich ging zu ihm und rieb ihm den Rücken, um ihn zu wärmen.

»Und Manon?«

»Sie schläft.«

»Du musst wieder ins Bett gehen, Clément, morgen ist Schule und …«

»Glaubst du, Mama ist tot?«

Ich spürte, wie meine Beine unter mir nachgaben. Clément blickte mich mit seinen großen flackernden Augen an, es war das erste Mal, dass er die Frage anschnitt, und er erwartete eine Antwort. Ich sah keine Möglichkeit auszuweichen, mich sauber aus der Affäre zu ziehen. Ich nahm ihn an der Hand, und wir setzten uns ins Gras. Es war feucht und kalt am Hintern und an den Beinen. Auf der anderen Seite der Mauer hatte die Nachbarin in ihrem Wohnzimmer die Lampe angemacht. Ich konnte sie nicht sehen, aber ich stellte sie mir vor, den Blick zum Himmel gerichtet, die Stirn ans Fenster gelehnt, fast durchsichtig im hellen Mondlicht, eine Zigarette zwischen den Fingern der rechten Hand, die Teetasse zum Abkühlen auf dem Tisch. Clément schaute zu Boden, im milchigen Himmel schrie eine Möwe, sonst hörte man sie nie nachts, ich hatte mich immer gefragt, was sie wohl machten, wenn die Sonne untergegangen war, ob sie schliefen oder was, ob sie sich auf einer Insel oder in den Klippen versammelten, um dicht aneinandergedrängt die Nacht zu verbringen.

»Und du, mein Schatz, was glaubst du?«

»Ich glaube, dass sie tot ist.«

»Warum sagst du das?«

»Weil es nicht anders möglich ist. Sie hätte uns drei nicht einfach so verlassen. Wir haben uns alle vier zu lieb gehabt, oder, Papa?«

Die Tränen schnürten mir die Kehle zu, meine Augen wurden feucht. Ich zog ihn an mich und drückte ihn, seit Monaten hatte ich ihn nicht mehr so nah, so gegenwärtig gefühlt, und doch drückte ich ihn, als würde er davonfliegen, als könnte das etwas ändern, ihn über was auch immer hinwegtrösten.

»Komm, mein Schatz«, sagte ich. »Wir gehen schlafen.«

Er nickte, und wir gingen in mein Zimmer hinauf. Die warme Luft des Hauses hüllte uns ein, meine Füße tauten sofort auf. Während Clément unter die Laken schlüpfte, holte ich Manon, sie hatte ihre Decke zurückgeschoben, und ihr Nachthemd war bis unter die Arme hochgerutscht, so dass sie ganz nackt war, ich konnte sagen, was ich wollte, sie lehnte Schlafanzüge ab und bestand, sommers wie winters, auf diesem Nachthemd, der Stoff war so dünn wie ein Taschentuch. Ich trug sie zum Bett und legte mich dann zwischen die beiden. Sie knurrte und schmiegte sich an mich. Clément legte seinen Kopf auf meinen Arm, den er um sich schlang wie einen Schal. Nach wenigen Sekunden war er eingeschlummert. Manon schnarchte. So lag ich die ganze Nacht zwischen den Kindern, mit offenen Augen im Dunkeln. Cléments Worte gingen mir nicht aus dem Sinn, die Gewissheit, mit der er sie ausgesprochen hatte, ich selbst hatte diese Gewissheit nie wirklich gehabt, hatte sie gar nicht haben wollen. Ernsthaft zu denken, Sarah könnte tot sein, war für mich einfach unerträglich, tagsüber versuchte ich mich zu beherrschen, doch die Träume hauten mich um, im Traum durchdachte ich alle Möglichkeiten, prüfte sämtliche Hypothesen, und da sie uns nicht verlassen haben und nicht verunglückt sein konnte (man hätte sie gefunden, nach einer Weile hätte man sie doch gefunden), waren sie an einer Hand abzuzählen: Entführung, gewaltsamer Tod, in der Ungeschütztheit der Nacht sah ich nichts, an was ich mich klammern konnte, kalter Schweiß rann mir über den Rücken, während auf dem Bildschirm meiner geschlossenen Lider Strangulierungen, Vergewaltigung, feuchte, dunkle Keller, Wunden, Messer, blaue Flecken vorüberzogen, jedes Mal erschien mir Sarahs Gesicht in panischer Angst, vom Schmerz entstellt, ich stand auf, um mich zu übergeben, alles kam mir hoch, danach stellte ich mich unter die Dusche, ging ins Wohnzimmer hinunter, trank literweise Kaffee und betete, nie mehr einzuschlafen.

Ich bemerkte sofort das Polizeiauto vor der Schule. Die Eltern gruppierten sich am Zaun und umringten die Direktorin, eine hagere Frau mit kurzem Haar und ungewöhnlich tiefer Stimme. Clément ging in Richtung Klassenzimmer, schlaftrunken gähnte er mit weit aufgerissenem Mund. Es war noch nicht richtig Tag, und ich fragte mich, während ich ihm nachschaute, warum man den Kindern so etwas zumutete. Manon drückte meine Hand, als fürchtete sie irgendeine Gefahr, sie hatte nicht unrecht, alle Blicke waren auf uns gerichtet, und die Direktorin wies einen Typen mit einer Kinnbewegung auf uns hin, schwarze Lederjacke, etwas beleibt, schnurrbärtig, kahlköpfig. Er nickte und kam auf mich zu, sein Gesicht war von der Kälte gerötet, und ein Fleck, der nach Kaffee aussah, bildete einen kleinen Rugbyball auf seinem Hemd. Er reichte mir seine fleischige Hand, bevor er sich vorstellte: Inspektor José Combe, er habe mir einige Fragen zu stellen.

»Worum geht es?«, erkundigte ich mich.

»Das Verschwinden.«

Das Blut wich mir aus dem Gesicht, ich muss leichenblass gewesen sein. Ich suchte etwas, an das ich mich klammern konnte, ich fand nur Manon, so lange schon hielten sie und ihr Bruder mich jetzt aufrecht. Warum kam Combe in die Schule, um mit mir über Sarah zu sprechen? Er zog ein Taschentuch hervor und wischte sich über die Stirn, wie er bei solchem Wetter schwitzen konnte, war ein Rätsel, der Himmel war stahlblau, und der Rauhreif auf den Windschutzscheiben der Autos noch nicht geschmolzen.

»Das Verschwinden des Jungen«, erklärte er. »Der kleine Thomas Lacroix ist gestern um sechzehn Uhr dreißig verschwunden. Sie haben Ihre Tochter gestern um sechzehn Uhr dreißig abgeholt, nicht wahr?«

Ich nickte, und mit einem Schlag entspannten sich alle meine Nerven, das Blut in meinen Adern begann wieder zu zirkulieren. Ich wusste, worauf er hinauswollte, aber ich war erleichtert, der Umzugsmann musste seinen Sohn mitgenommen haben, das war vorhersehbar, unvermeidlich, er würde sich nicht damit begnügen, auf einer Bank mit ihm zu plaudern und zuzuschauen, wie er sein Schokocroissant zerkrümelte.

»Haben Sie vielleicht etwas bemerkt?«

»Nein.«

»Haben Sie nicht einen Jungen allein aus der Schule kommen sehen?«

»Nein. Warum, haben Sie keinen Anhaltspunkt, wo er sein könnte?«

»Nein. Bisher nicht. Das letzte Mal hat man ihn auf dem Schulhof gesehen, er sollte ins Klassenzimmer zurück, zur Nachmittagsbetreuung, seine Mutter sollte ihn um achtzehn Uhr abholen, aber da war er verschwunden ...«

Ich schaute betreten, so erschrocken wie möglich. Manon sah mich unruhig an, es war nicht gut für sie, solche Dinge zu hören. Ich verabschiedete mich vom Inspektor, er wollte trotzdem meine Telefonnummer und meine Adresse notieren, für alle Fälle.

Im Klassenzimmer roch es nach Klebstoff und Filzstiften, Farbe und Papier, die meisten Kinder waren schon mit irgendetwas beschäftigt: Die Jungen formten Kugeln aus Knetmasse, und die Mädchen spielten brav Kaufladen, tonnenweise Obst und bergeweise Gemüse wurden umgeschlagen, bis der Unterricht anfing. Wir waren die Letzten, und Madame Désiles warf uns einen finsteren Blick zu, keine sechs Tage waren wir da, und sie hatte uns schon auf dem

Kieker, ich grüßte sie mit der gebotenen Höflichkeit. Sie setzte die Kleine vor ein Blatt zum Ausmalen. Allein an ihrem geblümten Tisch, begann Manon mit spitzen Fingern in den Filzstiften zu kramen, dann starrte sie untätig auf das Bild, Micky, Minni und Pluto auf Skiern schienen sie nicht zu überzeugen.

»Gefällt es dir nicht?«

»Nein, nicht besonders.«

»Ach so? Magst du Micky nicht?«

»Hm, nein.«

Die Désiles seufzte entnervt, sie war wohl kurz davor zu implodieren, dazu brauchte es offensichtlich nicht viel bei ihr. Obwohl es in ihrer Rolle doch darauf ankam, ruhig zu bleiben, sollte man meinen. Sie wandte sich von uns ab und dem anderen Ende des Raums zu, zwei kleine Blondköpfe stritten sich um ein neues Feuerwehrauto, ein rotes Blechungetüm mit vielen Wasserschläuchen und einer großen Leiter. Jeder zog an einem Ende. Jetzt geriet die Désiles vollends außer sich, sie stürmte durch den Raum wie eine Furie und fing an zu schreien. Sogar ich zuckte zusammen. Dabei hatte ich noch gar nichts gesehen. Es war unfassbar, wie sie den Jungen am Arm packte, ihn bis zu einem Stuhl schleifte und zwang, sich zu setzen, dabei drohte sie, ihm eine zu knallen. Das Kind war in Tränen aufgelöst, und mir wäre es an seiner Stelle genauso gegangen, glaube ich, es schniefte und brülle sich die Kehle heiser. Alle anderen Kinder schauten betreten zu Boden und warteten, dass es vorbeiging, sie kannten das offenbar. Manon nicht. Sie schmiegte sich an mich.

»Warum ist die Lehrerin böse?«, fragte sie mich.

»Ich weiß nicht. Sie muss sehr unglücklich sein, wahrscheinlich deshalb.«

»Wie die Hexe in *Kiriku?*«

»Genau, wie Karaba.«

Ich stand auf, und die Désiles sah mich empört an, ihre Augen unter den zurückgekämmten und von einem hässlichen silbernen Reif gehaltenen Haaren schleuderten Blitze auf mich. Ich hatte wohl zu laut geredet.

»Tut mir leid. Meine Kleine kann es nicht ertragen, wenn jemand heftig wird. Oder die Stimme erhebt. Sie macht eine schwere Zeit durch …«, sagte ich im Versuch, die Wellen zu glätten.

Meine Worte schienen sie nicht zu besänftigen, sie zuckte nur mit den Schultern. Wenn alle ihre Kinder so erzögen wie ich, brauchte man sich nicht zu wundern, dass alles den Bach runterginge, zischte sie und drehte mir den Rücken zu. Ich zog es vor, mich nicht zu einer Antwort herabzulassen, besser ich ging, bevor ich mich noch aufregte. Ich küsste Manon gute fünfzehn Mal.

»Ich will nicht, dass du gehst«, jammerte sie.

»Ich geh ja nicht richtig weg. Auch wenn ich gehe, bin ich noch bei dir, das weißt du doch. Ich beschütze dich durch meine Gedanken.«

»Durch deine Zauberkraft?«, fragte sie.

»Ja, genau. Durch meine Zauberkraft.«

Sie küsste mich auch, vertrauensvoll und beruhigt, es brach mir das Herz, sie da zurückzulassen, wo doch die Schaukel fertig war und das Wetter schön und wir den Tag im Garten oder am Strand hätten verbringen können, um unglaubliche Schlösser für ihre Prinzessinnen zu bauen, den Drachen steigen zu lassen oder in aller Ruhe, in unsere Mäntel eingemummt, zu schaukeln.

Ich kam ausnahmsweise zu früh. Alex war schon unterwegs, er gab die erste Stunde des Tages. Ich konnte ihn mir in dieser Rolle gut vorstellen. Mir gegenüber war er stets der Lehrer gewesen, der Ältere, der seinen lästigen kleinen Bruder mit sich herumschleppte, ihn mit einer Mischung aus Zärtlichkeit und Erbitterung, Wohlwollen und Überdruss ertrug. Nadine bot mir einen Kaffee an, sie lächelte mir über das dampfende Getränk hinweg zu. Sie war von einer unauffälligen, sanften Schönheit, ich hatte nie darauf geachtet, so sehr hatte Sarah meine Aufmerksamkeit und mein Herz in Beschlag genommen, doch auf einmal sprang es mir in die Augen. Ich verbrannte mir die Zunge.

»Seid ihr gestern gut heimgekommen?«

»Ja, ja.«

»Du siehst übel aus. Hast du nicht geschlafen?«

»Nicht viel.«

»Nimmst du keine Pillen?«

»Nein. Ich hab zu viel genommen, es wirkt nicht mehr.«

Beim Aufstehen zog Nadine an ihrem Rock, der Saum ihres Strumpfs verschwand unter dem braunen Stoff, ich war fast enttäuscht. Sie gab mir meinen Tagesplan.

»Hast du von dem Jungen gehört, der verschwunden ist?«

»Mein lieber Mann, Neuigkeiten verbreiten sich hier aber schnell.«

»Oh ja.«

»Das hatte ich ganz vergessen.«

Durchs Fenster sah ich meinen ersten Schüler, einen Kerl, der aus unerfindlichen Gründen die Prüfung noch einmal ablegen musste, er hatte seinen Führerschein schon vor zwanzig Jahren gemacht und fuhr wie du und ich, jedenfalls so gut, dass er sich die verordneten Stunden hätte sparen können. Zumindest theoretisch. Denn in der Praxis hätte man ihn glatt durchfallen lassen. Aus Prinzip, natürlich, aus wirtschaftlichen Erwägungen, aber auch wegen einer ganzen Reihe von Irrtümern und Verstößen gegen undurchsichtige Regeln, deren Bedeutung und Notwendigkeit nur die Prüfer zu kennen schienen. Solchen Schülern konnte ich nichts beibringen, und es wäre mir lieber gewesen, wenn Alex das übernommen hätte. Am Vortag waren wir anderthalb Stunden durch die Felder gefahren, dann hatten wir die Schnellstraße bis zum Staudamm genommen und waren langsam auf dem Teerstreifen mitten durch das türkisblaue Wasser gerollt, links fielen kleine Täler sanft ins Wasser ab, die Blautöne mischten sich widerstandslos mit dem Zartgrün und Goldgelb, alles schien seit Jahrhunderten geregelt, abgezirkelt. Rechts erhob sich der Turm wie ein letztes Signal vor der Bucht, der Horizont war scharf und klar, und die Inseln sahen aus wie die Gipfel einer unterseeischen Bergkette mit komplizierten Windungen. Wir hatten über alles und nichts geredet, und ich hatte nur zwei harmlose Fehler bemängelt: das Herausfahren aus dem Kreisverkehr ohne zu blinken und das Überfahren eines Stoppschilds ohne anzuhalten, als aber kein Auto in Sicht war. Er winkte mir, und ich rief ihm zu, ich käme gleich. Er zündete sich eine Zigarette an, während er wartete. Nadine nahm sich noch eine Tasse Kaffee, es war neun Uhr, und in einer halben Stunde würde der Theorieunterricht beginnen, sie hatte gerade noch Zeit, die erste Kanne Kaffee zu leeren und neuen aufzusetzen.

»Läuft es gut mit Alex?«

Erstaunt sah sie mich an, sie kannte mich gut genug, um zu wissen, dass ich solche Fragen gewöhnlich nicht stellte, Alex und ich waren aus dem gleichen Holz geschnitzt, wir flohen Gefühlsabgründe, intime Geständnisse, wir lasen zwischen den Zeilen, äußerten uns in Andeutungen, schwiegen zwischendurch, wichen Fragen aus, verdrängten, begruben sie, als wäre es gefährlich, miteinander zu sprechen, als könnte es uns verletzen und noch verwundbarer machen, wenn wir von unserem innersten Leben sprächen.

»Warum fragst du?«

»Nur so. Weil ich wissen will, ob es euch gutgeht, euch beiden.«

»Sehen wir so aus, als ginge es uns schlecht?«

»Ich weiß nicht. Manchmal habe ich den Eindruck, du bekommst nicht genug Luft ...«

»Wie wir alle, Paul, wie wir alle. Nichts weiter. Alex und ich sind seit zwanzig Jahren zusammen. Die Jahre vergehen, und es ist halt einfach so, es zermürbt und gleichzeitig schweißt es zusammen, dagegen kann man nichts machen. Hat Alex etwas gesagt?«

»Gibt es etwas, was er mir hätte sagen können?«

»Nein. Nicht dass ich wüsste. Jetzt mach, dass du wegkommst. Dein Kunde wird ungeduldig.«

Ich nahm auf dem Beifahrersitz Platz, und wir fuhren nach Osten. Die Sonne war aufgegangen, wir steuerten auf das Rot und die altrosa Fransen zu, das war die einzige Logik unserer Route, sie führte direkt in den entflammten Himmel. Bréhel schimpfte über den Zustand der Welt, man habe die Kontrolle verloren, sagte er, niemand hätte mehr etwas im Griff, es ginge drunter und drüber. Ich war im wesentlichen einverstanden, auch wenn ich nicht so recht sah, was man dagegen tun konnte, auch wenn es mir offensichtlich schien, dass es abwärts ging und es lächerlich war, mit allen vier Füßen zu bremsen, alles drehte durch, niemand konnte mehr etwas machen, die Wirtschaft hatte sich verselbständigt und würde uns schließlich um die Ohren fliegen. Die Kreatur, die sich gegen ihren Schöpfer wendet und ihn vernichtet.

»Warum hat man Ihnen den Führerschein abgenommen?«

Bréhels Miene verfinsterte sich, sein Gesicht schien zu schrumpfen, alle Muskeln zogen sich zusammen, und die Augen lagen plötzlich tief in den Höhlen, er versuchte, in sich hineinzukriechen, sich umzustülpen wie einen Handschuh. Er überfuhr zwei Vorfahrtsschilder, und wir wären beinahe mit einem Lastwagen zusammengestoßen, ich hätte mein Leben gern an mir vorbeiziehen sehen und Sarah darin getroffen, aber meine Stunde war wohl noch nicht gekommen, das Gehupe klang mir noch lange in den Ohren. Er begann zu reden wie ein Wasserfall, es war nachts gewesen, betrunken war er nicht, aber doch ziemlich beschwipst, genug, um sich strafbar zu machen, er hatte den armen Jungen auf seinem Fahrrad umgefahren, es war nach Mitternacht, und das Kind fuhr ohne Licht, was hatte ein Neunjähriger nachts auf einem Fahrrad ohne Licht zu suchen, das fragte er mich, was dachten sich solche Eltern manchmal, guter Gott.

»Ich hätte ihn fast überrollt, verstehen Sie. Ich hätte ihn töten können. Aber er hat nichts abgekriegt. Kratzer, einen gebrochenen Finger, nichts Schlimmes, es war ein verfluchtes Wunder. Sein Fahrrad war völlig verbogen, wir haben es im Straßengraben liegenlassen und ich habe ihn heimgebracht. Er hatte natürlich einen Schock. Aber er war lieb und nett, er schien mir nicht böse zu sein oder Angst zu haben. Ich kam zu den Eltern, sie haben getobt, der Vater hat mich zur Polizei geschleppt, und ich habe alles mit mir machen lassen, ich habe alles erzählt, ohne zu lügen, und habe brav gepustet. Da war ich geliefert. Ich habe eine Strafanzeige bekommen und man hat mir den Führerschein entzogen. Daraufhin hab ich meinen Job verloren.«

»Was haben Sie gemacht?«

»Ich war Vertreter«

»Für was?«

»Socken. Sockenvertreter. Ich bin im ganzen Westen unterwegs. Vielmehr, ich war ... Warum lachen Sie?«

»Ich weiß nicht. Socken ...«

»Was ist damit? Tragen Sie keine?«

Ich setzte ihn bei sich ab, er hatte ein Mobilheim auf der Halbinsel gemietet, in dieser Jahreszeit war der Campingplatz vollkommen ausgestorben und die Düne gehörte dem Strandhafer. Ringsum schmiegten sich das Land und der Sand ans Meer, die Bäume waren vom Wind gekrümmt. Oben auf dem Kliff schaute der Himmel durch die Löcher einer Ruine. Mit dem Hintern auf dem Strand und den Wohnwagen im Rücken konnte man sich am Rand der Welt glauben.

»Es ist gruselig, aber mir gefällt es hier. Nachts ist es so dunkel und still, dass ich manchmal draußen nachsehe, ob das Meer nicht alles verschlungen hat. Und ich brauche nur durch die Dünen zu gehen, um am Strand zu sein. Außer den Vögeln, die auf der Insel gegenüber hausen, zuzuschauen, hab ich im Moment ja nicht viel zu tun. Da drüben sind Hunderte, unglaublich, sie verbringen ihre Zeit mit Schlafen, den Kopf unterm Flügel versteckt wie die Enten. Am Wochenende gehen die Leute hier spazieren, Kinder spielen Ball und lassen Drachen steigen, ich sehe Menschen, das lenkt mich ab. Es ist ja nur vorübergehend. Meine Frau hat mich rausgeschmissen, und solang ich arbeitslos bin, kann ich mir nichts anderes leisten ...«

Ich sah ihm nach, wie er sich zwischen den Wohnwagen entfernte. Manche hatten Holzterrassen mit einem Zaun darum, andere Gärtchen, in denen Tröge mit fröstelnden Geranien standen. Seiner war ein einfaches Modell, schnörkellos, blauweiß, mit einem kleinen Vordach aus Plexiglas, unter dem ein altes Schaumstoffsofa kalt und feucht wurde. Er war wohl der einzige Mieter, und eine Sekunde lang beneidete ich ihn, ich stellte mir vor, nachts dort in der Einsamkeit zu sein, allein in meinem zerbrechlichen Unterschlupf, meinem provisorischen Haus, den Gezeiten, den Vögeln, dem Regen, der Stille, den Windböen ausgesetzt.

Vor dem Wohnblock war niemand. Kindergeschrei drang bis zu mir ins Auto, früher, wenn ich krank war, fand ich es immer seltsam, vom Bett aus die Spielkameraden zu hören. Die Grundschule war ganz in der Nähe, direkt daneben befanden sich das Collège und das Lycée Paul-Éluard, graue Gebäude, um einen staubigen Hof mit Handballtoren und schäbigen Basketballkörben gruppiert. Dort hatte ich jede Menge Langeweile und Unlust geschoben. Ich wartete eine Zeitlang, den Blick auf die antennengespickten Balkone gerichtet, auf denen nie benutzte Gartenstühle und -tische herumstanden. Schließlich läutete ich bei ihr. Die Flure stanken nach Suppe und Blumenkohl, gekochtem Gemüse und Industriereiniger. Genau wie früher. Wie eh und je. Ihre Wohnung war die von Caroline, Gebäude B dritter Stock Tür zwölf, es war so seltsam, wieder dort zu sein, diese Adresse war einmal wie eine Zauberformel gewesen, ich hatte sie nachts vor mich hin gesagt, die Hand auf dem Herzen. Einen Augenblick hatte ich das Gefühl, Caroline würde mir öffnen, den Finger auf die Lippen gelegt, denn ihre Mutter war da und hielt Mittagsschlaf, sie zog einen

Mantel über und wir huschten die Treppe hinunter. Oder sie ließ mich hinein, und wir machten unsere Hausaufgaben zusammen, während im Fernsehen Clips liefen und wir Sandkuchenscheiben aus dem Supermarkt in ein Glas Sprite tauchten, ich saß neben ihr und genoss jede Sekunde, ein wenig zitternd und sehr unbeholfen, furchtbar sentimental und verknallt, mit einem flauen Gefühl im Magen und voller Anbetung. Ein Typ machte mir auf, er kratzte sich am Bauch, ein Backenbart rahmte sein massiges Gesicht ein, zwei rote Steaks anstelle der Wangen. Lockige Haare quollen aus dem Ausschnitt seines schwarzen T-Shirts, darauf erkannte man, schweißbedeckt und jaulend, Johnny Hallyday. Eine Aufschrift in Feuerbuchstaben schrie *Quoi ma gueule?* Das Ganze gemahnte, obwohl es grotesk war, zur Vorsicht.

»Zu wem wollen Sie?«

»Ich suche Justine. Wegen ihrer Stunde.«

»Was für eine Stunde?«

»Fahrstunde.«

»Ach so. Sie sind der Typ, der ihr das Fahren beibringt.«

»Genau.«

»Und Sie meinen, Sie bringen es ihr bei, indem Sie sie ins Hotel mitnehmen.«

Ich steckte das ein, ich kannte solche Typen, besser man hielt die Klappe. Hinter ihm ahnte man die Wohnung, eine düstere und unordentliche Höhle, aus der verbrauchte bier-, schweiß- und bratfettgeschwängerte Luft drang.

»Na, machen Sie mit ihr, was Sie wollen. Aber passen Sie auf, sie ist eine kleine Schlampe, sie führt alle an der Nase rum, man kann ihr nicht vertrauen.«

Er sah mich mit einem fetten, verständnisinnigen Lächeln an, es hatte keinen Zweck zu diskutieren, ich fragte ihn, ob sie da sei, und er sagte nein, sie sei seit zwei Tagen nicht mehr nach Hause gekommen, aber es sei ihm schnuppe, sie könne ihren kleinen Arsch hinbewegen, wo es ihr beliebte. Darauf schloss er wortlos die Tür, und ich ging bedrückt zum Auto zurück, die Vorstellung, dass Justine in derselben Wohnung lebte wie dieser Kerl, ließ mich schaudern. Bevor ich losfuhr, blickte ich mich ein letztes Mal um, etwas in mir hoffte, sie aus einer Seitenstraße kommen zu sehen, aber sie kam nicht. Etwas anderes, viel Älteres in mir wartete, dass Caroline mit ihrem schwarzen Haar und ihrem blassen Gesicht auftauchte, in einen Fransenschal gehüllt und die Taschen voller Schnapsfläschchen, die sie im Lebensmittelladen ihres Vaters klaute, wenn sie ihm sonntagnachmittags für einen Fünfzigfrancsschein die Kasse machte. Wir gingen auf Umwegen zur Schule, zogen an unseren Joints, bis wir am Deich waren, letztendlich kamen wir immer zu spät, und die Lehrerin ließ uns nachsitzen oder schickte uns zum Schulrat, einem verdächtigen Typen mit Eidechsengesicht und schmuddeligen Anzügen, der uns komisch anschaute und irgendwann in Handschellen abgeführt wurde. Wir waren durch das Kabel der Ohrhörer verbunden, für jeden einen, heraus kamen süßliche Songs, die sie mochte und die ich nur mit ihr zusammen mochte, unsere Mäntel streiften aneinander, wir tranken den Schnaps und schauten aufs Meer, noch heute weiß ich nicht, warum ich nicht meine Hand auf ihre gelegt habe, wenigstens ein Mal, um zu sehen, was passiert. An manchen Tagen gingen wir in die Altstadt, das Pflaster glänzte im Nieselregen, sie goss ein Fläschchen Rum Calvados oder Whisky in ihren Kaffee. In menschenleeren Morgenstunden vor dem Schloss erzählte sie mir von Jean-Marc Benoît, Christophe oder Yann, das änderte sich dauernd, die ganze Klasse kam an die

Reihe, die ganze Klasse außer mir. Oft war sie traurig, und ich wusste nicht, warum, ihre Augen glänzten, sie schwieg und biss sich die Haut von den Fingern, trank einen Schluck, und es ging vorbei. Ich verstand nie, was sie an mir fand und warum sie mich in ihrer Nähe duldete, sie hatte mich gern um sich, sie hatte es gern, wenn ich ihr zuhörte, sie hatte niemanden außer mir, niemanden, dem sie vertrauen konnte, so sagte sie damals. Sie nannte mich ihren kleinen Bruder, und das passte mir, ich wollte nicht mehr, sie nahm mich ins Schlepptau, nur darauf kam es an.

Es war noch nicht lange dunkel, die Garage wurde zur Kühltruhe, aber mir war heiß, überall rann mir der Schweiß herab. Ich schlug schon über eine Stunde auf den Sack ein, meine Arme waren so gut wie taub, ich spürte sie kaum noch, sie waren gleichsam flüssig, und die Stöße drangen bis in die Schultern. Im Zimmer nebenan hatte Manon ihre Puzzles hervorgeholt und versuchte Schneewittchen und seine sieben Zwerge, Marie, Toulouse und Berlioz und nicht weniger als hundertundeinen Dalmatiner zusammenzusetzen. Ich hielt noch zehn Minuten durch, der Sand unter dem Leder hatte sich in Beton verwandelt. Ich zog die Handschuhe aus und ging unter die Dusche. Im Vorbeigehen warf ich einen Blick auf die Kinder, die Kleine kam toll voran, Walt Disneys komplette Filmographie bedeckte die Teppiche im Wohnzimmer; Clément saß brav an seinem Schreibtisch und blätterte im *Großen Buch der Bäume*. Er konnte sich stundenlang in dieses Buch vertiefen, sich, den Kontinenten folgend, von einer Gattung zur anderen treiben lassen. Ich legte meine Hand auf seine Schulter, mein Kinn auf sein Haar, und so gingen wir ein Stück zusammen, Meeresufer folgten auf Gebirge, orangefarbener Sand auf braune Erde, blühende Felder auf dunkle Wälder. Jede Seite war einem Baum gewidmet und versuchte, sein Wesen wiederzugeben, manchmal drang Licht so tief in die Zweige, beleuchtete noch das kleinste Stück Rinde, dass man meinte, das Holz im Gewittersturm knacken, die Blätter im Wind rascheln zu hören. Clément betrachtete all das schweigend, sein ruhiger, regelmäßiger Atem erfüllte den Raum. Ich küsste ihn aufs Haar und löste mich von seiner Wärme, der Schein der Lampe fiel auf sein glattes Gesicht, seine geschlossenen Lippen, seine schmalen Hände mit den Mädchenfingern. Was mochte sich unter seinem Schädel zusammenbrauen?

Was mochte sich verbergen hinter dem Schweigen und der Ruhe, dem folgsamen Gleichmut, dem Alles-Hinnehmen, hinter dem er sich verschanzte, seit seine Mutter verschwunden war? Ich erinnerte mich an ein neugieriges, lustiges Kind, das überall herumrannte, die ganze Zeit redete, über Nichtigkeiten staunte, bei jeder Gelegenheit jubelte, wegen eines Marienkäfers oder eines Flugzeugs am Himmel, der Form einer Wolke oder der Dramatik eines Buches, das seine Mutter und mich umschlang und sein Gesicht an die unseren schmiegte, bevor es mit einem großen Seufzer der Zufriedenheit und des ungetrübten Glücks ausstieß: Das Leben ist schön!, ich erinnerte mich an all das, aber es war jetzt so weit weg, dass es war fast unvorstellbar war. Ich überließ Clément seinen Strandkiefern, seinen Ahorn- und Olivenbäumen und ging ins Badezimmer. Vor dem Spiegel hatte ich den Eindruck, noch zwanzig Jahre älter geworden zu sein, ich untersuchte meinen Mund, der Zahnarzt hatte schwer zugelangt, nach drei schlaflosen Nächten hatte ich schließlich nachgegeben, zunächst hatte er zwei vordere Backenzähne gezogen, seiner Ansicht nach gab es keine Alternative. Der freundliche Mann mit dem Körper eines Rugbyspielers ließ seinen PC nie aus den Augen, um sich anhand von Grafiken und Zahlentabellen über Windstärken und Veränderungen am Himmel zu informieren. Er behielt sich das Recht vor, jederzeit Termine abzusagen, an den Strand zu laufen, in seinen Anzug zu schlüpfen, sich auf sein Surfbrett zu stellen und von einem prallen Zehn-Quadratmeter-Segel kilometerweit davontragen zu lassen. Direkt bevor er mir den zweiten Backenzahn zog, die Betäubung begann bereits zu wirken, hatte er mir das allerneuste Brett gezeigt, er wollte es sich demnächst leisten, die Großbaustelle, die sich in meinem Kiefer ankündigte, reichte wahrscheinlich locker, um den Kauf zu finanzieren. Als er es auf dem Bildschirm betrachtete, leuchteten seine Augen, während meine rechte Wange und mein Gaumen taub wurden.

Ich schaffte es nur mühsam, mein T-Shirt auszuziehen, meine Muskeln glühten, ein Feuer brannte unter meiner Haut. Kaum stand ich mit dem rechten Fuß in der Badewanne, läutete es. Ich zog mich hastig und lief die Treppe hinunter, Manon wirkte beunruhigt, Wer ist das?, fragte sie, ich hatte keine Ahnung, in solchen Situationen sah ich nicht selten Sarahs Gesicht vor mir, nach über einem Jahr ging es mir immer noch so, eine absurde Hoffnung befiel mich, und ich konnte mir die Enttäuschung nicht verkneifen, wenn es natürlich nicht sie, sondern irgendjemand anders war, der Briefträger, die Nachbarin oder mein Bruder. Ich öffnete die Tür, José Combe schützte sich mit einem Lederköfferchen vor dem Regen. Ich brauchte nicht hinauszugehen, um zu wissen, dass winzige Eiskörner niederprasselten, wenn man sie ins Gesicht bekam, stachen sie wie lauter Nadeln. Er stellte sich vor, als hätte ich ihn in den zwei Tagen vergessen können, als wäre nicht der verschwundene Thomas Lacroix in aller Munde.

»Ja, ja, ich erinnere mich. Kommen Sie rein, kommen Sie rein, bleiben Sie nicht im Regen stehen«, sagte ich und schüttelte ihm die Hand.

Er lächelte vorsichtig und trat sich die Schuhe auf der Fußmatte ab. Während er seinen durchnässten Mantel auszog, wanderte sein Blick durch das Wohnzimmer, über die wenigen Möbel und Manon mitten auf dem Teppich.

»Meine Tochter ... Setzen Sie sich, wohin Sie wollen. Darf ich Ihnen etwas anbieten? Mögen Sie einen Whisky?«

Er ließ sich auf das abgewetzte Leder des indonesischen

Sessels fallen. Die Kleine machte sich aus dem Staub, von der Küche aus hörte ich, wie sie drei Stufen auf einmal nahm und sich oben ins Zimmer ihres Bruders flüchtete. Ich kehrte zum Inspektor zurück, dem gestrandeten alten Walross, er rieb sich die Augen und atmete schwer, ich reichte ihm ein Glas Jack Daniels, das er langsam entgegennahm, seine ganze Person schien darauf angelegt zu sein, den Zustand der Erschöpfung zu illustrieren. Ich betrachtete sein dickliches Gesicht, seine glänzende, großporige Haut, noch nie hatte ich so schwarze, so breite, so tiefe Augenringe gesehen. Seine teigige Beschaffenheit machte einem unweigerlich Lust, ihn zu kneten und alles wieder in die richtige Lage zu bringen. Ich setzte mich ihm gegenüber, er schien es nicht besonders eilig zu haben, zur Sache zu kommen, er begnügte sich damit, seine Lippen in den Whisky zu tauchen und daran zu nippen.

»Entschuldigen Sie«, sagte ich, auf mein T-Shirt und meine Sporthose weisend. »Ich bin nicht vorzeigbar. Ich habe trainiert.«

»Welcher Sport?«

»Boxen. Mit dem Sack.«

Er setzte sein Glas ab, ein Funke Leben kam in sein ausdrucksloses, müdes Gesicht. Seine Züge strafften sich plötzlich, und sein Gesicht nahm Form an.

»Aha, Boxen«, meinte er. »Sehr gut ... Ich habe eine Tochter, die boxt. Gehen Sie manchmal zu Wettkämpfen?«

»Früher. Aber das ist lange her ...«

»Kommen Sie mit, in den kommenden Wochen gibt es schöne Sachen zu sehen.«

Ich wusste nicht, was ich sagen sollte, ich hatte nicht mehr als drei Sätze mit ihm gewechselt, und da stellte er sich vor, er würde mich zu einer Boxgala mitnehmen.

Ich schaute auf die Uhr. Es war bald Zeit, die Kinder in die Badewanne zu setzen und das Essen zu machen, draußen prasselte der Regen noch stärker und bedeckte alles mit einer dünnen Eisschicht, das versprach aufregende Fahrstunden, schon am Vormittag war Élise in einer Kurve geschlittert, ich hatte den Wagen im letzten Moment wieder in die Gewalt bekommen, und sie war plötzlich vollkommen entmutigt gewesen. Wir hatten die Stunde in ihrem Wohnzimmer zu Ende gebracht, im Warmen, sie zeigte mir die Bilder ihres Mannes, große blaue oder grüne Farbflächen mit weißen Rissen, er hatte erst spät damit angefangen, aber als sie sich vor vierzig Jahren kennengelernt hatten, hatte er genau davon geträumt, damals schien er so entschlossen, nie hätte sie gedacht, dass er sich eine Existenz als Geschäftsmann aufbauen würde, ein Leben, das er widerwillig führte und das er bereute, so sah sie die Dinge, als er wieder zum Pinsel griff, hatte sie ihn ermuntert, auch wenn er sich von morgens bis abends in seinem Atelier einschloss, auch wenn sie von den Farb- und Terpentingerüchen entsetzliche Migräne bekam, auch wenn, seitdem die Jüngste aus dem Haus war, die Langeweile alles zudeckte und die Zeit sich bis zu den Grenzen des Erträglichen ausdehnte.

Es herrschte eine drückende Stille im Raum, José Combe schlürfte seinen Whisky und schaute sich um, ab und zu seufzte er, man hätte glauben können, er hätte nicht die geringste Ahnung, was er hier eigentlich wollte. Schließlich fragte ich ihn nach dem Grund für seinen Besuch, aber ich tat es nur der Form halber, ich wusste, was er mir sagen würde, und es ließ nicht auf sich warten, der Verdacht war sofort auf den Vater gefallen, einen etwas zwielichtigen Burschen, der mit der Justiz zu tun gehabt hatte, Drogengeschichten Handel mit Antiquitäten Einbrüche, er hatte sechs Monate hinter Gittern verbracht, und als er herauskam, hatte man ihm das Besuchsrecht entzogen, seitdem machte er Umzüge, das heißt bis vor kurzem, das letzte Mal, als sein Chef etwas von ihm gehört hatte, das war hier gewesen, und seither Fehlanzeige, er war mit diesem Haus fertig gewesen und dann einfach weg verschwunden abgetaucht ... Man hatte gesehen, wie ich am Schultor mit ihm sprach, dann nichts mehr. Ich reagierte so gut ich konnte, spielte den Unerschrockenen, leugnete nichts, bestätigte aber auch nichts. Offensichtlich erwartete er nichts anderes. Ich hatte keinen Grund, ihn anzulügen, aber ich hielt es nicht für nötig, ihm mitzuteilen, was er besser wusste als ich, schließlich war der Junge bei seinem Vater, und das konnte ihm nicht schaden, ich sah nicht, wo das Problem war.

»So so. Gut. Wir werden zwei oder drei Dinge überprüfen müssen, und dann sollten Sie ziemlich bald eine Vorladung erhalten.«

Er überreichte mir seine Karte und stand auf. Ich begleitete ihn bis zur Tür, der Regen hatte aufgehört, aber der Wind blies steif von Norden, das Gras war bereits weiß, und das Meer brauste lauter als die Autos. Er stieg in seinen Fiat, ein so winziges Modell, dass man sich fragte, wie er hineinpasste. Die Nachbarin kam nach Hause, sie winkte mir zu, sie ziehe sich um und komme gleich, ich sagte ihr, sie solle sich Zeit lassen, Combe hatte mich aufgehalten.

Die Kinder schliefen über ihren Tellern ein, sie waren vollkommen erledigt, Manon hatte den ganzen Abend kein Wort rausgebracht, und Clément war mürrisch gewesen. Ich bettete sie aufs Sofa und holte den Armagnac. Isabelle war leicht beschwipst, ihr Haar war offen, ihre Augen glänzten; etwas Eigentümliches ging von ihr aus, ein Verzicht ohne Traurigkeit, der mit einem Mal ihr Alter hervorhob, zweiundvierzig Jahre, geprägt von den Nachtdiensten, den Tagen im Angesicht von Tod und Wahnsinn und dem Warten auf den Sohn, er war zwanzig und bei der Marine, seine Karten überwucherten bereits den Kühlschrank und die Küchenschränke und würden bald aufs Esszimmer übergreifen.

»Ich verstehe es nicht. Er hat gesagt, dass er das Gefühl hätte zu trudeln, er bräuchte einen Rahmen, eine Struktur. Und fürs Büroleben wäre er nicht gemacht. Das jedenfalls hat er gesagt. Was hat er darüber gewusst? Was weiß man schon groß in seinem Alter? Ich muss immer denken, dass er ein bescheuertes Leben führt da auf den Schiffen, mit all diesen Typen, und das macht mich verrückt. Ich weiß, es ist idiotisch. Offenbar gefällt es ihm. Und wenn ich mich umschaue, wenn ich sehe, was aus seinen Schulfreunden geworden ist, also, ganz ehrlich, viel besser ist das auch nicht. Na ja, weißt du, ich bin nicht jemand, der sein Schicksal beklagt. Er fehlt mir. Das ist es.«

Sie legte ihre Hand auf meine, und ich führte sie zum Schlafzimmer. Wir zogen uns ohne Eile aus und schliefen miteinander wie zwei alte Bekannte, als täten wir es zum hundertsten Mal. Ihre vollen Brüste, der Geschmack ihrer Nippel und die Textur ihrer Schenkel, ihre sommersprossige Haut, die sanfte Wölbung ihres Bauches, ihr rotblonder Pelz und der Geruch ihres Geschlechts, alles kam mir seltsam vertraut vor, alles war aus dem zweifelhaften und süßen Stoff der Erinnerung. Wir blieben über eine Stunde ineinander verschlungen, ich hielt die Augen geschlossen, während sie redete, das brauchte sie mehr als alles andere, mit jemandem reden, der ein bisschen zuhört, das kannte ich auswendig, wenn Sarah nach Hause kam, hatte sie oft das Bedürfnis auszupacken, in der letzten Zeit war das zur Obsession geworden, zwei Jungen waren mit voller Wucht von einem Auto erfasst worden, die Bullen waren hinter ihnen her, niemand hat je erfahren, warum. Alle kannten sie, man hatte sie aufwachsen sehen, man traf ihre Eltern im Supermarkt, im Café oder auf dem Bahnsteig der S-Bahn, der Vater des größeren war Busfahrer auf der Strecke zum Bahnhof, sie machten ein bisschen Quatsch, aber nichts Schlimmes, ein- oder zweimal war der jüngere zum Kinderhüten bei uns, er sprach immer leise und mit einem seltsamen Rhythmus, alle drei Sekunden nahm er seine Mütze ab, um mit der flachen Hand über seinen glatten Schädel zu streichen und zu prüfen, ob ein Haar gewachsen war. Es hatte zehn Tage gedauert: die Jungen kaputtgemacht, die Angehörigen aufgelöst, Mütter, die am Krankenbett zusammenbrachen, Väter, die an ihrer Camel ziehend im Flur auf und ab gingen, entsicherte Granaten, bereit zu explodieren. Als die Jungen tot waren, begannen schon bald die Autos zu brennen, eins nach dem andern. Auch meines kam dran, ebenso wie das der Nachbarn und die meisten, die unter den Hochhäusern parkten, selbst der Peugeot 306 des großen Bruders, es knallte hier und da, man hörte Schreie, Explosionen, zeitweise wurde das ganze Viertel orangerot wie manchmal an Sommerabenden in der untergehenden Sonne.

Ich warf einen Blick aus dem Fenster, die umliegenden

Häuser waren in Watte gehüllt, und im Schein der Straßenlampen konnte man dicke Flocken erkennen. Ich stand auf, um mir das aus der Nähe anzusehen, Isabelle kam mir nach, der Heizkörper versengte uns die Haut, nackt standen wir nebeneinander und schauten den Schnee an, ich wusste nicht, wie lange er schon so fiel, mindestens eine Stunde, der Garten war bereits weiß. Ich schlüpfte in die Kleider und weckte die Kinder. Manon machte große Augen, als sie den weißen Teppich und die fünf Zentimeter hohe Decke auf dem Gartentisch entdeckte. Ich zog ihr den Mantel an, Clément folgte uns gähnend, keiner von beiden schien überrascht zu sein, die Nachbarin zu sehen, es war zwei Uhr morgens, aber was wussten sie davon, in dieser Jahreszeit wurde es schon nachmittags dunkel. Die Sackgasse funkelte, es hatte aufgehört zu schneien, und der Himmel klarte allmählich auf, wir gingen bis zum Meer, auf leisen Sohlen durch die seidige Stille, wie um nicht zu stören. Manon drehte sich nach den Spuren um, die ihre Füße hinterließen. Dort, hinten, unter dem wieder aufgetauchten Mond, der leuchtete wie noch nie, konnte man sich in einen Traum versetzt fühlen. Ein tintenschwarzes Meer leckte an der schimmernden weißen Fläche, kein Sandkorn war mehr zu erkennen, die Felsen waren glatt wie Robben. Ans Geländer geklammert, stiegen wir die Treppe hinunter, alles war vereist und glänzte in der kristallklaren Dunkelheit. Unten angekommen, liefen die Kinder los wie Kosmonauten, der leichte Pulverschnee zerstob zwischen ihren Fingern. Ich warf den ersten Ball. Clément wich ihm lachend aus, aber ich hatte den Krieg erklärt. Besser wir brachten uns in Sicherheit. Isabelle und ich versteckten uns hinter einem Felsen, der Kerl beschoss uns zehn Minuten lang. Am Ende waren wir durchnässt bis auf die Knochen. In einiger Entfernung malte Manon, den Blick zum Himmel gerichtet, mit ausgebreiteten Armen Engel in das unberührte, blendende Weiß. Die Kinder waren erschöpft, aber glücklich, glücklich wie noch nie seit Sarah weg war, und das tat mir wahnsinnig gut, sie so zu sehen, mit roten Wangen leuchtenden Augen außer Atem. Wir gingen zurück, von der fünfzehnten Stufe aus betrachteten wir unser Schlachtfeld. Auf hundert Meter war alles zertrampelt, dann beanspruchte das Makellose wieder sein Recht, eine dicke Sahneschicht erstreckte sich bis zur Landspitze.

Ich legte die Mäntel zum Trocknen auf die Heizkörper, und Isabelle ging zu sich nach Hause, um zu schlafen. Von meinem Fenster aus sah ich sie als Schattenriss, wie sie sich entkleidete und ein Nachthemd überzog. Alles war ruhig. Draußen hatte es wieder angefangen zu schneien, unsere Fußspuren in der Sackgasse waren schon zugedeckt. Die Kinder schnarchten, eingemummt in ihre Decken, kaum im Haus, waren sie umgefallen wie Säcke, ich fragte mich, ob sie beim Erwachen denken würden, sie hätten geträumt. Ich selbst war mir bei nichts mehr sicher. Der Whisky verbrannte mir den Magen, Neil Young jaulte im Radio, und die Nacht weigerte sich, finster zu werden.

II
SPRINGFLUT

JEDE NACHT BREITETE ein großes weißes Tuch über die Stadt, morgens kam alles gedämpft darunter hervor, Geräusche Gefühle Gerüche, jedes unserer Glieder, unsere Herzschläge. Es hatte fast eine Woche lang geschneit, und die Kinder waren allzu ruhig, ihr Schweigen machte mir Sorgen, aber auch ich war wie betäubt. Alles um uns herum lief in Zeitlupe ab, eine allgemeine Lethargie, eine Lähmung. Ich erlebte es wie eine Verschnaufpause. Ein Zwischenstadium, das schließlich in irgendetwas münden würde. Schon bekamen die Straßen allmählich wieder Kontur, die Stadt erwachte langsam aus dem Koma. Auf den Kais schossen Karussells aus dem Boden wie bunte Pilze, bald begann der Jahrmarkt, drei Wochen Entenangeln, Schießbuden, Plüschtiere, Zuckerwatte und Autoskooter. Ich hasste all das mindestens genauso wie die Hungerleiderzirkusse im Sommer: knochige, räudige Löwen, paillettenübersäte Jongleusen mit Pappmachélächeln, Kinderakrobaten mit traurigen Augen, schwerfällige Trapezkünstler, melancholische Dompteure und magere und verängstigte dressierte Hunde. Ich bat Bréhel, langsamer zu fahren. An den dicken Telegrafenmasten klebten aufgeweichte Plakate. Seit fünf oder sechs Tagen posierte da unkenntlich und unscharf Justine, die Augen rot vom Blitzlicht, ein gezwungenes Lächeln auf den Lippen. Über dem Bild stand, dass sie verschwunden war. Wir fuhren weiter, die Stunde ging zu Ende, und ich hörte Bréhel zu, zu allem hatte er eine Meinung, Wahlen Tibet Ölpreis, ich nickte zum Zeichen der Zustimmung.

Die löchrige Straße führte zum Campingplatz, ein entgegenkommender Geländewagen bespritzte uns mit schlammigem Wasser, einen Augenblick lang waren wir blind. Auf beiden Seiten der Landenge zog sich das Meer zurück, durch die dunkelviolett blühenden Büsche am Straßenrand sah es aus wie ein Moor, links war der Hafen trockengefallen, und die Schiffe lagen auf dem Kiel. Auf Hunderten von Metern war der Sand entblößt, eine Miniaturwüste, an der Mündung strömte es gewaltig. Wir parkten neben dem Wohnwagen. Unter uns öffnete sich das Meer zu zwei Rundungen, und trotz des grauen Himmels funkelte der Glimmer zwischen den Muscheln. Der Strand war vollkommen leer, selbst die Vögel versteckten sich. Der Wind pfiff um die Campingwagen. Wir gingen in Bréhels Wagen hinein, er war dunkel und eiskalt. Bréhel rieb zwei Streichhölzer, zündete Kerzen an.

»Heute Nacht ist die Stromversorgung zusammengebrochen. Ich kann Ihnen nicht mal einen Kaffee anbieten.«

Mit diesen Worten holte er eine Flasche Wodka und füllte zwei Gläser, wir tranken, um uns zu wärmen, jeder unter seiner Decke, im Geflacker der Kerzen, es war wie mitten in der Nacht. Der Wind schlug gegen die Wände, man konnte sich vorstellen, wie der Wagen sich selbständig machte und bis zu den großen Bäumen rollte.

»Ich weiß. Am Anfang hat mich das auch beeindruckt. Es bläst gar nicht so, aber hier drin fühlt man sich wie in einer Pappschachtel. Und erst bei Regen. Oder Hagel, das macht einen wahnsinnigen Krach. Es ist wie Weltuntergang.

»Wird der Strom wieder angestellt?«, fragte ich.

»Ich weiß nicht. Der Verwalter ist im Urlaub. Auf den Malediven. Nicht blöd, der Typ.«

»Wann kommt er zurück?«

»In vierzehn Tagen, glaube ich.«

»Können Sie nicht selber jemanden kommen lassen?«

»Hm, nee. Es ist verboten, hier das Jahr über zu wohnen, wissen Sie. Mit dem Betreiber geht das klar, aber es ist illegal.«

»Haben Sie nichts anderes, wo Sie hingehen können?«

Er schüttelte den Kopf, sein pausbäckiges Gesicht verzog sich zu einer schmerzlichen Grimasse, oder es waren die Kerzen, alles war irgendwie irreal und verzerrt, alles nahm seltsame Formen an, das kaum vorhandene Wohnzimmer und die Kochnische, die aufeinandergetürmten Koffer und die Bank vor der halboffenen Tür, auf der sich die zerknitterte Wäsche stapelte. Gerade als die ersten Regentropfen aufs Dach des Wohnwagens trommelten, vibrierte mein Telefon. Ich ging ran, während er mein Glas bis zum Rand füllte. Ich erkannte sofort seine Stimme, trotz Panik und Zittern. Am Morgen hatte ich wie jedermann sein Konterfei in der Zeitung gesehen und den Artikel über ihn, das Porträt eines unwürdigen Vaters im Kostüm des Ex-Sträflings, eines Kindesentführers, dem man mit Hilfe von Bankkarte und Handy auf die Spur gekommen war, man würde ihn demnächst schnappen, es war nur noch eine Frage von Stunden, so jedenfalls behauptete Combe.

»Wo sind Sie?«

»In einem Hotel. Nicht weit weg.«

»Geht's dem Jungen gut?«

»Ja. Natürlich. Alles geht gut.«

»Was haben Sie ihm gesagt?«

»Die Wahrheit. Dass seine Mutter nicht will, dass wir uns sehen, aber dass uns das egal ist und wir uns einen kleinen Urlaub zu zweit genehmigen.«

Ich trank mein Glas in einem Zug aus, draußen regnete es stärker, die Bäume bogen sich im Wind. Zwei große Kiefern legten sich fast in die Waagrechte, für Augenblicke berührten die Nadeln den Sand.

»Sie wissen, dass Sie gesucht werden?«

»Ja, ich weiß.«

Ich schenkte mir nach. Bréhel kniff die Augen zusammen.

»Was erwarten Sie von mir?«, fragte ich.

»Ich weiß nicht. Einen Rat. Was würden Sie tun an meiner Stelle?«

»Ich würde Thomas seiner Mutter übergeben und versuchen, mit ihr zu sprechen und sie von einer Anzeige abzubringen.«

»Das funktioniert nie und nimmer. Ich würde zwei Jahre kriegen und den Jungen nie wieder sehen.«

Sein Kind musste in der Nähe sein. Er hatte seine Stimme um einige Tonlagen gesenkt. Ich verstand ihn kaum.

»Könnten wir nicht zu Ihnen kommen? Nur ... nur für eine kurze Verschnaufpause.«

Ich überlegte einen Augenblick, Bréhel ging im Wohnwagen auf und ab, ohne mich aus den Augen zu lassen, stirnrunzelnd zog er an seinem Zigarillo. Ich schaute ihn meinerseits an, und er nickte verständnisinnig. Er wusste genau, worum es ging, alle wussten es übrigens, in dem Artikel wurde mein Name genannt und meine Vernehmung für den kommenden Tag angekündigt. Er legte einen Finger auf den Mund, ich konnte ihm vertrauen, er würde schweigen wie ein Grab. Das Rauschen des Regens übertönte alles, überall stieg das Wasser, jeden Augenblick würde der Wohnwagen von den Fluten mitgerissen werden, man konnte nur noch beten, dass er schwamm oder dicht war, Bréhel und ich würden, wie in einem umgedrehten Aquarium, im Trockenen sitzen und vom Wasser eingeschlossen sein. Schließlich legte ich auf und schaute auf die Uhr. Mein nächster Schüler wartete.

Yann lehnte geduldig an einer Mauer, Kühlwagen schlossen ihre Hecktüren über Kisten mit Krebsen und Meerspinnen. Dann sah ich ihn mitten durch die öde Landschaft auf mich zukommen, die Heide war unter dem Schnee um tausend Jahre gealtert, etwas an ihr schien noch kahler, strenger, wilder, als wären der Fels dunkler, die Konturen härter, das Gras kürzer. Nichts als Dornenranken und Disteln, vom Kliff gestürzte Brocken, gebrochene Linien, Geröll, Steinmeere. Er setzte sich ans Steuer und verkündete mir mit fiebrigen Augen, er sei Papa geworden. Der Kleine heiße Quentin und sei zwei Monate zu früh gekommen. Es war also ein Junge, und man müsse zu Hause alles verändern, das Zimmer war von den Wänden bis zur Wiege rosa. In seinem Brutkasten sehe er so winzig aus. Wir fuhren los, es war das letzte Mal, in zwei Tagen hatte er seine Prüfung, dass er durchfiel, war nicht zu befürchten. Ich mochte ihn. In all den Stunden, die ich damit verbracht hatte, durch die Landschaft zu gondeln und ihm zuzuhören, war er mir ans Herz gewachsen. Ich wusste alles über sein Leben. Oder jedenfalls das Wichtigste. Ich ließ ihn vor dem Krankenhaus aussteigen, er würde seine Liebsten besuchen, ich beneidete ihn um seine Energie und seine Zuversicht, ich bewunderte seinen Glauben ans Leben, er tauchte kopfüber hinein wie in klares Wasser. Zum Abschied hatte er zwei Hummer für mich auf die Rückbank gelegt. Die Biester zappelten in den Plastiktüten. Man hatte ihnen mit dicken Gummis die Scheren zusammengebunden.

Schon an Manons Gesicht sah ich, dass etwas nicht stimmte: Ihre Wangen waren feucht von Tränen, und sie drückte schniefend ihren weißen Teddybären an sich. Auf dem Flur war nicht mehr Halloween, sondern schon Weihnachten, Wichtel trieben ihr Unwesen, und die Fenster waren mit Bildern beklebt, auf denen an dürren Tannen unförmige Kugeln und auf einen Strich reduzierte Girlanden hingen. Ich betrat das Klassenzimmer, und Manon stürzte sich in meine Arme, man hätte meinen können, sie erwachte aus einem ihrer Albträume, die sie immer wie betäubt zurückließen, voller Schrecken und Angst vor dem Dunkel und der Stille einer in Schutt und Asche gelegten Welt. Die Kinder starrten uns an, reglos und stumm, mit offenen Mündern. Die Kleine schien untröstlich, ich beschwor sie, sich zu beruhigen und langsamer zu sprechen. Schließlich holte sie tief Luft, bevor sie mit bebender Stimme hervorbrachte:

»Es ist wegen der Lehrerin. Sie hat mich an den Haaren gezogen und in den Arm gekniffen.«

»Was?«

Ich drehte mich zu der Lehrerin um, aus ihren Augen sprachen die Angst und das schlechte Gewissen. In meinem Kopf brodelte es.

»Was hat das zu bedeuten?«

Ich weiß noch immer nicht, was mich gehindert hat, ihr eine zu schmieren. Ich wurde alt. Eine andere Erklärung habe ich nicht. Brav wartete ich, bis sie auspackte, vor der Tür begannen sich die Eltern zu sammeln, doch niemand traute sich herein, die Désiles warf ihnen panische Blicke zu. Schließlich gestand sie mir alles: Manon verweigerte sich, man kriege nichts aus ihr heraus, sie sei zerstreut, und an diesem Nachmittag hätte sie die Grenze endgültig überschritten, zuerst habe sie sie dabei erwischt, wie sie sich mit der Schere kleine Haarsträhnen abschnitt, und dann hätte sie sich Farbe auf die Wangen geschmiert und sie gegessen, sie hätte sich geweigert, die Tube wegzulegen, und geschrien wie eine Wahnsinnige, sie habe eingreifen müssen, es sei nicht mehr anders gegangen. Ihre Fratze widerte mich an. Ich nahm Manon an der Hand und zog sie in den Flur. Wir nahmen ihre Tasche und den Mantel. Ich half ihr, den Reißverschluss zuzumachen. Ihr schmales Gesicht war rot und erschöpft.

»Warum hast du die Farbe gegessen?« fragte ich sie leise. »Du weißt doch, dass man keine Farbe isst. Und das ist auch keine Schminke, das weißt du doch auch, oder?«

»Ich wollte sie doch nur probieren. Bist du mir böse?«

»Nein, ich bin dir nicht böse. Mach es einfach nicht wieder. Versprichst du mir das, mein Schatz?«

Sie sagte ja. Ich bat sie, einen Augenblick zu warten, und kehrte ins Klassenzimmer zurück, die Eltern nahmen ihre Kinder in Empfang und sahen mich schief an. Ich packte die Désiles am Arm und nötigte sie, mir in die Ecke mit der Ritterburg zu folgen, mit dem südlichen Akzent, der sich manchmal aus der Kindheit bei ihr einschlich, keifte sie, ich solle sie loslassen, ich zwang sie, mir in die Augen zu schauen.

»Hören Sie mir gut zu. Ich weiß, dass Sie einen schwierigen Beruf haben, dass Sie abends bestimmt sehr müde sind, dass Sie kurz vor der Pensionierung stehen und auf nichts anderes warten, aber eines müssen Sie begreifen: Das geht mich alles nichts an. Verstehen Sie? Es geht mir am Arsch vorbei. Ich will es nicht wissen. Also: Wenn das wieder vorkommt, und sei es nur ein einziges Mal, wenn ich höre, dass Sie sie wieder angerührt haben, und sei es nur mit dem kleinen Finger, dann poliere ich Ihnen die Fresse, verstanden?«

Ich ließ sie stehen, es war totenstill im Raum, alle starrten mich entgeistert an. Ich war nicht besonders stolz auf mich. Manon saß brav auf ihrer Bank unter den Garderobenhaken, als wäre sie vergessen worden. Sie durfte auf meinen Arm klettern, und wir durchquerten das Spielzimmer, zwei Erzieherinnen legten noch die Teppiche aus, bauten die Garage auf, richteten die Werkstatt ein, ein paar Kinder kramten schon zwischen den Puppen. Ich grüßte, und wir verließen den Raum, die Uhr über der Tür zeigte Viertel vor fünf, diese blöde Gans hatte uns aufgehalten.

Manon weigerte sich zu laufen und klammerte sich an meinen Hals, sie drohte jeden Augenblick einzunicken, schlafend war sie noch schwerer. Mein Rücken war ohnehin schon im Eimer, das würde die Sache nicht besser machen. Vor dem Schultor wartete Clément auf uns, er war nicht allein, seine Lehrerin stand bei ihm, eine Frau um die vierzig, eher groß, das Haar offen, bekleidet mit einem langen roten Samtmantel. Sie lächelte höflich. Das kann nicht wahr sein, dachte ich, der Ärger geht weiter.

»Ich wollte mit Ihnen über Clément sprechen, Monsieur Anderen.«

Um uns herum war niemand mehr, nur der leere Hof und die kahlen Bäume, wenige Autos fuhren langsam vorüber, Rauchgeruch hing in der Luft, ohne dass man ausmachen konnte, woher er kam. Der Junge hielt die Augen gesenkt oder er schaute woandershin, ich sah mich in seinem Alter vor mir, ich hasste solche demütigenden Situationen, ich erwiderte, es passe schlecht, ich müsse vor Einbruch der Nacht zu meinem Bruder, und es sei unwahrscheinlich, dass der auf mich warten würde. Plötzlich tat es mir leid, sie schien sich wirklich Sorgen um den Kleinen zu machen, aber ich kannte die Leier und sah nicht ein, warum ich mit ihr reden sollte.

»Es ist wichtig«, beharrte sie. »Clément ist extrem müde. Die ersten Tage dachte ich, es wäre eine Ausnahme, aber es wird immer schlimmer. Heute Morgen ist er sogar eingeschlafen.«

Ich tat erstaunt, das verstünde ich wirklich nicht, Clément ginge jeden Abend nach dem Essen ins Bett, so gegen neun. Über der Schule streifte die tiefstehende Sonne die Baumwipfel, vergoldete die Zweige, uns blieb noch eine gute Stunde, aber wir durften nicht trödeln.

»Entschuldigen Sie. Wir reden ein andermal darüber. Es ist spät, und ich muss unbedingt los.«

Sie schien ratlos, aber ich konnte ihr nicht helfen, ich hatte einfach nicht mehr die Kraft. Ich gab ihr die Hand, bedankte mich für die Aufmerksamkeit, die sie Clément entgegenbrachte, das Leben sei im Moment kompliziert, aber die Dinge würden wieder in Ordnung kommen. Ich war im Begriff, ihr den Rücken zuzukehren, als sie mich am Arm zurückhielt.

»Monsieur Anderen, da ist noch etwas. Ihr Sohn hat einen seiner Kameraden gebissen.«

»Was?«

»Heute Nachmittag. Er hat einen seiner Kameraden ins Ohr gebissen. Er weigert sich, mir zu sagen, warum. Wir mussten die Eltern informieren, und sie haben vor, Anzeige zu erstatten.«

»Anzeige erstatten? Gegen wen?«

»Nun … gegen Sie, nehme ich an.«

»Was ist denn das für ein Blödsinn? Wegen einer kleinen Rauferei unter Kindern erstattet man doch keine Anzeige.«

»Mir brauchen Sie das nicht zu sagen. Vielleicht sollten

Sie die Eltern anrufen und mit ihnen sprechen. Hier ist ihre Nummer.«

Sie reichte mir einen zusammengefalteten Zettel, es schien ihr aufrichtig leidzutun.

»Ich habe erreicht, dass die Schule diesmal keine Disziplinarmaßnahme ergreift, aber, wissen Sie, eine zweite Chance wird Clément nicht bekommen.«

Sie drückte mir die Hand, und wir machten uns auf den Weg. Manon war in meinen Armen eingedöst, und mein Rücken sandte mir Notsignale. Ich hätte gern gebetet, dass es aufhören soll, ich hätte gern noch genug Illusionen dafür gehabt, der Tag wurde zum Albtraum, aber mich wunderte nichts mehr, schon seit Monaten wartete ich auf das Erwachen, seit Monaten war ich darauf gefasst. Ich befreite meine rechte Hand, um Clément übers Haar zu streichen. Er hob den Kopf und lächelte. Es brachte nichts, jetzt zu diskutieren, ich kannte ihn besser als jeder andere, ich konnte mir die Szene ungefähr vorstellen, dieser Junge hatte Streit gesucht und zu Clément irgendwas über seine Schwester oder, noch schlimmer, seine Mutter gesagt, das entschuldigte nichts, aber ich konnte es verstehen, im Gymnasium hatte ich mich so oft wegen solcher Sachen geprügelt, am Schluss wegen Caroline, alle nannten sie Hure oder Schlampe, sie hatte sich unheimlich verändert, sie schminkte sich zu stark und trug zu kurze Röcke, öffnete zu viele Knöpfe an ihrer durchsichtigen weißen Bluse, selbst ich erkannte sie kaum wieder, sie schlief mit all den Typen, aber nie mit mir, du bist wie ein Bruder, das wäre eklig, sagte sie, bevor sie ihre Lippen auf meine Wange presste, meine Hand nahm und mich weiß Gott wohin zog, ich folgte ihr wie ein kleiner Hund, begierig auf ihr kleinstes Lächeln, ich nahm, was sie mir zu geben bereit war, Zeit ihre Gesellschaft Geheimnisse alles war gut, alles genügte mir, das letzte Mal beim Bowling hatte es mich zwei Zähne gekostet, und Alex hatte mich mit blutender Nase aufgelesen, zu Hause unter die Dusche gestellt, den Brauenbogen mit Alkohol behandelt, was willst du mit diesem Mädchen, sagte er, warum lässt du dich so zurichten für diese Verrückte, siehst du nicht, dass sie mit dir spielt, siehst du nicht, dass sie dich behandelt wie einen verdammten Köter? Ich zuckte jedes Mal zusammen, wenn er den Wattebausch auf die Wunde drückte.

Sie warteten schon ungeduldig auf dem Parkplatz. Wir mussten durch den Schlamm waten, bis wir zu ihnen auf die Böschung gelangten. Nadine breitete weit die Arme aus, um die Kleinen einzufangen, sie liefen über das Moos und stürzten sich auf sie. Alex zeigte auf seine Uhr und schüttelte verdrossen den Kopf. Wir gingen querfeldein, um auf den Küstenpfad zu kommen, die blasslila blühende Winterheide schmückte das von rostbraunen Flechten überzogene Land. Im Frühjahr wuchs in Massen Samtgras, weiter entfernt von der Küste Fenchel, wilder Knoblauch, Winden, Veilchen und diese kleinen roten Blümchen, die nach Curry riechen. Aus ihren abgestorbenen, strohtrockenen Wedeln würden die Farne wieder sprießen. Wir näherten uns dem Meer, jeder Schritt tauchte uns tiefer ins Licht. Der Wind hatte die Wolken fortgeschoben, alles war goldüberflutet, unter dem intensiv blauen Himmel war das Grün der Landzungen sehr dunkel, die Felsen glänzten, hoben sich klar und deutlich gegen das graublaue Wasser ab. Die Kinder hüpften von Stein zu Stein, manchmal überwältigte mich ihre bloße Gegenwart. Ich dachte an Bréhel und das, was er mir zwischen zwei Gläsern gesagt hatte: Wenn die Kindheit eine glückliche Zeit war, dann vor allem für die Eltern. Seine Kinder waren groß geworden, und im Grunde war es nur ein unumkehrbarer und langsamer Trennungsprozess. Sie waren jetzt so weit weg, dass sie fremd wurden, dieser pummelige Blondschopf und dieses blässliche Mädchen, die sich an ihn klammerten, wo waren sie jetzt? Nur eine Erinnerung blieb von ihnen, eine Spur, ein Gefühl auf der Haut, dort, wo sie ihre Lippen aufgedrückt, ihre Köpfchen angeschmiegt hatten.

Die zerklüfteten Granitfelsen der Landzunge schoben sich weit ins Meer, an der äußersten Spitze hatte man das ganze Land im Rücken, dieses Randgefühl liebte ich über alles. Ich holte ein paar Kekse aus meiner Tasche und gab sie den Kindern. Sie schienen froh, hier draußen zu sein, die Nase im Wind, und mit vollem Mund die wilden und sanften Formen der Küste zu betrachten.

»Weißt du, warum wir heute Abend hierher gekommen sind?«, fragte ich Clément.

»Nein. Aber es ist cool.«

»Das war nämlich der Lieblingsplatz meiner Eltern. Sie haben jede Woche hier gepicknickt. Danach sind sie zwei oder drei Stunden spazieren gegangen. Oder sie sind wie wir hier sitzen geblieben, mit dem Rücken an einen Felsen gelehnt, und haben geschmökert, den Kormoranen beim Fischen zugeschaut oder ein Schläfchen gehalten. Als sie gestorben waren, haben wir ihre Asche hier verstreut. So sind sie für immer hier, und wir können kommen, wann wir wollen, um an sie zu denken. Das ist schön, oder?«

»Ja«, sagte er. Und sein Blick verlor sich in der Ferne.

Die Sonne strich über die Klippen, verwischte die Kanten, beleuchtete den Felsen und die grasbewachsenen Hänge, vergoldete das trockene Heideland. Alles war in ein sanftes, ein toskanisches Licht getaucht. Ein paar Meter entfernt stand Alex, die Hände in den Taschen, dem Ansturm des Windes ausgesetzt, der seine Jacke blähte, und fixierte mit zusammengekniffenen Augen den Horizont.

»Alles klar?«

Er zuckte die Schultern, zehn Jahre zuvor hatte ihr Tod ihn umgeworfen, mich natürlich auch, aber das war nicht ganz dasselbe, er war immer der ideale Sohn gewesen, hilfsbereit und gehorsam, dankbar, liebevoll und höflich, wohingegen ich nur ein jähzorniger, widerspenstiger, labiler und verdruckster Junge war, der sich nach und nach zu einem undankbaren, egoistischen, distanzierten und kühlen Erwachsenen entwickelte. All die Jahre hatte er perfekt die Rolle des Lieblingssohns gespielt, ihres »echten« Sohns im Grunde. Er war der Untröstliche, meine eigenen Gefühle spielten keine große Rolle. Ich legte ihm die Hand auf die Schulter, ich weiß nicht, wen von uns beiden meine Geste seltsamer berührte, sie war zugleich normal und vollkommen neu. Wir gingen ein Stück nebeneinander, am Rand des Pfads wuchs Ginster, wenn man sich bückte, konnte man seinen süßen Duft riechen, weiter unten bedeckten vertrocknete Farne die Hänge bis hinunter zu den Schieferfelsen. Ich wäre gern von Erinnerungen überwältigt, von zittrigen Bildern überflutet worden, aber alles blieb ungreifbar und unscharf, Mamas Gesicht Papas Stimme, ihre Manien ihre Gewohnheiten, ihre Gegenwart und ihre Zärtlichkeit, alles verschwamm in einem unbestimmten, traurigen Gefühl, einer Leere, und nichts war da, was sie ausfüllen konnte.

Wir machten kehrt, auf ihrem Felsen spielten Nadine und die Kinder Tiere-Raten. Hinter ihnen nagte die Sonne an der Pointe de la Varde und der Halbinsel, schließlich wurde sie aber selbst verschlungen und ging in einem Meer von Orange- und Rottönen unter.

»Sag mal, kannst du heute Nacht die Kleinen nehmen?«

Alex warf mir einen argwöhnischen Blick zu. Er misstraute mir, nicht zu Unrecht, aber ich hatte nicht die Absicht, ihm irgendetwas zu erklären.

»Wenn du willst. Nadine wird sich freuen ... Ich mich auch.«

Drei Möwen segelten die Steilküste entlang, vom Aufwind getragen, schienen sie weniger zu wiegen als Luft, geschmeidig und gewandt kurvten sie umeinander herum und zogen Bahnen ohne Logik.

»Und … mit ihr?«

»Was?«

»Ich weiß nicht. Hast du mit ihr geredet?«

Er versuchte, sich eine Zigarette anzustecken. Die Flamme des Feuerzeugs flackerte im Wind und erlosch. Er nahm einen ersten Zug und zeigte mir schulterzuckend seine Camel. Er hatte schon vor Jahren aufgehört zu rauchen.

»Worüber soll ich mit ihr reden? Sie wird sich irgendwann entscheiden, glaubst du nicht? Und wenn er das Rennen macht, dann von mir aus gern so spät wie möglich.«

Die Kinder waren aufgestanden, Nadine hatte ihnen die Reißverschlüsse zugemacht und die Schals umgebunden, mit dem abnehmenden Licht kam die Kälte.

»Was mich verrückt macht, ist, dass sie mir glücklich vorkommt wie nie. Ich meine, sogar mit mir, wenn wir zu zweit sind, ist es … ich weiß nicht. Wie vorher …«

»Vor was?«

Er gab keine Antwort. Nadine kam auf ihn zu, sie wurde wirklich jeden Tag schöner, sie wirkte gelöst, etwas in ihr hatte sich entkrampft und sich entschlossen zu strahlen. Sie lächelte ihn an, mit einer großen Portion Liebe und Zärtlichkeit, würde ich sagen, und dann legte er seinen Arm um sie, und sie blieben eine Weile eng aneinandergelehnt stehen. Wenn man sie so sah, hätte man nicht vermutet, dass sie eine solche Geschichte durchmachten. Manon kuschelte sich in meine Arme, sie rieb sich die Augen wegen des Winds, in den letzten Tagen war sie mir sonderbar ruhig und still vorgekommen, wie betäubt. Oft starrte sie ins Leere, träumte von ich weiß nicht was. Dann fragte ich sie, ob alles in Ordnung wäre, und sie antwortete mit ihrer kleinen zerknitterten Stimme, ja, sie würde nur denken.

»Woran denkst du?«, fragte ich.

»An das Leben.«

»An das Leben?«

»Ja. An alles.«

Ich setzte sie auf meine Schultern. Einen Augenblick fragte ich mich, ob sie nicht ein wenig dünn geworden war, ich konnte in der Schulkantine nicht dabei sein, um aufzupassen, was sie aß, und zwischen der Désiles und mir herrschte kalter Krieg, ich erhielt keinerlei Information; der heutige Vorfall würde die Sache nicht besser machen.

»Wo steckt Clément?«, wollte sie arglos wissen.

Trällernd blickte sie von ihrem Hochsitz aus in die Runde, aber außer dem schaumgekrönten Meer und der unendlichen Folge von Stränden und Felsen war da nichts, tief unten glitten im letzten Tageslicht die Eissturmvögel über das Wasser. Alex und Nadine lösten sich voneinander. Auch sie hatten nicht die geringste Ahnung, wo der Junge sein konnte. Ich rief seinen Namen, meine Stimme verlor sich im Tosen der Brandung, kaum meinem Mund entschlüpft, wurde sie geschluckt und zermalmt. Dann riefen wir alle, mehrere Minuten lang, aber niemand antwortete, der Wind pfiff, und die Möwen kreischten panisch. Ich setzte die Kleine auf die Erde, vertraute sie Nadine an und machte mich mit Alex auf die Suche, er ging nach Osten und ich nach Westen, wir konnten nicht mehr viel sehen, und das Meer machte einen schrecklichen Radau, als hätte jemand die Lautstärke aufgedreht, nachdem die Sonne verschwunden war. Ein Kaninchen brach aus dem Gebüsch, nahm Reißaus in Richtung Meer, und ich fragte mich, wo es Zuflucht finden würde, ob es sich hinter einem Felsen verstecken oder ins Leere stürzen würde, ich schrie nach Clément, und in meinen Schläfen pochte es wie ein Trommelfeuer. Wege führten landeinwärts, aber ich lief weiter am Meer entlang, die Kliffs in der Ferne waren nur noch eine schwarze, kompakte Masse und der Himmel ein dunkelblaues Laken mit einer rosa Borte. Aus dem Wasser und dem Gestein stiegen Geräusche auf. Alles saugte sich voll mit Feuchtigkeit, die Erde die Wege die niedrigen Gräser und das Moos, und um mich drehte sich die Welt. Zu meiner Rechten bemerkte ich einen Schatten, ich rief Clément, aber nichts rührte sich, ich trat trotzdem näher, und er war es, von da, wo ich war, sah es aus, als schwebte er in der Luft, man hätte meinen können, er stünde wirklich ganz am Rand, an manchen Stellen ging es senkrecht hinunter, und das Meer spuckte schäumende Gischt. Ich machte noch ein paar Schritte, ich konnte ihn fast berühren, er starrte in den Abgrund. Ich flüsterte seinen Namen. Er rührte sich nicht, er schwankte nur ein wenig, bewegte sich leicht vor und zurück, jeden Augenblick konnte er kippen, ich mochte nicht glauben, dass er es tun würde, ich näherte mich ihm leise wie einem scheuen Tier, ganz behutsam, als könnte er jederzeit davonfliegen. Schließlich streckte ich den Arm aus und packte ihn am Kragen. Er zuckte zusammen, als hätte er mein Kommen nicht gespürt. Ich hielt ihn fest. Ich ging mit ihm vier oder fünf Schritte rückwärts. Plötzlich beruhigte sich alles, Wind Meer Vögel, alles schien trocken zu werden, und der Tag wich der Nacht. Es herrschte auf einmal tiefe Stille, ich sah uns, als hätten wir uns abgespalten, als zwei Nadelspitzen in der ungeheuren Unendlichkeit, vor der unsichtbaren Küste, dem Himmel, den Feldern und den Fluten. Clément drehte sich zu mir um, sein Gesicht war friedlich, und er lächelte mich an.

»Alles klar, Papa?«, fragte er sanft.

Ich zog ihn in meine Arme, darauf wusste ich nichts zu erwidern, nichts, außer dass ich ihn liebhatte, es gab nichts anderes zu sagen oder zu tun, oder ich wusste nicht, was, ich hatte schon so lange vergessen, wie es geht, so lange schon die Gebrauchsanleitung verloren.

»Was ist los, Papa?«

»Nichts ... Ich ... Ich hab Angst gehabt. Das ist alles. Was hast du da gemacht, so nah am Rand?«

»Ich hab nur das Meer angeschaut. Aber ich war gar nicht ganz am Rand.«

Ich ging ein Stück vor, schaute nach unten, und er hatte recht, der Felsen lief in einen Grasteppich aus, im Frühjahr würden die Strandgrasnelken ihre zarten rosa Köpfe recken, erst zwanzig Meter weiter ging es richtig in die Tiefe.

»Du hast immer Angst.«

Ich strich ihm übers Haar, ich kitzelte ihn ein bisschen, er lachte auf, und wir gingen zu den anderen, Alex hatte irgendwann kehrtgemacht und wartete auch auf uns, ganz zermürbt vor Gram.

»Alles gut«, sagte ich, »Clément wollte sich nur ein wenig die Beine vertreten.«

»Du hättest ja was sagen können.«

Er sah wütend aus. Der Kleine entschuldigte sich halbherzig, er habe es gesagt, aber wir hätten nicht zugehört, ich war immer beeindruckt, wie dreist er lügen konnte. Es war auf einmal Nacht geworden, Sternhaufen zitterten am nicht ganz dunklen Himmel. Vom Boden stiegen Gerüche auf nach Erde und Lakritz, schwarzen Johannisbeeren und Wasser, eine versunkene Welt, die wieder ihr Recht beanspruchte, die, wenn es Abend wurde, aus der Tiefe hervorzubrechen schien. Wir kehrten zu den Autos zurück, ich zögerte, die Kinder alleinzulassen, aber Clément hatte wirklich Lust, noch bei seinem Onkel und seiner Tante zu bleiben.

»Du willst vor allem die Xbox von Alex testen«, sagte ich.

Er lächelte verschmitzt, und es beruhigte mich, ihn so pfiffig und gerissen zu sehen wie früher. Manon küsste mich, bevor sie sich wieder in Nadines Armen sinken ließ und sie bestimmt zehn Minuten lang mit Küssen und unsinnigen Liebesbeteuerungen überschüttete.

In den Häusern schimmerten gelbe und cremeweiße Rechtecke, diskret und schüchtern, als müssten sie kämpfen, um nicht zu verschwinden, verschluckt zu werden von der finsteren Nacht. Im Winter lastete sie manchmal so schwer, so drückend auf der Erde, als sollte es nie wieder Tag werden. Ich klopfte an die Scheibe. Wie lange warteten sie schon hier im Auto? Der Kleine schlief in den Armen des Großen, und es schien ihm gutzugehen im Schutz seines Vaters. Ich bedeutete ihnen, mir zu folgen. Sie streckten sich mit ein und derselben Bewegung, sie hatten tief geschlafen und ganz schön Mühe, wieder zu sich zu kommen.

In der Garage standen noch ein paar Kartons herum, aber zum größten Teil war das Durcheinander den Kindern zu verdanken: Um einen wilden Haufen von Eimern Rechen Schaufeln Drachen Keschern gruppierten sich Fahrzeuge aller Art, Fahrräder Schlittschuhe ein rosa Roller mit Rüschen.

»Ich führe Sie nicht herum, Sie kennen die Örtlichkeiten.«

Der Große lächelte, und der Junge versteckte sich hinter ihm, er wirkte angespannt, aber das war nicht verwunderlich, er war zwar groß für sein Alter, aber doch noch ein Kind, und das Leben musste in letzter Zeit recht sonderbar für ihn sein, Hotel folgte auf Hotel, Deckname auf Deckname, sie versteckten sich, glücklich und nervös, ängstlich und wehrlos, diese Geschichte würde böse enden.

»Willst du mal versuchen?«

Ich wies auf den Ledersack, und seine Miene hellte sich sofort auf, etwas Kindliches blitzte in seinen Augen, es gefiel mir, ihn so zu sehen. Ich wühlte im Schrank, es war ein unbeschreiblicher Verhau, aber ich schaffte es trotzdem, die Handschuhe zutage zu fördern. Ein Jahr zuvor hatte ich

Clément ein Paar geschenkt, er hatte sie aber nie angezogen: Er sah keinen Sinn darin, auf einen Sack zu hauen, und hielt Boxen für einen Brutalo-Sport. Ich weiß nicht, wer ihm das eingeredet hatte, doch ganz von der Hand zu weisen war es nicht, und ich sah keinen Weg, ihn umzustimmen. Der Junge zog die Handschuhe an, sie passten ihm, er begann um das Leder herumzutänzeln, er musste das in der Glotze gesehen haben, oder es war Instinkt, wer weiß. Sein Vater verschlang ihn mit den Augen, er ließ sich nichts entgehen.

»Gut«, sagte ich, »du siehst aus wie ein echter Profi. Jetzt schlag zu.«

Er schlug zwei, drei Mal, aber der Sack muckste nicht, kaum dass die Ketten klirrten. Es schien ihn nicht zu entmutigen. Er machte weiter. Ich holte ein Bier aus dem Kühlschrank, und als ich zurückkam, hieben Vater und Sohn unter großem Gelächter auf den Sack ein wie die Irren. Sie sahen sich zum Verwechseln ähnlich, dünn und schlaksig, blass, kurzes struppiges Haar, zwei Versionen desselben Modells, mit fünfundzwanzig Jahren Abstand. Ich reichte dem Größeren der beiden eine Flasche, er hielt sich die Hüften und schnaufte wie ein Ochse.

»Haben Sie überlegt, wie es weitergehen soll?«, fragte ich.

Er trank zwei Schlucke mit verzerrtem Gesicht, er atmete schwer, der Schweiß stand ihm auf der Stirn. Der Kleine hatte seinen Rhythmus gefunden, er hatte sich dem Sack intuitiv angepasst, wie nur Kinder es können, und tanzte boxend um ihn herum.

»Ich möchte Sie hier nämlich nicht lang behalten. Die Bullen sind mir auf den Fersen. Combe kann jeden Augenblick auftauchen. Und außerdem ist es sinnlos. Sie werden nicht weit kommen.«

Er hörte mir wortlos zu. So sehr ich auch nachdachte, ich sah keinen Ausweg und fürchtete, dass alles nur noch schlimmer wurde: Es war genau die Art Situation, in der man vor lauter Panik die falschen Entscheidungen trifft, in der man nur allzu leicht in Weltuntergangsstimmung gerät.

»Hören Sie zu«, schlug ich vor, »wir werden in aller Ruhe essen. Eine gute Nacht miteinander verbringen. Für morgen früh bin ich auf die Wache bestellt. Ich werde hingehen. Sie bleiben brav so lange hier, und danach bringe ich den Jungen zu seiner Mutter und versuche, mit ihr zu sprechen.«

Ich sah seine Augen aufleuchten, er ergriff meine Hand, und sein ganzer Körper bebte vor Dankbarkeit. Einen Augenblick war er drauf und dran, mich zu umarmen, aber dann besann er sich eines Besseren. Hinter seiner phlegmatischen Art verbargen sich ein großes Herz und blankliegende Nerven. Thomas tat, als hörte er nichts, er schlug rechte Gerade und stieß dabei kleine Schreie aus. Wir schauten ihm eine Weile zu, und der Große fiel nach und nach in seine anfängliche Haltung zurück: Ernüchtert, mit hängenden Schultern und krummem Rücken schien er nur noch halb so groß zu sein. Gott allein wusste, wann er nach dieser Eskapade seinen Sohn wiedersehen würde. Das Deckenlicht kündete von ernsthaften Spannungsabfällen. In der Garage roch es nach einer Mischung aus Schweiß und Zement, es begann kalt zu werden. Gerade als der Kleine seinen letzten Schlag austeilte, einen kurzen, saftigen rechten Haken, war Schluss. Wir saßen im Dunkeln. Er zog die Handschuhe aus, und ich schickte die beiden unter die Dusche.

Ich wartete einen Moment auf dem Flur. Ein Geruch nach öffentlichen Einrichtungen wehte da, Krankenhäuser Sozialdienste Rathäuser Schulen Altersheime, und dazu der Duft von löslichem Kaffee und kaltem hellem Tabak. Männer kamen und gingen, meist jung, in zu hellen und zu engen Jeans und grauen Rollkragenpullovern. Manche trugen eine Waffe am Gürtel. Combe schien es nicht eilig zu haben, mich zu empfangen. Ich blätterte in zwei, drei Automobilzeitschriften, mein Vater hatte welche gelesen, ich fragte mich immer, warum, er wechselte alle zehn Jahre den Wagen und schwor nur auf Renault. Ich stand auf, um ein paar Schritte zu gehen, und sah mein Spiegelbild in einer Scheibe. Sehr frisch wirkte ich nicht, das war das mindeste, was man sagen konnte. Der Große und ich hatten bis spät in der Nacht gequatscht, Thomas war gegen zwei Uhr eingeschlafen, er hatte so lang durchgehalten, wie es irgendwie ging, und bis zum Schluss darauf bestanden, nein, er wäre nicht müde. Er war ein sympathischer, aber innerlich zerrissener Junge, ein Bündel aus Angst, auch wenn er sich zusammennahm, wusste er, woran er war: Sein Vater hatte eine große Dummheit begangen, und er würde ihn nicht so bald wiedersehen. Dann waren wir zu Hochprozentigem übergegangen. Auf diesem Gebiet fühlte sich der Große jedem gewachsen. Sogar mir. Wir hatten getrunken, ohne allzu viel zu reden, ab und zu beschwor er eine Erinnerung, eine Einzelheit dessen, was er *sein Leben vorher* nannte.

»Vor was?«

»Vor dem Knast. Ich war nicht lang drin, es war hart, Sie können sich das gar nicht vorstellen, aber das Schlimmste war, als ich rauskam. Ich hatte nichts mehr. Ich hatte alles verloren. Meinen Job, meinen Sohn, meine Frau. Sie hat ja nie etwas geahnt, aber ich glaube, sie hat dann die ganzen

Jahre im Kopf noch einmal ablaufen lassen, ich glaube, sie hat sich gesagt, ich muss sie all die Jahre für dumm verkauft haben, ich war oft weg, sie hat nie so genau wissen wollen, was ich treibe, sie hat wohl gedacht, ich bin mit meinen Kumpels einen trinken. Von den Lügen, den Spritzen, den Drogen und dem Verticken hat sie nichts geahnt. Zwei oder drei Mal hat sie mich besucht, und dann hab ich nichts mehr gehört, bis ich rauskam. Und da war es vorbei. Sie war umgezogen, sie hatte beantragt, dass man mir das Besuchsrecht entzieht, weil ich sozusagen schädlich bin für Thomas. Der einzige Mensch, der mir die Hand gereicht hat, war Alain, er hat dafür gesorgt, dass ich eingestellt wurde, und wir haben im Team gearbeitet. Drei Jahre lang. Bis zu deinem Umzug. Die Fortsetzung kennst du. Verdammt, eine schöne Scheiße hab ich da angerichtet. Alain haben sie meinetwegen gefeuert, du hast die Bullen am Hals, und ich darf zurück auf Anfang.«

Wir haben uns besoffen, um diese ganze Scheiße zu vergessen, man brauchte ihn nur anzuschauen, um zu begreifen, dass dieser Typ ein Pechvogel war und das Unglück sich in seinem Leben schon immer wie zu Hause fühlte.

Combe streckte seinen dicken, sanftmütigen Schädel durch die Tür und winkte mich herein, er war aschfahl im Gesicht und schnäuzte sich alle drei Sekunden. Ich setzte mich ihm gegenüber, sein Schreibtisch war übersät mit Papieren, Plastikbechern und vollen Aschenbechern. Plakate an den Wänden riefen die Jugend auf, sich zu engagieren. Mindestens fünf Minuten sagte er gar nichts, schaute mich aus seinen tiefliegenden kleinen Augen an, biss sich auf die Lippen oder die Wangen, ließ seine Zunge schnalzen oder schnaufte wie ein Stier, ich war wohl kein einfacher Fall.

»Haben Sie etwas von dem kleinen Thomas gehört?«, versuchte ich es nach einer Weile.

Ich hätte besser geschwiegen. Er geriet außer sich. Er schlug mit der flachen Hand auf den Tisch und sprang auf. Ich zuckte unwillkürlich zusammen.

»O verdammt!«, schrie er. »Sie fangen an, mir auf den Senkel zu gehen. Spielen Sie nicht den Deppen, dann wird alles gut. Aber wenn Sie mich nerven, dann ...«

»Dann was?«

Er setzte sich wieder hin, ein spöttisches kleines Lächeln auf den Lippen, und begann, in seinen Unterlagen zu kramen, er suchte wohl meine Akte, und das war keine Bagatelle, aber ich war zuversichtlich, er würde sie finden. Ich sah mich wieder vor mir zu der Zeit, als ich in einem Büro arbeitete, alle bedauerten mich, weil ich so verloren wirkte hinter dem Berg von Papierkram Büchern japanischen Teetassen und Mandarinenschalen, manchmal versuchten sie, mich in die Falle zu locken, verlangten augenblicklich irgendeinen Vordruck, aber sie hatten sich zu früh gefreut, mit sicherer Hand griff ich in den Dschungel meiner Schubladen und zog das verlangte Auftrags-, Rechnungs- oder Bestellformular hervor. Danach tat ich so, als würde ich mich wieder in meinen Bericht vertiefen, und schrieb an meinem nächsten Buch. Schließlich wurde ich entlassen, das Arbeitslosengeld half mir, die Zeit zu überbrücken, bis der Film an meine Tür klopfte, und von da an lief es recht und schlecht, es passte mir, von morgens bis abends zu Hause zu sein, mein Arbeitszimmer schaute auf die Birke, ich trank literweise grünen Tee, brachte die Kinder zur Schule und ging Zeitungen kaufen, ich marschierte drauflos, nur das Meer fehlte, wir träumten von den Spaziergängen auf den Zöllnerpfaden, noch am Tag, bevor sie verschwand, sprach Sarah davon, sie hatte gerade ihre Versetzung hierher beantragt, ein paar Tage später sollten wir die Antwort bekommen.

Er fand schließlich, was er suchte, eine Sammlung loser Blätter in einer blauen Mappe, auf der mit rotem Filzstift mein Name geschrieben stand. Er tat so, als läse er das Ganze noch einmal, bevor er eine knappe Zusammenfassung gab, aus der hervorging, dass ich in drei Vermisstenfälle verwickelt wäre – den meiner Frau, deren Akte man ihm übermittelt hatte, den von Justine, denn sie sei zuletzt mit mir gesehen worden, und schließlich den des kleinen Thomas Lacroix, dessen Vater noch gestern mit mir telefoniert hatte –, und daher gut daran täte, auf der Hut zu sein.

»Aber nennen Sie das, wie Sie wollen, Anderen, Intuition oder sonst wie, ich sehe darin nichts anderes als eine Reihe blöder Zufälle. Geben Sie zu, Sie haben Schwein, dass Sie mit mir zu tun haben. Andere hätten Ihnen schon die Handschellen angelegt, glauben Sie nicht? Gut, fangen wir mit dem Anfang an, was hat Ihnen der Vater des kleinen Thomas gesagt, was wollte er? Ich dachte, Sie kennen ihn nicht?«

Combe musterte mich zufrieden, ich hatte das Gefühl, ein Netz fiele über mich und jemand zöge in aller Ruhe die Maschen zu. In meinem Hirn tobte ein Mückenschwarm. Ich brauchte ein Weilchen, um mich wieder zu fangen, es roch nach Schweiß in dem Büro und mir war heiß, ich hätte gewünscht, jemand machte das Fenster auf. Ich leugnete nichts, rückte die Dinge nur ein wenig zurecht, der Vater des kleinen Thomas hätte mich tatsächlich angerufen, ich wäre selbst am meisten überrascht gewesen, er hätte nicht mehr ein noch aus gewusst und mich um Rat gefragt, ich hätte ihm zugeredet, das Kind seiner Mutter zu übergeben und sich der Polizei zu stellen. Combe gratulierte mir zu meiner Klugheit. Mit einer Hand kramte er in seinem Schreibtisch und holte ein Päckchen Davidoff-Zigarillos hervor. Bei jedem Zug kniff er seine Augen zusammen, sie verschwanden fast in der Masse des Gesichts. Aus seinem Mund mit den erstaunlich roten Lippen entwichen kleine Schwaden gräulichen Rauchs. Ich wäre beinahe aufgestanden, aber es war noch nicht ganz zu Ende: Er wollte mich zum Fall Justine hören. Ich hatte nicht viel dazu zu sagen, jedenfalls nichts, was für ihn von Nutzen sein konnte. Auf seiner Seite traten die Ermittlungen auf der Stelle: eine falsche Spur in die Psychiatrie, ein Mädchen ihres Alters, das sich aus eigenen Stücken gemeldet hatte, ohne irgendetwas auszusagen oder vorzuweisen, nein, nein, das sei sie nicht, sie sei auf ihre Art hübsch, entspreche aber nicht den Fotos. Ansonsten soll sie an der Ausfahrt Rennes versucht haben, per Anhalter zu fahren, aber die Aussage war nicht zuverlässig, dann wurde die Sache noch obskurer, man wollte sie in der Umgebung von Paris ebenso gesehen haben wie in Marseille oder Lyon, nichts Beweiskräftiges und nichts Greifbares, Telefonate Scheckkarten Hotels Krankenhäuser Leichenschauhaus, das kannte ich auswendig, das brauchte man mir nicht zu erzählen, in meinem Kopf lief im Zeitraffer der Film der ersten Monate nach Sarahs Verschwinden ab.

»Gewiss sind die beiden Fälle sehr unterschiedlich, die Kleine ist sicher nur abgehauen, nichts Ernstes, wenn Sie meine Meinung hören wollen … Ihre Freundinnen beschreiben sie alle als labiles, jähzorniges, tendenziell magersüchtiges Mädchen, das Streit mit Mutter und Stiefvater hat und sich mit so gut wie jedem anlegt … So etwas kommt natürlich auch nicht alle Tage vor, aber gut, es ist doch ziemlich klassisch. In solchen Fällen muss man vor allem beten, dass sie nicht in schlechte Gesellschaft kommt. Das ist mein größtes Problem dabei, während Ihre Frau …«

»Ja …«

»Na ja, Sie wissen genauso viel wie ich. Aber, ehrlich gesagt, ich finde, meine Kollegen haben sich da nicht gerade ein Bein ausgerissen … Mit Ihrer Erlaubnis würde ich gern noch einmal einen Blick in die Akte werfen.«

Ich fühlte, wie sich die Erde unter mir auftat und mich verschlang. Ich ging auf einer Uferböschung, und unter meinen Füßen gab alles nach, ich beschleunigte den Schritt, aber es war zu spät, der Fluss riss mich mit, ich trieb hilflos in der Strömung und zerschellte an den Felsen. Er stand auf und drückte mir die Hand, ich glaube, er bat mich, ihn auf dem laufenden zu halten und die Gegend besser nicht zu verlassen, um jederzeit der Polizei zur Verfügung zu stehen, aber ich bin gar nicht sicher, ich hörte seine Stimme nur noch ganz gedämpft und undeutlich, ich befand mich in einem Zustand totaler Verwirrung, mein Schädel brummte, mein ganzer Körper war wie in einen Schraubstock eingespannt, ich war zu nichts mehr fähig, ich wollte nur noch schreien auf irgendetwas einschlagen, Hund Mülleimer Auto Mensch Möwe Pfosten Hydrant, ich nahm mich zusammen, so gut ich konnte, bis zu Hause, in der Garage zog ich Jacke Pulli und Hemd aus und die Handschuhe an und begann wie ein Wahnsinniger auf den Sack einzudreschen. Ich sah nichts anderes als den Sack und verschwommene, gebrochene Formen ringsum, ich schlug, und in meinen Augen entzündeten sich Feuer, blendende Blitze und Flecken von grellem Orange zerrissen mir die Netzhaut, ich schlug biss die Zähne zusammen es tat weh aber ich schlug trotzdem, ich schrie grunzte röchelte, mir war kotzübel, der Schweiß rann, die Arme brannten, ich schlug ununterbrochen, und als ich wieder zu mir kam, sahen mich der kleine Thomas und sein Vater an, als wäre ich durchgeknallt. Die beiden hatte ich fast vergessen. Ich hätte sie gern rausgeschmissen. Wahrhaftig, sie gingen mir auf den Geist mit ihrem Hundeblick ihren langen Gesichtern ihren gekrümmten Schultern ihren traurigen Augen, was hatte verdammt noch mal ich damit zu schaffen? Was hatte ich mit ihren Geschichten zu schaffen? Was gingen mich ihre Dummheiten an? Ich ging duschen, ich blieb eine halbe Stunde unter dem heißen Wasser, um mich zu beruhigen, ich hätte mir gewünscht, dass der Schmerz verschwindet, dass man mich reinwäscht und auslöscht, mich von meiner Last befreit.

Ich parkte auf dem Gehsteig gegenüber und machte den Motor aus. Die meisten Häuser waren verschlossen, man hatte sie an einem Sturmabend verlassen, und niemand würde sie so bald wieder aufschließen. Im Innern lösten sich die Tapeten von den Wänden, und Schimmel überzog die Böden. Die Straße mündete auf den Strand, vor dem ruhigen Meer reihten sich ein Dutzend kleine Katamarane aneinander. Mitten im smaragdgrünen Wasser tauchten Sandbänke auf, unter der Sonne ausgestreckte helle Zungen, gesprenkelt von den schwarzen Punkten der Vögel. Thomas schien nicht mehr so nervös zu sein, eine Stunde zuvor hatte er sich noch bei seinem Vaters angeschmiegt, sie lagen sich in den Armen, als ich aus der Dusche kam, sie hatten geweint, man sah es an ihren Augen, sie schnieften sich in die Haare, und der Große wiederholte gebetsmühlenartig: Alles wird gut, ich versprech es dir, wir sehen uns bald wieder, wir trennen uns jetzt nicht mehr.

»Aber wenn du ins Gefängnis kommst?«

»Nein, nein, ich komm nicht ins Gefängnis. Ein Papa kommt doch nicht ins Gefängnis, nur weil er ein paar schöne Tage mit seinem Sohn verbracht hat ...«

Der Junge hatte darauf ein Gesicht gemacht, dass einem das Herz brach, man spürte seine Verunsicherung, aber der Große verlor nicht die Fassung, er hatte getan, was ich an seiner Stelle auch getan hätte, hatte das Blaue vom Himmel versprochen, Luftschlösser gebaut, strahlende Zukunftsperspektiven entworfen: Es wird gut, du wirst sehen, ich rede mit deiner Mutter und dann finde ich hier irgendwo einen Job und miete eine kleine Wohnung, und dann können wir uns immer sehen. Ich hatte ein oder zwei Bier geleert, bis sie fertig waren.

Wir stiegen aus, das Haus war hinter den nackten Bäumen nur halb versteckt. Es war ein Holzpavillon, von dem die weiße Farbe abblätterte. In dem großen Garten standen eine Kiefer, zwei Mimosen und ein Kirschbaum. Dazwischen wuchs das Unkraut, wie es ihm gefiel, kletterte Böschungen hinauf, überwucherte kleine Senken, wo ein Kinderfahrrad und Plastikboulekugeln herumlagen. Einen Augenblick dachte ich an Sarah, sie hätte liebend gern da gewohnt, es war nichts Großartiges, aber das Ganze strahlte einen nachlässigen Charme, etwas Heiteres, Ferienatmosphäre aus. Ich überquerte die menschenleere Straße, der Kleine folgte mir widerstrebend, er fürchtete sich vor dem, was folgen würde, und ich sah keine Möglichkeit, ihn zu beruhigen, ohne zu lügen. Zwischen den Zweigen konnte man die Küche und das Wohnzimmer sehen, ein Schatten bewegte sich an den Fenstern vorüber.

»Das ist Mama«, sagte Thomas. »Sie ist da.«

Er atmete tief durch, um sich Mut zu machen. Ich bewunderte diesen Jungen. Er nahm sich zusammen, versuchte, sich nichts anmerken zu lassen. Ich musste an Clément denken.

»Gut. Gehen wir hinein«, sagte ich. »Vergiss nicht, was du sagen wolltest, hm? Du sagst nur Nettes über deinen Vater, dass du froh warst, ihn zu sehen, dass du supertolle Ferien mit ihm verbracht hast und dass du das so bald wie möglich wieder tun willst, weil er dir so fehlt und so weiter. Okay?«

»Das stimmt ja auch.«

Das Tor war offen, ich stieg mit Thomas an der Hand die sechs Stufen der Freitreppe hinauf, an der Hauswand trieb eine Kamelie, bestimmt zwei Meter fünfzig hoch und eineinhalb Meter breit, dicke runde Knospen, und in einem Monat würden sie aufplatzen, faustgroße rote Blüten mitten im Winter, hier begann der Frühling beizeiten, schon im Januar schmückten sich die Mimosen mit gelben Bällchen, und die Forsythien folgten nur ein paar Tage später. Ich legte den Finger auf die Klingel, mit angehaltenem Atem sahen wir uns an. Die Tür öffnete sich, vor uns stand eine Frau mit zerzausten kurzen Haaren, es war bald Mittag und sie offenbar eben erst aufgewacht, ihr Gesicht trug schwarze Spuren, und ihr Morgenrock fusselte. Ihr Blick glitt über mich hinweg, ohne hängenzubleiben, ich hielt ihren Sohn an der Hand, und das war alles, was sie sah, ein seltsamer Schrei entfuhr ihr, und ein unbeschreiblicher Ausdruck trat auf ihr Gesicht, die widersprüchlichsten Gefühle mischten sich darin. Der Kleine stürzte sich in ihre Arme, und sie drückte ihn, bis er fast erstickte, sie weinte und küsste ihn überallhin, auf die Stirn die Hände das Haar den Mund das Gesicht. Und berührte und betastete ihn, als wollte sie sich versichern, dass es wirklich er war, dass es nicht ein Traum war, dass man ihr wirklich ihren Sohn zurückgebracht hatte. Ich stand daneben, ohne ein Wort zu sagen, mit hängenden Armen, unnütz und deplaziert. Mein Thomas mein Thomas mein Thomas, sagte sie immer wieder und zog ihn an ihre Brust und bedeckte ihn mit fiebrigen Küssen. Schließlich gingen wir hinein und der Junge ging rauf in sein Zimmer. Das Haus roch nach Zimt und Orangen, die Möbel im Wohnzimmer waren irgendwie alle zu groß, ich bekam keine Luft, ich hätte gern die Vorhänge, die Fenster geöffnet, das Licht hereingelassen.

»Wer sind Sie?«, fragte sie.

»Niemand Besonderes«, erwiderte ich. »Ihr Ex-Mann hat meinen Umzug gemacht. Ich kenne ihn nicht. Gestern Abend hat er mich angerufen, ich weiß nicht, warum, er war in Panik, er wusste nicht mehr, was er tun sollte. Ich habe ihm gesagt, er soll kommen. Sie haben bei mir übernachtet. Und wir haben uns unterhalten. Wir dachten, wir bringen Ihnen den Jungen zurück, und alles wird gut.«

»Alles wird gut? Glauben Sie? Wo ist er überhaupt?«

»Wer?«

»Er.«

»Bei mir.«

Ohne mich aus den Augen zu lassen, stürzte sie zum Telefon, einem alten beigefarbenen Apparat, wie man ihn nirgends mehr sah. Das ganze Mobiliar schien aus einem anderen Jahrhundert zu stammen, und hinter den Glastüren der Bücherschränke standen alte Bände mit verzierten Lederrücken und Goldschnitt. Sie hatte sie wahrscheinlich vorgefunden, als sie einzog, und dann als Dekoration behalten. Die Tapete erstickte das Zimmer. Ich sah, wie sie mit zitternder Hand die Nummer wählte. Ihre fahle Haut ließ das grünliche Geflecht der Adern durchschimmern, und in ihrem wutverzerrten Körper ahnte man die Knochen einer Tänzerin. Sie trat von einem Fuß auf den andern, den Hörer am Ohr, die Augen weit aufgerissen. Am anderen Ende wollte offenbar niemand abheben.

»Wen rufen Sie an?«

»Wie ist Ihre Adresse?«

»Wozu?«

»Damit sie ihn holen ... Verflucht, was macht dieser Idiot, warum geht er nicht ran?«

Ich sah mich um, das Zimmer war geschrumpft, die Wände kamen zusehends näher und würden uns gleich zermalmen. Aus den dunklen Teppichen erhoben sich Myriaden von Milben, und ich nieste literweise Staub. Sie kam wieder an die Oberfläche und bat mich zu gehen, sie wolle mich nicht mehr sehen.

»Verschwinden Sie, verflucht!«

Sie war am Ende ihrer Kraft, ihre Stimme war schwach und ging in den häuslichen Geräuschen unter. Mit metallischem Geklingel lief das Wasser durch die Rohre zu den Heizkörpern. Oben knackte der Fußboden. Draußen blies der Wind und fuhr mit dumpfem Getöse in den Kamin. Ich würde gehen, aber vorher hätte ich ihr noch zwei Worte zu sagen. Sie hätte ihren Sohn wieder, und ich sähe nicht recht, was sie außerdem noch wollte. Der Große hätte Mist gebaut, aber der Kleine brauche seinen Vater, er liebe ihn, das sehe man auf hundert Meter Entfernung, sie seien zusammen glücklich wie Katzen in der Sonne. Wozu ihm den Kopf unter Wasser halten? Sie ließ mich nicht ausreden.

»Was mischen Sie sich da ein? Was wissen Sie schon darüber? Sie kennen ihn nicht, Sie wissen nicht, was er mir angetan hat, Sie wissen nichts, also verschwinden Sie! Ich will Ihnen nicht mehr zuhören. Verschwinden Sie! Verschwinden Sie!«

Sie fiel wie eine Irre über mich her, mit all ihrer Kraft, aber das war nicht viel. Sie stemmte sich gegen meine Brust, aber ich wich keinen Millimeter. Da fing sie an, mich zu schlagen. Ich nahm es hin, ohne mit der Wimper zu zucken, irgendwann würde sie ermüden. Ich packte ihre Handgelenke und hielt sie fest, so gut ich konnte. Ihre Vogelknochen zwischen meinen Händen waren so zart, etwas Druck hätte genügt, sie zu zerbrechen. Ich ließ sie los, und sie sank zu Boden wie ein nasser Sack und presste die Stirn auf die Fliesen. Gehen Sie, verflucht, gehen Sie! Ihr Make-up zerlief, während sie immer wieder diese Worte hervorstieß. Bevor ich ging, redete ich ihr noch einmal gut zu, ich versuchte, sanfte und beruhigende Worte zu finden, sie nicht zu verletzen, ich sprach vor allem von dem Kleinen, von seinem seelischen Gleichgewicht und so weiter. Ich weiß nicht, ob meine Worte ihr Gehirn erreichten, ob sie mir zuhörte oder nicht. Thomas kam wieder herunter, und als sie ihn sah, leuchteten ihre Augen plötzlich auf, sie breitete die Arme aus, und der Kleine stürzte sich hinein. Als ich die Tür hinter mir zumachte, erzählte er vom Großen, von der Woche, die sie verbracht hatten, und von dem Glück, ihn nach so langer Zeit wiederzusehen. Wogen der Zärtlichkeit stiegen aus meinem Bauch auf und überströmten mich. Ich kehrte zum Auto zurück, die Sonne strahlte, wie eine Wintersonne nur strahlen konnte, die Straßen glänzten, und die kahlen Äste der Bäume bildeten ein Muster schwarzer Linien von ergreifender Schönheit. Ich atmete tief ein, die Luft reinigte meine Lungen, strömte bis in den Bauch, säuberte mein Inneres, ihre eisige Klarheit spülte alles weg. Mit halbgeschlossenen Augen ließ ich das Auto die Straße hinunterrollen, ganz unten war das Meer eine riesige Lache aus grünem Licht, man konnte den Blick nicht abwenden, es flimmerte und funkelte, es war, als würde es den Himmel erleuchten. Ich folgte ihm, so lange ich konnte, ich ließ es nicht aus den Augen beim Fahren, ich hätte gern hineingebissen, mich damit vollgefüllt mich darin aufgelöst mich mit ihm vereint, ich wäre gern so flüssig salzig kalt und sanft wie nichts anderes geworden. Ich bog ab, fuhr langsam in die Sackgasse, sie standen schon vor dem Haus, unsere Blicke kreuzten sich, der Große, in Handschellen, heulte wie ein Kind, drei Zivile umringten ihn, und er ließ sich abführen, ich biss die Zähne zusammen, als sie ihn in ihren weißen Wagen stießen, sie fuhren ab und ich sah zu, wie sie sich entfernten und dann verschwanden, im Rückspiegel wurde der Peugeot von der Straße geschluckt. Ich fuhr kurz ans Meer zurück, Strandsegler beschrieben große Achter auf dem Sand, und in der Nähe der Festungsmauern trockneten Wälder von Wellenbrechern in der Sonne. So weit das Auge reichte, war der Himmel klar, von blendender Helligkeit, ich schaute auf die Uhr und machte kehrt.

Auf dem Flur warteten schon an die zwanzig Kinder. Die Kantinentür war geschlossen, aber es roch trotzdem nach Tomatensuppe und Obstsalat aus der Dose. Manon lächelte mir traurig zu, sie hielt eine Freundin an der Hand, ein blondes Mädchen mit lebhaftem, pfiffigem Blick, von der Sorte, die sich nichts vormachen lässt. Sie zögerte einen Moment, dann löste sie sich aus dem schweigenden Pulk.

»Was machst du denn hier?«

»Ich komme, um dich zu befreien, meine Prinzessin.«

Ich nahm sie am Arm, und wir stahlen uns davon wie Diebe. Im Hof schauten die Kinder der zweiten Runde zu der großen Kiefer hinauf, sie hatten gemeint, ein Eichhörnchen zu entdecken, und suchten es im Geäst. Die Désiles beobachtete sie misstrauisch, ich teilte ihr mit, dass Manon diesen Nachmittag nicht in die Schule gehen würde, ihr fiel nichts ein dazu, ihr Gesicht drückte Abscheu und Entsetzen aus. Wir passierten das Tor, und in meiner Hand spürte ich die Aufregung der Kleinen und ihre Freude darüber, den Himmel und das Meer genießen zu können.

»War's gut bei Alex und Nadine?«, fragte ich.

»Ja, aber du hast mir gefehlt.«

»Du hast mir auch gefehlt«, erwiderte ich, und dann gingen wir zusammen zur Grundschule hinüber.

Sie waren beim Mittagessen. Ich entdeckte Clément mühelos, er aß nicht, sondern las ein Buch, *Die Möwe Jonathan*. Ringsum ein Chaos aus Stimmengewirr und Geschirrklappern. Ich sprach seinen Namen aus, und alle drehten sich um. Am ersten Tisch kaute ein Junge sein Brot, ein dicker weißer Verband bedeckte sein rechtes Ohr. Clément hob den Kopf. Unter den Blicken der Lehrer und des Kantinenpersonals in rosa Kitteln durchquerte er den Raum. Ich hätte ihnen ein Wort sagen können, aber was brachte das, ich hatte keine triftige Entschuldigung anzubieten, es war schönes Wetter und ich arbeitete nicht, meine Kinder fehlten mir, wir würden über die Rance fahren, uns in Dinard oder Saint-Lunaire eine Pizza kaufen, den Nachmittag am Strand verbringen, Fußball spielen, um die Wette laufen, Krebse ärgern, zwei, drei Krabben fangen, ein Schläfchen halten, Burgen Bahnen Pyramiden bauen, die Füße ins Wasser tauchen, das Gesicht benetzen, damit das Salz es ein bisschen auslaugte. Als wir endlich draußen waren, schaute ich sie an, meine kleinen Engel, ich nahm sie in den Arm, und ihre Gesichter strahlten. Das beruhigte mich. Nadine hatte gefunden, sie seien so angespannt, Manon hätte die Nacht in ihren Armen verbracht und bis in den Schlaf Liebkosungen und Küsse verlangt, als könnte sie nie genug kriegen. Und Clément hätte bis Mitternacht gespielt, extrem konzentriert, und Alex bei allen Spielen geschlagen, ohne das geringste Zeichen von Befriedigung oder Begeisterung, als wäre es darum gegangen, eine Aufgabe zu erledigen, nicht mehr und nicht weniger angenehm als jede andere, eine Herausforderung anzunehmen, einen Auftrag, eine Pflicht zu erfüllen. Ich ließ die Kinder einsteigen, und wir fuhren los, ich fuhr Umwege, um den Ärmelkanal nie aus dem Blick zu verlieren, ab und zu hielten wir an und betrachteten die Landschaft, überall dasselbe, das klare Licht ergoss sich über die Festungsmauern die Boote die Felsvorsprünge die Sandbuchten, erneuerte alles, frischte die Farben auf, hob die Linien und Konturen hervor. Die Sonne, die durch die Scheiben fiel, wärmte uns sanft, ich machte Musik an, und Manon begann zu singen, der gute alte Nino Ferrer suchte Mirza, sogar Clément fiel ein, sie kannten das auswendig, *Le sud* und *Les cornichons*, *La maison près de la fontaine* und *La Rua Madureira*, *Le téléfon* und *Un an d'amour*, einen Augenblick lang ging Sarah durchs Haus, aber dies eine Mal hat uns das nicht abgehalten, dies eine Mal war ihre Anwesenheit fast harmlos, fast fröhlich, sie hatte zu diesen Chansons getanzt, seit sie ein kleines Mädchen gewesen war, und sie waren ihre, waren für immer mit ihr verbunden. Ich hätte nur die Augen schließen müssen, um sie zu sehen, wie sie sich leicht, mit bloßen Füßen, im Wohnzimmer oder draußen im Gras um sich selbst drehte, ein strahlendes Lächeln auf den Lippen. Wir jaulten »*Je vends des robes*«, als ich das Auto parkte. Die Kinder waren hungrig. Sie teilten sich eine riesengroße Pizza mit viel Käse drauf. Ich rührte meine kaum an, aber zwei Karaffen Rotwein gingen weg, in meinem Kopf überstürzten sich die Gedanken, die großen Vögel die Gezeiten Sarahs Verschwinden und Ninos letzte Tage, eine Kugel ins Herz mitten im Weizenfeld, dieses Bild hatte mich verfolgt, ich hatte den Kerl immer gern gemocht, sein Quercy seine Gitarren sein Haus die Kinder die Musik und die Hunde, lange Zeit hatte ich mit dem Gedanken gespielt, ihm ein Buch zu widmen, aber das war jetzt alles so weit weg, die Romane die Tage und Nächte am Computer, die Leser die Buchhändler die Fahnen die Korrektoren die Verleger, nichts davon schien einmal mein Leben ausgemacht zu haben. Durch die Panoramafenster sah man das Wasser steigen, goldene Sandbänke entstanden und vergingen, Boote, von der Flut belebt, schaukelten plötzlich wieder, die Möwen verließen ihre Rastplätze, und Clément folgte ihnen mit dem Blick, sie glitten mit ausgebreiteten Schwingen durch die Luft, ließen sich von der Geschwindigkeit berauschen und streiften die Fluten, bevor sie sich mit drei Flügelschlägen wieder erhoben. Rings um die Sandbucht standen große Anwesen mit geschlossenen Läden, sie würden sich erst im Sommer wieder öffnen und ganze Sippen beherbergen. Die Kinder aßen ihr Eis auf, und wir gingen zum Strand hinunter. Ohne die rot-weißen Kabinen, ohne den Kiosk mit seinem Waffel-, Pommes- und Paninigeruch, ohne den Micki-Club mit seiner Umzäunung aus hellem Holz, seinen Rutschen und Trampolinen wirkte er nackt, aber das stand ihm gut. Wir würden den Sommer abwarten, um das alles wiederzufinden und abends in der Dämmerung auf den Liegestühlen Würstchen zu essen, während frisch gekämmte Kinder im Schlafanzug aus den Villen kämen, um Tüten bunter Bonbons zu verschlingen, Klimmzüge zu üben, das Holzgerüst, von dem für die Nacht die Schaukeln abmontiert und weggeräumt worden waren, mit Elfmeterschüssen zu traktieren oder in der Ecke für die ganz Kleinen zusammenzuhocken und zu plaudern. Wir ließen uns hinter einer Linie trockener Algen nieder, der Sand war beinahe warm, wenn man sich darauf ausstreckte, die Finger hineingrub, fühlte man sich in frühere, glückliche Sommer versetzt, wir schliefen alle drei ein, vom Plätschern der Wellen gewiegt. Ich träumte von Sarah. Das war mir seit Monaten nicht mehr passiert. Oder ich hatte es nicht gemerkt. Normalerweise war mein Schlaf unruhig und schwarz, oder ich schlief nicht, verbrachte die Nacht damit, auf die Geräusche des Hauses und die Bewegungen draußen zu lauern. Es war weniger ein Traum als eine Folge stehender Bilder, aufeinanderstoßender Erinnerungen. Unscharfe und überbelichtete Fotos, auf denen vom Gegenlicht verdunkelte Schatten und Gesichter vorüberzogen. Alles zog vorüber, und ich rührte mich nicht, Sarah nahm den ganzen Raum ein, füllte den Bildschirm, und die meiste Zeit bewegte sich ihr Mund stumm, so sehr ich die Ohren spitzte, ich hörte nichts oder nur ein Knistern. Sie kam todmüde von der Arbeit, zog ihre

Schuhe aus und ließ sich ein Bad einlaufen, auf dem Badewannenrand sitzend berührte sie das langsam steigende Wasser. Die Kinder stürzten sich auf sie, rissen sie aus ihrer Träumerei. Ich weiß nicht, woher sie die Kraft nahm, aus welchen ungeahnten Reserven, aber für die Kinder hatte sie immer noch genug, sie lief ihnen mit Menschenfressergeschrei hinterher, hielt sie auf einem Bett fest und kitzelte sie durch, bis sie um Gnade flehten. Anschließend kehrte sie ins Badezimmer zurück und verschwand unter dem Schaum. Dann wieder saß sie lesend im Garten, in einem leichten Kleid, die Füße auf dem Tisch und der Stuhl so schräg, dass sie jeden Augenblick ins Gras zu kippen drohte, kaute auf einem Grashalm und trank, ohne den Blick vom Buch zu heben, einen Schluck Bier aus der Flasche, ich schlich mich heran und biss sie in die nackten Arme, den weißen Nacken und die Schultern, an denen sich ihre Vogelknöchelchen abzeichneten. Später schwamm sie, und ich schwamm neben ihr, Seeschwalben stießen in das silbrig glänzende Meer, die Sonne stand senkrecht und verbrannte uns die Augen. Am Strand bespritzten sich die Kinder. Sie drehte sich ab und zu um und winkte ihnen, dann schwamm sie energisch weiter ins Meer hinaus, sie strebte der Insel in der Ferne zu, hätte man meinen können, sie sträubte sich kehrtzumachen, liebte nur den Horizont, oft hängte sie sich an meinen Hals, wenn es zum Strand zurückging, und ich ertrank fast, während ich sie abschleppte. Noch später zieht Sarah an ihrem Joint, es ist Nacht und Sommer, Freunde und Nachbarn sind gegangen, auf dem Grill glüht noch die Asche, ein Geruch nach Gewürzen und gegrilltem Fleisch hängt in der Luft, die Kinder schlafen mit Schweißperlen auf der Stirn und fast nackt im Wohnzimmer auf dem bloßen Fußboden, wir warten, bis in den

Wohnblocks die Lichter ausgehen, und im Dunkeln vögeln wir dann, von Gräsern gekitzelt, unter dem Gartentisch, im Schutz der Tamariske. Darauf folgte eine Szene, die genauer, lebhafter, deutlicher war als die anderen, als hätte man plötzlich das Licht angeschaltet, den Ton aufgedreht: Sarah ist erwacht und verlangt nach ihrem Baby, ihr Bauch ist aufgeschnitten und wieder zugenäht worden, sie sieht elend aus, einen Augenblick gerät sie in Panik und glaubt, alles ist aus, da beruhige ich sie, ich sage: Alles ist gut, ich sage es, aber was weiß ich schon, Manon ist in einem anderen Stockwerk sie ruht sich aus, sie hat nicht mehr geatmet man hat sie reanimieren müssen sie ruht sich aus, der Arzt hat so fest auf ihren Bauch und ihre Brust gepresst sie ruht sich aus, alles war in heller Aufregung damals, man weckte ihn, und er kam angerannt mit zerzaustem Haar verquollenen Augen er gähnte und Manon atmete nicht mehr, ich war hinter der Scheibe er drückte auf ihren winzigen Oberkörper seine Hände waren größer als sie und die Kleine kam wieder zu sich, sie kam ganz einfach, sie hustete spuckte kotzte, er bedeutete mir alles werde gut, ich durfte sie nicht sehen sie haben sie mitgenommen, und danach haben Sarah und ich sie wochenlang nur berühren dürfen, wir streckten unsere Hände in die Öffnungen des Brutkastens und streichelten ihre von Infusionsnadeln durchbohrten Händchen, ihre Wangen und ihren Körper, in den massenweise Antibiotika und Desinfektionsmittel gepumpt wurden, sie schlief die ganze Zeit und war erschreckend blass inmitten der anderen bläulichen oder rötlichen Babys, der Arzt sah besorgt aus er antwortete ausweichend und verworren wie jeder Arzt, aber ich konnte sehen, dass er sich Sorgen machte, und Sarah auch. Nach zwei Monaten haben sie sie uns schließlich übergeben, zum ersten Mal konnten wir sie richtig anfassen, ihren Kopf ihre Wangen ihre Schenkel ihren Bauch küssen, Sarah weinte vor Freude, und ich erinnere mich gedacht zu haben, dass dieses Entsetzen, sie zu verlieren, und das Wunder, sie behalten zu haben, unser ganzes Leben lang in uns und zwischen uns eingebrannt bleiben würde. Sarah, Jahre früher, sie streckt Clément die Arme entgegen, und er kommt auf sie zu, voller Vertrauen und ungeschickt, er kann sich kaum auf den Beinen halten, wankt bei jedem Schritt und fällt fast hin, dann hat er glücklich das ganze Wohnzimmer durchquert und lässt sich in die Arme seiner Mutter fallen. Sie lächelt mir heimlich zu, und ihr Vater mustert mich verächtlich und nervt mich mit seiner ewigen Leier: Na, immer noch in Ferien? Stört es Sie nicht, dass meine Tochter sich abstrampelt, während Sie über ihren Jugendbüchern träumen? Und warum schreiben Sie nicht mal was Erfolgreiches, anstatt uns mit ihrem deprimierenden Zeug zu belästigen? Haben Sie noch nie daran gedacht, eine richtige Arbeit anzunehmen? Sie sieht, dass ich koche, und beschwört mich, geduldig zu sein, ihr Vater hält es nie lang bei uns aus, alles deprimiert ihn, das Wetter die Mietskasernen und all die Araber und Schwarzen, und mehr noch als alles andere die Kinder, er hat es eilig heimzufahren. Rückblende: die Wohnung in Paris, das winzige Schlafzimmer mit den vergilbten Wänden, Sarah ist nicht viel älter als zwanzig, sie schläft noch, wenn ich morgens komme, in die Uni habe ich schon seit Ewigkeiten keinen Fuß mehr gesetzt, unter der Woche bediene ich in einer Bar, und an den Wochenenden mache ich den Nachtportier in einem Hotel, die übrige Zeit kritzle ich Gedichte oder Geschichten, die sie Wodka schlürfend auf der Matratze oder auf einer Bank am Rand der Rasenflächen im benachbarten Park liest. Ich schlüpfe zu ihr unter die Decke, und sie brummt, weil ich nackt mager und eiskalt bin. Sie dreht sich zu mir um. Mein Atem riecht nach Tabak und Whisky, und sie küsst mich.

Als ich aufwachte, verließ Sarah das Haus, und es war das letzte Mal, dass sie mit den Schlüsseln klapperte, einen Schluck Tee trank, zu mir »bis heute Abend« sagte. Sie trug einen orangeroten Rock einen apfelgrünen Pulli leichte Turnschuhe und ihren hellen Regenmantel, das Auto fuhr davon, und danach war Stille, eine so tiefe Stille, dass sie mir im Nachhinein wie ein Alarmsignal, eine Warnung, ein Vorzeichen erschien. Am nächsten Tag fand man den Ford auf einem Parkplatz an der Seine, die an den Ufern vertäuten Kähne waren offenbar unbewohnt, man hat es überprüft. Auch der Fluss wurde abgesucht. Auf dem rechten Vordersitz hatte Sarah ihre Handtasche zurückgelassen, ich hatte zum Inspektor gesagt, das ist der Beweis, wenn sie freiwillig weggegangen wäre, hätte sie doch ihre Bankkarte ihr Telefon mitgenommen, er hatte geantwortet, es beweist eher das Gegenteil, hätte sie verschwinden wollen, ohne die geringste Spur zu hinterlassen, hätte sie verhindern wollen, dass man ihre Spur verfolgt, hätte sie sich nicht anders verhalten, es war die klassische Methode, die goldene Regel. Ich saß ihm gegenüber und er blickte mich über seinen Schreibtisch hinweg zufrieden an. Ich zerfloss in dem kalten Licht, es roch nach Banane, jedes Mal wenn ich ihn aufsuchte, hatte er eine in seiner rechten Hand. In der linken hielt er ein kleines schwarzes Notizbuch, Sie kennen es, nehme ich an, sagte er, man hatte es in ihrer Handtasche gefunden, ich erinnerte mich nicht, sie jemals damit gesehen zu haben. Ich kann Ihnen versichern, es ist sehr aufschlussreich. Er hatte zwei Seiten markiert, da beklagte sich Sarah über mich und meinen unmöglichen Charakter, über unsere Streitereien, meinen Egoismus und meinen Jähzorn. Ein cholerischer und infantiler Zwangsneurotiker, so beschrieb sie mich. Am Schluss ging es um die Kinder, sie sagte, sie sei mit den Nerven am Ende und zum Umfallen müde, Manon sei hyperaktiv und Clément mache sie fertig mit seinen Fragen, sie fühle sich vereinnahmt, erdrückt, weil er so klammere und an ihrem Rockzipfel hänge.

»Hören Sie auf«, brüllte ich.

Ich war aufgestanden und hatte ihm das Notizbuch aus der Hand gerissen. Mir dröhnte der Kopf, mir blutete das Herz. Zu Hause überflog ich es zitternd, und auch wenn Sarah sich hier oder da aufregte, die meisten Eintragungen waren ein getreues Abbild unseres Lebens, seiner Höhen seiner Tiefen seiner Küsse seiner Fußtritte, niemand, der sie las, hätte an der Liebe zweifeln können, die uns vier verband. Ganze Seiten waren den Kindern gewidmet, Sarah notierte jede Einzelheit, die sie betraf, rührende Gesten überraschende Ausdrücke ergreifende Gedanken und Gesichter. Mich schilderte sie so, wie ich war, wankelmütig egozentrisch besessen von meiner Arbeit, immer irgendwie abwesend, cholerisch und von etwas Unerklärlichem gequält, aber sie liebte mich trotzdem, schrieb sie, trotz allem liebte sie mich. Ich weinte, als ich das Notizbuch zuschlug. Die Summe dieser einzelnen Bruchstücke bildete unser Leben und ergab ein zusammenhängendes, erkennbares Bild dessen, was man wohl Glück nennen musste, das Glück, das uns immer entwischt und nur in der Vergangenheit Gestalt annimmt.

Ich stand auf, Manon schlief, und Clément ließ Sand durch seine Finger rieseln. Am Himmel zogen ein paar Schäfchenwolken auf, das Licht veränderte sich, ab und zu sah es nach

Gewitter aus, dann wieder wie an einem Sommerabend, und plötzlich wurde alles hell, eine silberne Lache bildete sich am Horizont und smaragdgrüne Streifen zogen sich durch das leuchtende Blau. Ich nahm den Ball, markierte mit unseren Jacken zwei Torpfosten, und wir fingen mit dem Torschusstraining an. Dem Jungen fehlte es an Kraft, aber seine Treffsicherheit war teuflisch. Er konnte ganz knapp am Pfosten vorbei zielen, und ich war regelmäßig auf der falschen Seite, so lang ich mich in den Sand warf, mir fehlten immer gut zwanzig Zentimeter. Nach zehn Toren tauschten wir die Rollen. Ich trottete in die Schusszone. Ich hatte das Gefühl, drei Tonnen zu wiegen, seit Monaten war ich nicht gelaufen, hatte keinen Ball gekickt, es knirschte in meinen Knien, und meine Knöchel waren eingerostet. Clément stand bereit und wartete, dass ich schoss.

»Was machst du denn noch?« fragte er ungeduldig.

»Ich warte.«

»Worauf wartest du?«

»Ich warte darauf, dass du es mir sagst.«

»Dass ich dir was sage?«

Er kniff die Augen zusammen und presste die Lippen aufeinander, mit schräg gehaltenem Kopf glich er Sarah, wenn ich ihr Gesicht vergaß, brauchte ich nur ihn anzuschauen, um es deutlich vor mir zu haben.

»Warum hast du diesem Jungen ins Ohr gebissen? Was ist passiert?«

»Ach, das …«

»Nun ja.«

»Ich hab's nicht absichtlich getan. Wir haben uns gehauen, er war stärker als ich, er hat mich auf den Boden gedrückt, da hab ich gebissen, das ist alles.«

»Und warum habt ihr euch gehauen?«

»Das will ich dir nicht sagen.«

»Das willst du mir nicht sagen? Hat es etwas mit deiner Schwester zu tun?«

»Nein.«

»Mit deiner Mutter?«

Er antwortete nicht und nahm wieder seine Position ein, ich hatte die Sonne in den Augen und das Meer im Rücken, ich nahm drei Schritte Anlauf und schoss auf seine Linke. Die Schnelligkeit, mit der er sich auf den Ball warf, machte mich sprachlos, dieser Junge funktionierte wie ein Gummi oder eine Feder, er berührte den Ball nur mit den Fingerspitzen und lenkte ihn am Tor vorbei. Ich applaudierte. Er beeindruckte mich wirklich. Ich war in seinem Alter so unbeholfen. Eine Wolke zog über unsere Köpfe, die Vögel schienen ihr folgen zu wollen, ein großer heller Hund rannte ihnen bellend nach, jeder lief hinter jedem her, und keiner erreichte den andern. Clément brachte sich erneut in Stellung, ich wollte zum zweiten Mal schießen, als Manons Stimme zu hören war.

»Wir machen nachher weiter«, sagte ich.

Die Kleine war aufgewacht, es war immer dieselbe Geschichte nach dem Mittagsschlaf, sie brauchte eine gute Viertelstunde, um zu sich zu kommen. Ich nahm sie in den Arm, und sie schmiegte sich an mich wie eine Katze. Die Helligkeit störte sie. Clément kam und kraulte ihr den Kopf.

»Weißt du, es wäre gut, wenn du dich bei dem Jungen entschuldigst. Und bei seinen Eltern. Sie scheinen mir ziemlich nervig zu sein. Ich glaube, das würde uns einigen Ärger ersparen.«

Er stimmte zu, während weniger als einen Meter von uns entfernt eine Möwe landete. Mit scheelem Blick und halbgeöffnetem Schnabel äugte sie auf unsere kleine Vorratstüte, etwas Brot, Mandarinen und zwei, drei Kekse.

»Machst du das?«

Clément nickte, und der kleine Mistvogel machte sich über die Tüte her. Wir klatschten in die Hände, trampelten mit den Füßen, nichts half, er suchte sich gemächlich seine Beute aus, einen Schokokeks, den er sich in den Schnabel klemmte, bevor er davonflog, als wäre nichts, und sich hundert Meter weiter wieder niederließ, um seinen Leckerbissen in Ruhe zu verschlingen. Man brauchte sich nicht zu wundern, dass sie so feist wurden, diese Biester. Manche waren am Schluss fett wie Hennen. Manon kriegte sich gar nicht wieder ein, im ersten Moment hatte ich Angst, sie finge an zu röcheln, aber sie lachte laut heraus. Dann verordnete sie mir eine Runde Sumo.

»Willst du nicht zuerst was essen?«

»Nein, erst Sumo.«

Seit sie das im Fernsehen gesehen hatte, war es ein richtiges Ritual geworden, unmöglich sich dem zu entziehen. Mit der Fußspitze zog ich einen Kreis, und dann verjagten wir die Geister, dazu musste man die Beine sehr hoch heben und schwer auf den Boden fallen lassen, mangels Salz warfen wir Sand, um den Dohyo zu reinigen, dann gingen wir mit ausgestreckten Armen in die Hocke. Ich stützte mich mit den Fäusten auf dem Boden ab, und da fielen sie brüllend über mich her, die Kleine packte meine Beine, der Große rammte mir seinen Kopf in den Bauch, für einen Jungen, der das Boxen verachtete, langte er kräftig zu. Kurze Zeit hielt ich stand, stieß fürchterliche Schreie aus und tat so, als würde ich sie von mir schleudern, aber es endete immer gleich: Manon kreischte vor Lachen oder Angst, das wusste man nie so genau, und ich ließ mich mit den beiden in den Sand fallen, wir kitzelten uns, außer Atem, die Augen gen Himmel gerichtet, erfüllt von Licht, erlöst vom Wind. Wir blieben am Strand, bis die Sonne sank, das Meer ging rasend schnell zurück, ich forderte die Kinder auf, ihre Schuhe auszuziehen und die Hosen hochzukrempeln. Wir liefen in den Rinnsalen, das eiskalte Wasser bahnte sich Wege durch den groben Sand und die zerbrochenen Muscheln, manchmal sank man ein und erstarrte von den Zehen bis zu den Haarspitzen. Die ersten Wellen bissen kräftig zu. Ich bückte mich, um mit den Händen etwas Wasser zu schöpfen und mein Gesicht hineinzutauchen. Die Kinder machten es mir nach, Manon war schließlich pitschnass. Wie waren stolz wie Spanier, wir fürchteten nichts und niemanden und schon gar nicht die Kälte und den Winter, wir waren Indianer, wir führten den Tanz der Sioux auf. Ein Typ in Badehose und mit roter Haut kam in unser Blickfeld. Auf seinem Schädel die Reste eines roten Schopfs. Ein Engländer, ein Ire oder so etwas, dachte ich und sah zu, wie er ohne das geringste Zögern vorwärts ging. Die Augen auf den Horizont gerichtet, benetzte er sich den Nacken, die Brust und den Rücken. Dann tauchte er mit einer geschmeidigen, flüssigen Bewegung ein. Ein richtiger Delfin. Eine Weile verloren wir ihn aus den Augen. Wir suchten das ruhige, glatte Wasser ab. Schließlich tauchte er wieder auf, gut fünfzig Meter weiter draußen. Er schwamm mit präzisen, kräftigen, regelmäßigen Bewegungen, man hätte glauben können, er trainierte in einem auf 22 °C erwärmten Becken. Wir standen ganz schön dumm da. Der Form halber bespritzten wir uns ein letztes Mal und kehrten dann auf den trockenen Sand zurück. Der Himmel über den Villen war rot, die Sonne verbarg sich hinter der Felskuppe, und der Schatten hatte den ganzen Strand erobert.

Nur der Ire bekam noch Strahlen ab, er hatte die Boote hinter sich gelassen und schwamm im hellen Licht direkt auf die schwarzen Inseln zu. An dieser Stelle der Küste bildeten sie ein Miniarchipel. Irgendwo hatte ich gelesen, dass man da Austern sammeln konnte, die Kenner versäumten nie, ein Messer in die Badehose zu stecken. Auf einem Felsen mitten im Meer Austern zu essen, das hatte schon was.

Wir kehrten zum Auto zurück, ich drehte die Heizung auf, die Kleinen klapperten mit den Zähnen, aber sie waren glücklich. Die Schleusen waren geöffnet, das Wasser brodelte um die Turbinen, die Straße brach auf, und die beiden Hälften der Brücke stellten sich senkrecht. Wir warteten eine gute Viertelstunde und schauten den Schiffen zu, schnittige Segelboote glitten geräuschlos vorüber, ein Fischerkahn beschloss die Prozession, er knatterte freundlich, und an Bord waren die Netze prallvoll mit Jakobsmuscheln. Im Süden senkte sich die Nacht über die Rance, weichte die Linien der Landschaft auf und gab dem bloßgelegten Sand eine silbrige Schattierung. Auf der anderen Seite umschlossen die Landzungen die Mündung und versuchten, das Wasser zurückzuhalten, aber es war nichts zu machen, das Meer breitete sich bis zu den ersten Sternen aus. Wir fuhren über die Altstadt zurück, nach den Festungsmauern verlief die Straße hinter der dem Meer zugewandten Häuserreihe, manchmal gab es eine Lücke zwischen den engstehenden Villen, alle zwanzig Meter konnte man feststellen, dass es jetzt wirklich Nacht und der Ärmelkanal schwarz war.

»Papa, schau, da ist Nadine …«

Clément hatte das mit lebhafter Stimme gesagt, ich fuhr langsamer, aber ich glaube, als ich den Kopf drehte, wusste ich schon, was ich sehen würde.

»Warum hältst du nicht an?«, wunderte sich Manon.

»Weil es spät ist und ihr in die Badewanne müsst«, erwiderte ich. »Morgen ist Schule.«

Die Kleinen waren enttäuscht, aber was sollte ich ihnen sagen. Im Rückspiegel verabschiedeten sich vor dem Ibis-Hotel Nadine und ein Mann, der nicht ihr Onkel war.

Combe brauchte einen Whisky, er wirkte erschöpft, am Ende seiner Kraft. Ich zeigte ihm die Flasche und ließ ihn im Schrank suchen. Er holte zwei Gläser heraus und goss beide gleich voll.

»Prost.«

Oben schliefen die Kinder oder taten so, meistens machte ich nach dem Gutenachtkuss ihre Türen zu, und wenn ich horchte, konnte ich sie Buchseiten umblättern, mit Papier rascheln, herumgehen und murmeln hören. Sie spielten oder lasen wohl noch lange, aber das erklärte nur zum Teil, warum sie sich beim Aufstehen so schwertaten: kaum wach, gingen sie durch alle Zimmer, als wollten sie etwas überprüfen, jeden Morgen waren sie von neuem enttäuscht, mürrisch und ernüchtert, ich tat, als sähe ich nichts. Es hatte keinen Sinn, es führte zu nichts, ich konnte noch so sehr die Augen verschließen, früher oder später musste ich das Geschwür aufstechen. Ich setzte mein Glas an die Lippen, ein Geschmack nach Erde, Rauch und vom Regen aufgequollenem Holz strömte in meinen Mund, und ein Schauder überlief mich. Combe mir gegenüber genehmigte sich schon den dritten, er hatte seine Schuhe ausgezogen, zwei Zehen schauten aus den Socken. Sein tabakverfärbter Schnurrbart hing leicht in die goldene Flüssigkeit.

»Wie geht's Ihren Kindern? Kommen sie zurecht ohne ihre Mutter?«

Dieser Typ las meine Gedanken, seine Stimme war heiser, wie von einer Rührung überwältigt, deren Ursache mir unbekannt war. Seine leicht glänzenden Augen fixierten mich mit einem unerklärlichen Ausdruck, zugleich fern und mitleidig, doch ich hatte nicht die Absicht, mich über das Thema auszulassen. Ich sagte, es ginge, man lebte damit. Vor dem Fenster schwankten die kahlen Zweige des Kirschbaums, die Hauswand reflektierte das Mondlicht, das den ganzen Garten beleuchtete, der Eisentisch schimmerte, die Nacht hatte seine Farbe geschluckt. Die Sterne konnte ich von meinem Sessel aus nicht sehen, aber sicher sprenkelten sie tausendfach den schwarzen Himmel.

»Das Schlimmste ist, dass man nichts weiß, nicht wahr?« seufzte er.

In den Wänden knackte etwas, es klang wie splitterndes Holz. Ich weiß nicht, ob es die Stille ringsum war, aber dieses Haus kam mir lebendiger vor als das vorige. Das Wasser floss durch die Rohre wie Blut durch die Adern, und bei jedem Windstoß knirschten die Gelenke.

»Nein«, widersprach ich. »Das Schlimmste ist, dass sie nicht mehr da ist, für die Kinder wie für mich.«

»Das sagen Sie, aber Sie halten nur deshalb durch, weil etwas in Ihnen steif und fest wie meine Eier an ihre Rückkehr glaubt.«

Combe redete wie ein Bauer, das hatte ich schon bemerkt, aber er tat es auf eine sehr eigene Art, ohne je ein Wort zu betonen, in einem gleichmäßigen und weichen Ton, so dass alles ganz ruhig herauskam und nichts Pittoreskes oder Schrilles hatte.

»Was wissen Sie schon darüber?«

»Ich weiß es, das ist alles.«

Er leerte sein Glas. Das Gespräch schien ihm die letzten Kräfte geraubt zu haben. Abgespannt, mit geröteten, kleinen Augen, zögerte er, sich einen vierten Whisky zu genehmigen.

»Ich hatte einen schwierigen Tag«, erklärte er, wie um sich zu rechtfertigen.

Ich ermunterte ihn, sich einzuschenken, und tat es ihm nach. Ich hatte seit vierundzwanzig Stunden praktisch nichts zu mir genommen und spürte, wie mir der Alkohol den Magen zerfraß. Dann wurde mir ernsthaft schwindlig, ich stand auf und öffnete den Kühlschrank.

»Also, was führt Sie her?«

Es war fast nichts mehr drin, für die Kinder hatte ich schon die letzten Reste aus der Tiefkühltruhe zusammenkratzen müssen, Fischstäbchen Kroketten, das war gerade noch durchgegangen, aber Manon hatte sich beschwert, dass es kein Ketchup und keine Zitrone mehr gab. Ich fand doch noch ein Stück Käse, es bestand hauptsächlich aus Rinde, aber gut, es kam ja vor allem darauf an, das Loch zu stopfen. Ich nahm ein Stück Brot und kehrte zurück ins Wohnzimmer, Combe war in Gedanken versunken.

»Geht es um das Mädchen? Justine?«, rätselte ich.

»Nein. Leider nein. Die Ermittlungen haben bisher nichts ergeben. Ich kann nichts damit anfangen. Sie hat in der südlichen Banlieue, in Juvisy, die Scheckkarte benutzt, und seither nichts mehr. Was hat sie in Juvisy zu suchen gehabt, frage ich Sie …? Was für eine beschissene Gegend. Das war doch Ihre Gegend, oder?«

Ich nickte. Ich gab lieber keine Antwort. Es hatte keinen Zweck, über die Banlieue und all diese Außenbezirke mit Leuten zu reden, die nie dort gelebt hatten, sie begriffen rein gar nichts. Über das Alter war ich hinaus, in dem ich mich über solche oder überhaupt irgendwelche Dinge ereifert hatte. Als ich jünger war, tat ich es, und es brachte nichts, außer dass ich mich mit fast allen Bekannten gezofft hatte. Von mir aus konnten die Leute denken, was sie wollten, es juckte mich nicht mehr.

»Nein, es geht um Ihren Freund da. Den Vater des kleinen Thomas. Ich weiß, dass Sie das Kind zu seiner Mutter gebracht haben. Und Sie wissen, dass ich Sie hätte einbuchten können, wenn sie ihre Anzeige nicht zurückgezogen hätte.«

»Sie hat ihre Anzeige zurückgezogen?«

»Ja. Sogar ich war erstaunt. Obwohl, die Frauen ...«

Ich zuckte mit den Schultern. Er hatte wahrhaftig ein Talent, mich mit seinen Kommentaren zu nerven, derartige Verallgemeinerungen hatten mich schon immer geärgert, bei Sarah war es noch schlimmer, sie wollte keine Zeitung mehr aufschlagen, kein Radio mehr hören, und wenn ich ihr morgens etwas von den Nachrichten erzählte, bat sie mich still zu sein.

»Und in jedem Fall war es zu spät«, fügte er murmelnd hinzu.

Er hob den Kopf, seine Augen glänzten sonderbar, sie waren immer etwas glasig, aber jetzt war es schlimmer, man hätte meinen können, sie seien mit einem Gel überzogen oder er trage durchsichtige, wassergefüllte Linsen.

»Ich konnte nichts machen. Er kam in mein Büro, hat sich gesetzt, er sah wirklich fix und fertig aus, wie ein geschlagener Hund, sogar mir hat es das Herz zerrissen. Und dann ist dieser Idiot plötzlich aufgestanden, ans Fenster gestürzt und gesprungen, drei Stockwerke tiefer war er tot. Ich weiß nicht, wie er das angestellt hat, aus dieser Höhe hätte er es auch überleben können. Es war grauenhaft. Und danach, keine Stunde später, ruft mich diese Idiotin an, um mir zu sagen, dass sie ihre Klage zurückzieht, dass sie nicht will, dass er wieder in den Knast kommt, und dass sie das Sorgerecht für den Kleinen durch Anwälte regeln lassen will wie unter zivilisierten Menschen ...«

Combe sah mich nicht mehr an. Seine Blicke schweiften nach draußen, doch da war nicht mehr viel zu sehen, der Garten war so gut wie kahl, bis auf den Oleander und die

Kamelie. Der Birnbaum stand gebeugt im fahlen Licht. Ein leichter Wind ließ die Holztäfelchen klingen, die in seinen Ästen hingen, Tristan hatte sie mir aus Japan geschickt, die meisten stellten Tiere dar, auf meiner Lieblingstafel bahnten sich zwei Frauen im Kimono einen Weg durch den Bambus, auf der Rückseite konnte man seine Wünsche und Hoffnungen notieren, später würde man sie nach schintoistischem Ritus verbrennen, es gab sie für alle Gelegenheiten, Liebe Glück Geld Gesundheit. Aber nicht für die Rückkehr der Verschollenen. Ich entschuldigte mich. Oben schliefen die Kinder wie Murmeltiere, Clément hatte seine Taschenlampe angelassen, der dritte Band von *Der kleine Vampir* lag aufgeschlagen auf seinem Bauch, und das Radio lief leise. Ich zog ihm die Decke bis unters Kinn, küsste ihn auf die Stirn und ging aus dem Zimmer. Manon schnarchte, einen Augenblick hatte ich Angst, ihre Lungen pfeifen zu hören, aber es war nichts, nur ein kleiner Husten, der eine Bronchitis werden könnte. Ich ging wieder hinunter, Combe war aufgestanden, er inspizierte das Bücherregal. Es schien ihm etwas besser zu gehen, er hatte sich erleichtert.

»Nicht viele Franzosen dabei«, meinte er und kratzte sich am Kinn.

Ich zuckte mit den Schultern. Es stimmte, die Amerikaner und die Japaner dominierten, doch das war zum Teil Zufall. Ich war zwar ein großer Leser, aber kein Bibliophiler. Ich trennte mich von den Büchern, sobald ich sie gelesen hatte, abgesehen von Lyrik und ein paar anderen Ausnahmen, gab sie weiter an Nachbarn Bibliotheken Vereine. Eigentlich liebte ich nicht die Bücher, sondern die Literatur.

»Sagen Sie mal, irgendwo habe ich gesehen, dass Sie Bücher geschrieben haben«, fuhr er fort.

»Ja. Na ja, jetzt hab ich schon lang nichts mehr gemacht …«

Ich hatte das unbestimmte Gefühl, in flagranti ertappt worden zu sein. Einen kurzen Moment lang erhellte ein vages Lächeln sein Gesicht. Dies, stellte ich mir vor, war eine der wenigen Freuden, die der Job des Inspektors bereithielt. Immer mehr über einen zu wissen, als man glaubte. Immer ein Stück voraus zu sein.

»Deswegen also.«

»Deswegen was?«

»Deswegen arbeiten Sie zurzeit in der Fahrschule.«

»Ja. Ich bin knapp bei Kasse, da verdiene ich mir ein Zubrot.«

Mit einer Hand griff er nach einem Band auf dem obersten Brett und blätterte darin. Gedichte von Carver. Er las zwei oder drei. Sie schienen ihm nicht zu gefallen.

»Wissen Sie, dass ich Ihre Eltern gut gekannt habe?«

»Nein, das wusste ich nicht.«

»Doch, doch. Einer meiner Neffen hat sogar bei Ihrem Vater Fahren gelernt …«

Er stellte den Band zurück und ließ sich schwer in den Sessel fallen. Ich dachte, das Holz würde unter seinem Gewicht nachgeben. Ich setzte mich auch wieder, im Raum hörte man nichts außer seinem geräuschvollen Atem. Ab und zu fuhr ein Auto vorbei, aber das Motorgebrumm konnte ihn kaum übertönen.

»Sagen Sie, ich nehme an, Sie besitzen die Fahrlehrererlaubnis …«

»Natürlich«, erwiderte ich mit so neutraler Stimme wie möglich.

Mein Herz raste plötzlich, bei einem Lügendetektor hätte ich nicht die mindeste Chance gehabt. In solchen Situationen ließ ich mir normalerweise nichts anmerken, aber innerlich ging es drunter und drüber, mir war heiß, und ich kriegte keine Luft, mein Bauch krampfte sich zusammen, mein Blutdruck stieg blitzartig, und es flimmerte mir vor den Augen.

»Gut. Denken Sie nur dran, mir in den nächsten Tagen mal eine Fotokopie vorbeizubringen. Jedenfalls stelle ich mir vor, dass Ihr Bruder, der ja ein seriöser Bursche ist, nicht so dumm sein würde, sich auf so etwas einzulassen, der Laden würde unweigerlich dichtgemacht, das wissen Sie so gut wie ich ...«

Er stand auf und griff nach seinem Mantel, seine Bewegungen waren langsam und behäbig, plötzlich kam er mir doppelt so schwer vor, er ging schlurfend, ich hatte den Eindruck, dass er die Hälfte des Wohnzimmers füllte. Ich stand auf, um ihn hinauszubegleiten. Unter meinen Füßen neigte sich der Boden, ich fühlte jeden einzelnen Nerv, seinen Abnutzungsgrad und seine Lebenserwartung: Es war der Anfang vom Ende, oder es sah danach aus. Ich öffnete die Tür, draußen roch es nach Frühling, die Luft tat wahnsinnig gut, kalt, aber nicht eisig, frisch, aber nicht schneidend, es war, als tauchte man in ein zwanzig Grad warmes Meer ein, eine angenehme, willkommene Kühle. Wir blieben einen Augenblick auf dem Kies stehen und betrachteten den Mond und die Pflanzen in den Beeten. Das meiste war Zeug aus der Gegend, Schmetterlingssträucher Ginster Goldlack, ich hatte große Lust, ein oder zwei Fliederbüsche dazuzupflanzen. Ich zog zwei Zigarren aus der Tasche, wir schauten in den Himmel und rauchten schweigend. Der Nordwind legte sich, bis kaum mehr ein Luftzug zu spüren war, der aber genügte, um das Meeresrauschen bis zu uns zu tragen, der Geruch nach Algen und Austern mischte sich mit Lakritz und Tabak. Combe drückte seinen Stummel aus und gab mir seine dicke weiche Hand, seine Haut war zart und eiskalt.

»Na dann, gute Nacht …«

Er war im Begriff abzufahren, besann sich aber eines anderen, ich dachte schon, ich würde ihn nie mehr loswerden.

»Haben Sie Lust? Weihnachtsgala … Meine Tochter boxt zu Beginn …«

Er hatte eine große blaue Eintrittskarte aus der Tasche gezogen und reichte sie mir.

»Hm, ich weiß nicht. Vielleicht kennen Sie andere Leute, denen das Spaß machen würde. Ihre Kinder, Ihre Frau?«

Er schnalzte mit der Zunge und drückte mir die Karte in die rechte Hand, niemand um ihn herum interessierte sich für Boxen, und er hätte kein weiteres Kind und auch keine Frau, er hätte keine Lust, allein hinzugehen, wenn ich also an dem Abend nichts zu tun hätte, würde er mich gern mitnehmen.

»Es ist in zehn Tagen. Wenn wir uns inzwischen nicht sehen, hole ich Sie gegen 19 Uhr ab … Ach ja, fast hätte ich es vergessen. Gestern habe ich eins Ihrer Bücher gelesen. Schauen Sie nicht so erstaunt. Ehrlich, ich fand das nicht schlecht. Ein bisschen weinerlich, aber nicht schlecht.«

Darauf schlug er die Tür zu, und ich war wieder allein mit meiner Cohiba. Es war ruhig und sehr mild, der Satin der Nacht hüllte alles ein, ich ging ein paar Schritte in die Sackgasse, im ersten Stock des Hauses gegenüber las eine Frau und streichelte dabei ihre Katze, im Fenster des nächsten spiegelte sich ein riesiger Bildschirm, vor grünem Hintergrund rannten Typen im Trikot hinter einem Ball her, PSG war schon drei Tore im Rückstand, noch eins weiter wohnten alte Leute, die ab fünf Uhr nachmittags ihre Fensterläden schlossen, das letzte Haus schaute aufs Meer, und die Tamarisken waren vom Wind gebeugt, sie sahen aus, als wären sie mitten in der Bewegung erstarrt, die Zweige berührten fast den Boden. Ich setzte mich auf die Bank. Von hier aus gesehen, hätte das Meer genauso gut ein See sein können. Es plätscherte leise auf den festen, stellenweise spiegelglatten, dann wieder dunklen, seidigen Sand. Am Himmel blinkten die Sterne, ich holte mein Telefon hervor und tippte Tristans Nummer. Monsieur Poque lief durch den Schnee. Ich hörte ihm lange zu, er erzählte von verlassenen Tempeln, durch die der Wind pfiff, vom Armenfriedhof, auf dem sich tausend steinerne Buddhas drängten, vom See des Daikaku-ji und von den gebeugten Bauern in den Reisfeldern, von den Holzpavillons und dem Bambuswald von Sagano, von der Brücke zum Mond in Arashiyama und den Lichtern von Osaka. Von einem Fotografen, der nichts als unendlich weite Schneeflächen fotografierte, auf denen sich nur die schwarzen Linien einer Hecke, die Konturen einer Straße, das schwarze V der Raben abzeichneten. Von den Frauen, die sich auf der Suche nach Kiefernnadeln über das Moos beugten, von den jungen Männern, die mit ihren Rechen die Linienmuster der Steingärten zogen. Von seinem Nachbarn mit dem kahl geschorenen Schädel und der kleinen runden Brille, einem buddhistischen Priester, der die ganze Zeit lächelte und ihm literweise Sake zu trinken gab, von den Brachflächen und den Kanälen, den aufgegebenen Bahnstrecken, den Hügeln und den Patchinko-Spielern, den Froschspießen und den Torii-Gängen im Gebirge. Ich brauchte nur die Augen zu schließen und ging mit ihm durch den Schnee, hörte das Krächzen der Raben und die Litanei der Gebete, das kleine Schnalzen der Karpfen an der Wasseroberfläche.

»Und wie geht's dir, schaffst du es?«

Seine Frage brachte mich jäh wieder auf den Boden zurück, sie wirkte wie eine kalte Dusche. Ich belästigte Tristan nicht gern mit meinen Geschichten. Es gefiel mir, dass zwischen uns die Dinge leicht und sanft waren. Aber irgendetwas sagte mir, dass es an der Zeit war, mich zu wehren, ich hatte genug bezahlt, ich hatte es ganz allein durchgestanden, der Zeitpunkt war gekommen, um Gnade oder um Hilfe zu bitten. Also antwortete ich, nein. Nein, ich schaffte es nicht, ich hätte geglaubt, hier aufatmen zu können, etwas Ruhe zu finden, aber die Last sei zu schwer, jeder Tag bringe seinen Haufen Ärger, fiele mir in den Rücken, breche mir die Glieder. Mit den Kindern wüsste ich nicht mehr ein noch aus, sie nähmen sich zusammen, aber im Grund seien sie am Boden zerstört. Etwas in ihnen sei zerbrochen, nichts würde das je wieder heilmachen können. Man könnte nicht viel tun, der Handlungsspielraum würde von Tag zu Tag geringer, man könnte nur bei ihnen sein, sie so gut wie möglich begleiten, ihnen beibringen, wie man mit einem Loch im Herzen und Wind in der Brust funktionieren kann.

»Tristan, ich habe dich nie gefragt. Was denkst du eigentlich?«

»Worüber?«

»Über Sarah.«

Am anderen Ende der Leitung hörte ich ein großes Schweigen, nur das Knarren seiner Schritte und ab und zu die ungewohnte Musik einer fremden Sprache. Ich stellte mir vor, dass er in den Hügeln an Holzhäusern mit Papierwänden entlangging, einige Ahornbäume glühten noch rot, die meisten aber hatten ihre Blätter schon verloren, die wie Blutstropfen im Schnee lagen. Einmal glaubte ich einen Affen schreien zu hören, aber ich war mir nicht sicher.

»Ich denke nichts, Paul. Ich denke, was du denkst. Nur du kannst es wissen. Das habe ich immer gedacht. Von außen weiß man nichts von dem, was sich zwischen Menschen anbahnt, was sich bei einem Paar abspielt. Man stellt Vermutungen an, vertritt voreilige Ansichten, aber im Grunde weiß man nichts, es geht viel tiefer, ist viel komplexer.«

»Was willst du damit sagen?«

»Nichts. Bloß dass nur du wissen kannst, ob sie dich verlassen haben kann oder nicht. Euch verlassen haben kann. Wenn du glaubst, nein, das ist unmöglich, dann denke ich wie du.«

»Und wenn nicht?«

»Wenn nicht was?«

»Wenn es das nicht ist. Ich meine, wenn sie nicht abgehauen ist … Ich weiß, alle denken das, dass ich ihr auf den Wecker gegangen bin, dass ihr Job sie fertiggemacht hat, dass sie das Gefühl hatte, die Decke fällt ihr auf den Kopf, und dass sie Luft brauchte, sich selbst finden, für sich leben wollte und dieser ganze Quatsch. Ich weiß genau, dass alle das denken. Oder dass sie mit einem Typen durchgebrannt ist, der sie besser fickt als ich, und ich sag' dir, sogar das wäre mir recht. Aber das ist es nicht.«

»Was soll ich dir sagen? Wenn es das nicht ist, dann weißt du selbst …«

»Ja, ich weiß. Aber die Kinder. Es geht so nicht weiter. Ich weiß nicht mehr, was ich ihnen sagen soll.«

»Du musst es so machen wie bisher, Paul. Du musst ihnen die Dinge sagen, wie sie sind. Man weiß nicht, wo sie ist. Vielleicht kommt sie zurück, vielleicht nicht. Vielleicht ist sie tot. An diesem Punkt bist du. So steht es.«

Wir diskutierten noch eine Weile, ich musste einfach reden, Tristan ging an einer Bahntrasse entlang, die Züge rasten an den niedrigen Häusern vorbei, und bei jedem Bahnübergang hörte ich das Klingeln der zu- und aufgehenden Schranken. Als wir uns verabschiedeten, war er wieder im Zentrum, am Ufer des Kamo, die Sonne schien und hatte den Schnee dort geschmolzen. Kinder sprangen von Stein zu Stein, um den Fluss zu überqueren, manche der Steine hatten die Form von Schildkröten, und am anderen Ufer übte ein Mann Posaune. Von seinem Platz aus konnte Tristan den Lawson-Supermarkt sehen, die Typen an der Kasse waren als Elche verkleidet und die Mädchen als Weihnachtsfrau, auch dort rückten die Feiertage näher.

Ich stand von der Bank auf, nachdem ich einen letzten Blick aufs Meer geworfen hatte, das Wasser stieg, ohne Wellen zu bilden, umzingelte nach und nach die Felsen, stetig und still, unerbittlich. Bei Isabelle gingen in den Fenstern die Lichter an. Ich klopfte an ihre Tür. Sie hatte ein schönes, verbrauchtes Lächeln auf den Lippen und hielt einen Brief in der Hand. Von ihrem Sohn, er schrieb aus Kopenhagen.

»Kopenhagen ist nicht so weit«, sagte ich. »Beim letzten Mal war es Valparaiso, Kopenhagen ist ja gleich nebenan.«

Damit hatte ich den Nagel auf den Kopf getroffen, er würde zu Weihnachten kommen, zwei Jahre war er nicht mehr da gewesen, und zu Weihnachten würde er kommen und ein oder zwei Wochen bleiben, sie weinte, ich wischte ihr mit dem Daumen die Tränen ab. Ich küsste sie, und ihr Mund war warm wie ihre nasse Haut. An diesem Abend küssten wir uns nur, streichelten uns über Rücken und Schultern, wir hatten kein anderes Bedürfnis als uns zu umarmen und zu drücken. Durchs Fenster sah ich unser Haus, alles war dunkel. Die Kinder schliefen und die Stadt auch, in der Straße waren alle Lichter erloschen, und wir waren allein, wir wachten in dem kleinen weißen Haus, verloren in der Menge, versunken in der Masse, am äußersten Rand der Welt. Isabelle holte eine Flasche Wodka, und wir leerten sie zu den fließenden Klängen von Schubert-Quartetten, als die CD zu Ende war, wollte ich Klaviermusik auflegen, aber sie war dagegen, von Klavier hatte sie die Nase voll, von Klavier wollte sie nichts mehr hören, ihr Ex spielte Klavier, das war sogar sein Beruf, von einem Tag auf den anderen war er verschwunden, er hatte einen Flug auf eine Pazifikinsel gebucht, dort wollte er von nun an leben. Ihr konnte es im Grunde egal sein, sie hatte ihn nie besonders geliebt, er hatte sie geschwängert, und das Kind hatte sie sechs Jahre lang zusammengehalten, aber für den Kleinen war es übel gewesen, in den ersten Monaten schickte er ihm ab und zu einen Brief, aber das hielt nicht lange an, dieser Schuft hatte dort ein neues Leben angefangen und alles von hier vergessen, und jetzt war sein Sohn zwanzig und verbrachte seine Zeit auf See, wo er Gott weiß was suchte, manchmal war das Leben so vorhersehbar und erbarmungslos, folgte so vorgezeichneten Wegen, man könnte fast darüber lachen, wenn es nur nicht so schmerzlich wäre, wenn es nur nicht so verdammt weh täte. Ich legte noch ein Quartett auf, und wir wechselten das Thema, das Mädchen in der Klinik hatte seine Sprache wiedergefunden, aber es weigerte sich, seine Eltern zu sehen, sie kamen aus Nantes und warteten von morgens bis abends in der Eingangshalle, in der Hoffnung, dass sie ihre Meinung änderte, es waren offenbar sehr einfache und sehr liebe Menschen, sie waren seit sechs Tagen da und verfielen zusehends, sie verstanden nicht, was los war, wenn es so weiterging, würden sie sich in Nichts auflösen.

Die Beerdigung fand auf dem Friedhof nebenan statt, seine Ex wollte, dass der Junge ihn sehen konnte, so oft er mochte, aber was brachte das jetzt, wo er tot war? Das Wetter war scheußlich und geizte mit Licht, ich musste eine halbe Flasche Zubrowska leeren, um hingehen zu können, die andere Hälfte kam gleich danach dran. Es regnete während der ganzen Zeremonie. Schwere sandhaltige Tropfen platzten auf den Marmor, schlammiges Wasser lief über den Kies der abschüssigen Wege. Wir waren nur eine kleine Versammlung unter den Schirmen. Combe hatte sich in einen alten, abgetragenen Anzug geworfen, der Kragen scheuerte an seiner Haut, man spürte, dass er etwas beengt darin war. Seine Schuhe waren ihm unbequem, und als ich seinen Atem roch, dachte ich, dass wir gut zusammenpassten, er und ich. Drei junge Kerle in Uniform, linkisch und mit rotem Kopf, hielten sich abseits, sie kamen aus der Schule und fragen sich, was sie hier sollten, schauten ständig auf die Uhr. Der Kollege des Großen war auch da. Im schwarzen Anzug wirkte er noch gedrungener, bekümmert hatte er mir die Hand gedrückt, ohne ein Wort herauszubringen. Zwischen zwei oder drei Unbekannten, Freunden, nahm ich an, stand ein alter Mann, grau im Gesicht und einen Blumenstrauß in der Hand, groß und mager, ganz das Ebenbild seines Sohnes. Er stellte sich als der Vater vor und warf angstvolle Blicke auf Thomas. Der Junge klammerte sich an seine Mutter und tat, was er konnte. Er schaute um sich, als hoffte er auf Hilfe, Unterstützung, eine Lösung. Sein leicht geöffneter Mund suchte nach Luft. Aber da waren nur reihenweise graue Grabsteine und Kreuze, die hohen Mauern schienen uns für immer hierbehalten zu wollen. Alles spielte sich in vollkommenem Schweigen ab. Der Regen prasselte auf die wasserdichten Stoffe. Die

Schuhe knirschten auf dem Kies. Die Rosen wankten auf dem Sarg. Nur die Autos erinnerten daran, dass draußen das Leben weiterging. Niemand sagte etwas. Stumm sahen wir zu, wie der Sarg in die Grube gesenkt wurde, und versuchten, Haltung zu bewahren. Einigen gelang es weniger gut als anderen, der Junge und sein Großvater waren nur noch ein Häufchen Elend. Um sie herum herrschte Betretenheit, niemand konnte es wirklich fassen. Nach und nach verließen wir den Friedhof, vom Alkohol hatte ich etwas weiche Knie, ein wattiges Gefühl, die Geräusche drangen nur gedämpft zu mir, alles verschwamm im Regen. Der Augenblick hatte nicht mehr Beständigkeit als ein Nebelschweif. Am Ausgang traf ich mit dem Jungen zusammen. Er war blass, seine Augen flackerten. Er sei immer willkommen, wenn er am Boxsack trainieren oder mit Clément spielen wolle, meine Tür stehe immer offen. Das war alles, was ich herausbrachte, meine Zunge war belegt, das Mitleid schnürte mir die Kehle zu. Er nickte und bedankte sich mit zitternder Stimme. Außer Alain sei ich der einzige Mensch, der seinem Vater jemals geholfen hätte. Solche Worte aus dem Mund eines Kindes zu hören, das konnte einen wirklich umhauen. Ich nahm mich zusammen, um nicht in Tränen auszubrechen. Er reckte mir sein Kindergesicht entgegen, ich hätte ihn am liebsten in den Arm genommen und getröstet. Seine Mutter kam in Begleitung eines Mannes zu uns, er nahm mich beiseite und reichte mir seine Karte wie am Ende eines Arbeitstreffens. Wenn ich irgendetwas bräuchte, sollte ich nicht zögern. Ich warf einen Blick darauf und konnte mir das Lachen nicht verkneifen. Ein nervöses, unbezähmbares Kichern. Direkt unter dem Logo Honda lächelte Jean-Luc Grosboul mit gelverklebtem Haar. Ich entschuldigte mich und lief auf die Straße. Ich hörte gerade noch, wie er mich Trottel nannte. Auf der anderen Seite der Friedhofsmauer hatte man das Gefühl, aus einem fensterlosen verschlossenen Raum zu kommen. Plötzlich strömte wieder Luft in die Lungen, der Wind fuhr durch die Straßen, und der Regen durchnässte einen schneller, als man gehen konnte. Auch die Geräusche klangen jetzt wieder normal. Ich kehrte zum Auto und meiner Flasche zurück. Ich trank einen großen Schluck, die sirupartige Flüssigkeit breitete sich in mir aus, sickerte in meinen Bauch und meine Arme und bis in die Fingerspitzen, ich spürte, dass sie mir neuen Halt gab. Ich stieg wieder aus und ging schwankend bis zum wogenden Meer, der Regen war nur noch ein leichtes Nieseln und hüllte mich ein. Am Wasser blies es heftig, ich war betrunken und durchnässt, ich wollte mich vom Wind wiedererwecken lassen. Ich lief direkt auf die Landspitze zu, Brombeerranken kratzen mich an den Knöcheln, Dornen blieben an meinem Hemd hängen. Die Kapelle, umgeben von feuchtem Grün und ein paar mageren Heidekrautbüschen, überragte die grauen Fluten. Meine Schritte dröhnten in meinem Schädel, meine Füße sanken in die schwammige Erde der Pfade ein. Ich kaute Kräuter, knabberte an Zweigen, kostete von der Erde, lutschte an Steinen. Ich dachte an die Kinder, sie waren in der Schule und fehlten mir, wie Thomas stocherten sie im Dunkeln, und es wurde nie wirklich hell. In den letzten Tagen hatte ich gespürt, wie sie erstarrten, die Hoffnung auf einen Neuanfang war trügerisch gewesen, Clément zeigte stets dasselbe gleichgültige, unbeteiligte Gesicht und quittierte alles, was ich ihm vorschlug, Fußballspielen Drachensteigenlassen Aquarium Riesenschildkröte und weißer Hai, mit einem Achselzucken. Manon wiederum war nicht mehr aus meinem Bett zu bringen, sie weigerte sich, in ihrem Zimmer einzuschlafen, und wenn ich sie in ihr Bett tragen wollte, wachte sie schreiend auf. Ich beobachtete sie die ganze Nacht, sie weinte noch im Schlaf. Der Weg führte abwärts, über die Felsen gelangte man auf den Sand und zu den auf dem Trockenen liegenden Segelbooten. Ich wählte ein blauweißes. Meine Füße sanken in den Schlick ein, manchmal ging mir das Wasser bis zu den Waden. Ich zog mich aufs Deck hoch, die Kajüte war offen und winzig, ich holte meine Flasche aus der Manteltasche und leerte sie, auf der Bank ausgestreckt. Durch die schmalen Bullaugen sah ich die Sandwüste und die Hafeneinfahrt. Der Regen hatte aufgehört, das gelbe Licht schluckte den schwarzen Himmel über dem graugrünen Wasser. Ich schloss die Augen, ohne zu schlafen, und wartete. Dass die Flut mich mitnahm und davontrug. Ab und zu warf ich einen Blick hinaus und sah sie kommen. Bald spürte ich, wie das Boot angehoben wurde. Es schwamm, ohne sich fortzubewegen, von allen Seiten umzingelt, ein leichter Wind ließ die Stahlseile am Mast klingeln. Die Wellen, sanft wie Seide, schienen mich mitzunehmen. In vier oder fünf Stunden würden sie mich auf dem Sand absetzen, und ich würde mich fühlen wie nach einer Überfahrt.

Zwei Tage später nahm ich die Arbeit wieder auf. Nadine hing am Telefon, sie strahlte etwas geradezu Heiliges aus. Ihr Haar fiel offen herab, ihr Gesicht bestand nur aus Augen, sie mussten über Nacht größer geworden sein. Ich griff nach dem Tagesplan, Alex hatte mir einen neuen Schüler zugeteilt, er hatte ihm in ein paar Stunden das Gröbste beigebracht, und jetzt war ich dran, ein Achtzehnjähriger, der im selben Häuserblock wohnte wie Justine. Ich trank meinen Kaffee aus und ging, Nadine winkte mir zum Abschied, den Hörer zwischen Ohr und Schulter geklemmt, ihre Blässe schien geradezu unwirklich.

Bréhel wartete am Eingang des Campingplatzes auf mich, es war seine letzte Stunde, und er war angespannt, wir wollten ein paar Schritte gehen, bevor wir losfuhren. Im Osten der Halbinsel lag der Strand bloß, und ein Felsen war erreichbar. Wir kletterten hinauf, dreißig Meter über dem Wasser rauchten wir unsere Zigaretten, die Nase im Wind, mitten im Himmel. Er bot sich uns in unendlicher Vielfalt dar: violette Wolkenbänder, Lichtdusche und diagonaler, gelber Regenvorhang, nichts fehlte. Die Mischung aus kräftigem Blau und strahlendem Weiß in der Ferne würde nicht mehr lange halten, die Wolken jagten mit 80 km/h dahin, und auf dem Sand flohen breite Schattenstreifen auf die Landzungen zu, dann übergoss die Sonne wieder alles mit neuer Farbe, es war faszinierend, die Bewegung des Lichts zu beobachten, seinem irren Lauf zu folgen. Das Meer zu unseren Füßen wogte heftig, die Kormorane scherten sich nicht darum, wir sahen sie untertauchen und ein paar Sekunden später wieder auftauchen, sie reckten den Hals, aus dem winzige silberne Fische glitten. Die Zeit lief, wir mussten uns losreißen, das Auto erwartete uns im Schatten einer großen Kiefer, seine Vorderräder steckten im weichen Sand.

»Wir tun so, als wäre heute Prüfung«, kündigte ich an.

Sein Gesicht verzerrte sich, er knirschte mit den Zähnen, das schien ihm nicht zu gefallen, ein Schulkind, das von einem Überraschungstest kalt erwischt wird. Ich öffnete mein Fenster, der Seewind fuhr herein, das Meer schloss sich nach und nach um die Halbinsel, der Reif auf den Dünen schmolz. Seine Hände zitterten leicht, sein Nacken war steif, ich fragte mich, was los war. Bevor er startete, tastete er noch einmal nach jedem Pedal und jedem Schalter, man hätte meinen können, er entdeckte das alles zum ersten Mal.

»Wir fahren zuerst zum Dorf«, sagte ich. »Dann über die kleinen Sträßchen auf die Schnellstraße. Zum Schluss machen wir noch eine Runde durch die Altstadt. Einmal rückwärts einparken, zwei, drei Theoriefragen, und das war's dann. Okay?«

Ich improvisierte, ich hatte keine Ahnung, wie so etwas genau ablief, soviel ich wusste, lief es ähnlich wie eine normale Fahrstunde, es genügte, ein paar Anweisungen zu geben und zu schweigen, bis der Schüler einen Fehler machte. Er sah ganz verschreckt aus. Wir machten uns auf. Die löchrige Piste verlief quer über den Campingplatz, im Westen braute sich etwas zusammen, jeden Augenblick drohte ein Schauer niederzugehen, fliehen nützte nichts. Wir drangen trotzdem tiefer ins Land ein. Pferde ragten unbeweglich aus der Landschaft der Kohl- und Kartoffelfelder auf, kilometerweit sichtbar. Bréhel fuhr wie ein Anfänger, er gab zu viel Gas, schaltete ruckartig, reihte Fehler an Fehler, vor Stoppschildern machte er eine Vollbremsung, an unbeschilderten Kreuzungen bremste er dafür gar nicht. Es begann zu schütten. Ein prasselnder, vom Wind gepeitschter Regen überschwemmte die Windschutzscheibe.

»Und wie wär's mit dem Scheibenwischer?«, fragte ich.

Bréhel entschuldigte sich. Es war ihm gar nicht in den Sinn gekommen.

»Macht nichts«, sagte ich. »Das ist der Druck. Besser es passiert heute als morgen.«

Er nickte, aber das war nur Fassade, in drei Tagen hatte er einen Vorstellungstermin für einen Job bei einer Firma für Segelbekleidung, auf dem Logo rauchte ein Matrose mit Seemannsmütze seine Pfeife. Auf die Frage: Haben Sie einen Führerschein?, hatte er geantwortet: Ja, natürlich. Er sollte an der Küste entlangfahren und jeden Ort besuchen, dieser Job war seine letzte Chance, er konnte nicht einmal mehr den Wohnwagen bezahlen.

»Hat man wenigstens den Strom wieder angestellt?«

»Ja. Der Betreiber ist früher als geplant zurückgekommen. Er hat sich gelangweilt auf den Malediven. Immer schönes Wetter. Ein blödes Land, wo es nie regnet.«

Er fing an, das Lied von Brassens zu summen, das schien ihn zu entspannen. Ich dachte an meinen Vater, wie er samstags nach dem Steak-Frites-Ritual im bequemen Ledersessel mit geschlossenen Augen Brassens hörte, seine Lippen formten die Worte, wenn sein Mund nicht gerade lächelte. Manchmal wurde er lauter und sang unisono mit dem Meister, er hatte eine weiche, tiefe Stimme, ich hörte ihn gern singen. Ich legte am Wohnzimmertisch ein Puzzle oder machte meine Hausaufgaben, im Ofen bräunte ein Kuchen, den wir zum Spiel essen würden, die Wintersonne schien ins Zimmer, und Mama würde sich zu uns setzen, auf dem Bildschirm würde Jean-Pierre Rives bluten und dicke feuchte Erdklumpen würden aus dem Rasen auffliegen.

Wir kehrten quer durch die Felder in die Stadt zurück, die Sträßchen waren voller Löcher, ein richtiges Labyrinth, man hätte sich verirren können, manchmal endeten sie an einem Hof, und wir mussten umkehren, die Hunde liefen uns bellend hinterher. Soweit ich es beurteilen konnte, machte Bréhel seine Sache gar nicht schlecht. Wir hatten die Idee mit der Prüfung fallenlassen, und er war wieder gesprächig und grüblerisch wie gewohnt. Es ginge abwärts mit uns, mit dem ganzen Land, meinte er, und ich sah es nicht viel anders, etwas Verschimmeltes wäre in der Luft, ein ranziger Beigeschmack von Arbeit Familie Vaterland, verbunden mit einer obszönen Straffreiheit, man sortierte die Ausländer wie Vieh, ständig hieße es »wer will, der kann« und »man bekommt, was man verdient«, man führte den Armen vor, wie viel Geld man hatte, wollten sie mehr, brauchten sie ja nur mehr zu arbeiten, das sähe doch jeder, das wäre klar wie Kloßbrühe, die Zeitungen der ganzen Welt wären voll davon, aber es änderte nichts, das hypnotisierte Volk hätte sich einschläfern lassen, es wäre zu spät, mit einem Lächeln auf den Lippen würde es sich fressen lassen. Und Sie werden sehen, es reicht ihm immer noch nicht. Ich ließ ihn auf dem Platz aussteigen, er hatte Besorgungen zu machen und das Bedürfnis, zu Fuß zu gehen. Aus dem bleiernen Himmel goss es. Ohne Schirm oder Kapuze marschierte er durch den Regen, als wäre nichts.

An der Bushaltestelle wartete der Neue, in sein Palästinensertuch gehüllt und mit winzigen roten und weißen Pickeln übersät. Sein tiefschwarzes halblanges Haar klebte in nassen Strähnen am Kopf. Ich hupte, und er kam träge zum Auto geschlurft. Ringsum an Strommasten, Glastüren, Schaufenstern, Telefonzellen hing das schlecht gedruckte und stockfleckige Plakat von Justines Gesicht. Ich warf einen Blick auf meinen Zettel, er hieß Lukas, sein schmales, eckiges Gesicht ragte kaum aus seinem Tuch hervor. Seine Lippen murmelten einen unhörbaren Gruß. Ich beobachtete, wie er seinen Sitz und die Rückspiegel einstellte, Autofahren schien ihn nicht zu begeistern, und letztlich, glaube ich, wäre er lieber stehengeblieben und hätte dem Scheibenwischer zugeschaut. Er konnte sich offenbar nicht entschließen, aufs Gaspedal zu treten. Wir blieben eine Weile untätig sitzen, auf der anderen Seite der Windschutzscheibe versanken die Häuserblocks im Regen, dunkler und trister denn je. Johnny eilte mit einer Plastiktüte voll Lauch nach Hause. Er hatte O-Beine und einen Watschelgang, halb Cowboy, halb Seemann. Sein Blick fiel aufs Auto, und er winkte in unsere Richtung. Ich fragte mich, ob er mich oder den Jungen meinte.

»Kennst du ihn?«

»Ja, ein bisschen. Das ist ein Arschloch.«

»Sieht so aus. Justine hatte bei mir Fahrstunden. Hast du sie auch gekannt?«

»Sprechen Sie von ihr schon in der Vergangenheit?«

Er sagte das so schroff, so verächtlich, ich fand keine Antwort darauf. Es war unverzeihlich von mir. Auch ich ertrug es nicht, dass man von Sarah im Imperfekt sprach. Ich erklärte, die Stunde fange an, er blinkte und wir holperten los in Richtung Einkaufszentrum. Für einen, der schon die zehnte Stunde nahm, war das nicht toll: Er kam mit den Pedalen nicht zurecht und hatte Schwierigkeiten, die Spur zu halten. Wenn es nicht nur aus Zorn war. Ich wartete eine breitere gerade Straße ab, um die Unterhaltung fortzusetzen.

»Ist sie eine Freundin von dir?«

»Wer?«

»Justine.«

»Ja. Ich kenne sie seit der Vorschule.«

Ich sah ihn aus dem Augenwinkel an, er hatte etwas von einem ölverschmierten Vogel, und mit seinem ängstlichen Blick, seinem stummen Schmerz erinnerte er mich an jemanden, Caroline war schließlich abgedriftet, und ich hatte ihr nicht mehr helfen können, ich versuchte noch, sie festzuhalten, aber die Strömung war zu stark. Manchmal wurde sie wieder angetrieben, jedes Mal magerer und erschöpfter, knochiger und düsterer, mit leerem Blick. Ich hätte ihr gern Halt gegeben, aber es war zu spät, sie war schon zu weit weg, war nicht mehr oft daheim, ging nicht mehr in die Schule, nahm wahllos alles, schlief mit jedem, trank, was ihr unter die Finger kam. Vergeudete ihre Tage und Nächte mit älteren Männern, die ausgehungerte Hunde mit sich führten. Sie schlief in ihren Lastwagen, im Sommer drang sie in irgendeine Kapelle ein oder ließ sich im Morgengrauen in den Sand fallen. Manchmal, selten, nahm sie mich mit, und ich setzte mich in eine Ecke, große Feuer prasselten unter den Sternen, und Typen mit roten Haaren spuckten Flammen, bevor sie haufenweise bunte Pillen einwarfen. Ein- oder zweimal hatte ich Spritzen rumgehen sehen. Vor mir hatte sie sich nicht getraut, aber wenn man sah, wie ihre Augen leuchteten, war man schon bedient. Sie fickte in den Dünen, ich verbarg mich im Strandhafer, ich sah nichts, hörte alles, ich biss die Zähne zusammen und flennte. In der Klinik wirkte sie vollkommen verloren, ihre Eltern hatten sie schließlich hingebracht, nachdem sie sie im Bett ihrer kleinen Schwester halbtot in ihrer Kotze liegend gefunden hatten. Bevor ich sie besuchte, hatte ich eine vergoldete Brosche aus Mamas Schatulle genommen und in orangefarbenes Papier eingewickelt, sie betrachtete sie stundenlang, fasziniert vom Glitzern und Schimmern. Danach war es vorbei, ich habe sie nicht wiedergesehen. Am nächsten Tag war ihr Zimmer leer. Monate später begegnete ich ihr vor dem Bahnhof von Rennes, sie bettelte mehr oder weniger, zusammen mit drei Männern, sie hatte sich den Schädel rasiert, ihre Augen waren tot, ihre Haut fast durchsichtig. Am Revers ihrer Militärjacke trug sie Mamas Brosche. Zu der Zeit verließ ich kaum mehr mein Zimmer, die Briefe aus der Schule stapelten sich in meinen Schubladen, und meine Eltern taten so, als sähen sie nichts. Unsere kleine Familie lebte ihr Leben wie jeder, der auf seinem Päckchen von Ungesagtem sitzt. Mama schwieg, wenn sie Tütchen mit Shit unter meinem Bett fand, und sie schwieg auch, wenn ich meinen Teller nicht anrührte und das Klo nach Kotze stank. Sie begnügte sich damit, die Fenster zu öffnen und mich zurzeit ein bisschen blass zu finden. Ich kleidete mich nur schwarz, streifte nie meine unruhige Miene ab, gab mich nur zerbrechlich und kränklich und brachte meine Tage damit zu, durch den Schulpark zu geistern, *Requiem* und *Stabat Mater* im Walkman, ein Buch in der Hand und ein Heft in der Tasche, das ich mit fieberhaften Gedichten vollschrieb. Würde ich mir heute begegnen, hätte ich, glaube ich, Lust, mir eine zu scheuern.

»Und was denkst du?«, versuchte ich es.

»Was denke ich worüber?«

Er hatte wahrhaftig die blöde Manie, meine Fragen mit einer Gegenfrage zu beantworten. Ich hasste diese Art zu lavieren und um den heißen Brei herumzureden.

»Du weißt genau, wovon ich spreche«, erwiderte ich kurz angebunden.

»Was schert Sie das denn?«

»Es interessiert mich, das ist alles. Pass auf, er hat Vorfahrt.«

Der Kerl am Steuer des Kangoo hupte dreimal, und als

er auf unserer Höhe war, tippte er sich an die Stirn, und sein Mund sonderte einen Schwall von Beschimpfungen ab, wirklich ein vollkommener Trottel. Ich hätte gern etwas geantwortet, aber ich musste mit gutem Beispiel vorangehen, also entschuldigte ich mich mit einer machtlosen Grimasse. Er beschleunigte und fuhr mit lautem Motorgeheul knapp an uns vorbei.

»Ich meine, war sie jemand, der davonläuft, deiner Meinung nach?«

»Keine Ahnung. Lustig war's sicher nicht bei ihnen ...«

»Wegen Johnny, meinst du? Bieg links ab.«

Er gehorchte, und nach ein paar Metern befanden wir uns über der Rance, die Straße folgte den Hügeln bergauf und bergab, am Ufer erschienen die alten Mühlen und versteckten sich wieder, ich bat ihn, etwas weiter vorn anzuhalten. Ruhig und sanft lag die Mündung vor uns, links schrumpften die Dinge, bis sie verschwanden, rechts, jenseits des Staudamms, verlor sich der Solidor-Turm im Nebel. Stellenweise war der Sand schlammig und mit gelben Gräsern bedeckt, die grasbewachsenen Moorflächen erstreckten sich über mehrere hundert Meter, das Wasser legte sich darauf wie auf ein Federbett. Wir steckten unsere Zigaretten an und blieben gut zehn Minuten in diesen Anblick versunken, nur die Musik fehlte, es gab nie welche in diesen Autos, als Alex und ich jünger waren, mussten wir immer unseren Kassettenrecorder auf die Rückbank stellen.

»Ich glaube, Sie täuschen sich in Johnny und Justine. Er ist ein fieses Schwein, aber er würde es nie wagen, sie anzurühren. Das ist nicht das Problem.«

»Was denn dann?«

»Ihre Mutter. Justine hält es nicht mehr aus. Wie er sie behandelt, das muss man mal sehen.«

»Warum ist sie nicht zur Polizei gegangen?«

»Ihre Mutter will es nicht. Sie sagt immer, es war ein Unfall, es kommt nicht wieder vor, aber es ist jedes Mal dasselbe, es geht immer wieder von vorn los.«

Daraufhin schwieg er, er bedauerte, mir zu viel gesagt zu haben. Das verstand ich. Justine war nicht jemand, der viel von sich preisgab, dass man einfach so dem Nächstbesten etwas aus ihrem Leben erzählte, das hätte sie sicher schrecklich gefunden. Wir setzten die Stunde fort, ich führte ihn mitten hinein in den Verkehr. Es war nicht viel los, aber jedes Mal, wenn wir einem Auto begegneten, wich er aus, fürchtete, der Fahrer könnte aus seiner Spur ausscheren und mit uns zusammenstoßen. Wir fuhren an den Hafenbecken entlang in die Stadt zurück, auf den Kais rollten vor den Lagerhallen Gabelstapler hin und her, transportierten Paletten von einer Stelle zur andern. Weiter hinten luden Kräne Holz ab. Riesige Fichtenbretter warteten darauf, verschifft zu werden. Ich hatte nichts kommen sehen, den Blick auf das rotblaue Containerschiff geheftet, hatte ich nichts kommen sehen. Ich spürte nur den Aufprall. Der 307 war hinten ziemlich eingedellt. Unsere Motorhaube vorn auch. Diese Peugeots taugten nichts. Ich sah den Jungen an, er stammelte in einem fort: Ich hab doch gebremst, ich schwöre ich hab gebremst ich versteh es nicht.

»Nein, du hast eben nicht gebremst. Wenn du gebremst hättest, wär die Karre stehen geblieben und du wärst dem andern nicht hinten reingefahren.«

Ich löste meinen Gurt und stieg aus. Der Typ am Steuer wirkte nicht sehr umgänglich, ich aber auch nicht, das vergaß ich oft. Ich sah mich immer noch als schüchternen, schwächlichen jungen Mann, doch ob ich wollte oder nicht, ich musste einsehen, dass ich mehr von einem Bären hatte als von einer Balletttänzerin. Als der Typ mich sah, war er sofort besänftigt, klar, das verstehe er, fahren lernen sei nicht immer leicht, am Anfang könne es schon mal danebengehen. Wir füllten die Formulare aus und zogen ab, so wie es sich angehört hatte, schien es nichts Schlimmes zu sein, nur die Karosserie. Alex war nicht meiner Meinung.

»Und die doppelten Pedale sind wohl fürn Arsch. Verdammt, das darf doch nicht wahr sein, man kann sich nicht auf dich verlassen.«

Ich ließ ihn sich abreagieren, ich kannte ihn, er regte sich schnell auf, aber es dauerte nicht lang, dann regte er sich wieder ab, und alles war vergessen. Nadine, die Tasse an den Lippen, sah uns amüsiert an, sie suchte kurz in ihrem Schreibtisch und zog einen Schlüsselbund hervor.

»Du kannst ja den Clio nehmen, ich bring den anderen in die Werkstatt.«

Sie warf einen Blick auf die Wanduhr. Ich zuckte mit den Achseln. Ich war spät dran, aber das war nicht so schlimm, Élise wartete im Warmen in ihrem englischen Herrenhaus, sie trank wahrscheinlich Tee, während sie hinter den leicht geöffneten Vorhängen nach mir spähte.

Ich blieb noch ein paar Minuten am Steuer sitzen, das Haus stand hoch auf dem Felsen, ein Garten zog sich die Steilküste hinunter bis fünf oder sechs Meter über dem Sand. Der Eingang war hinten, ein Hof mit hellem Kies, wo Mimosen und eine Glyzinie blühen würden, unter der Pergola schlummerten ein paar Stühle. Der verformte Schatten eines Eisengitters lag darauf. Alles strahlte einen melancholischen, ältlichen Charme und erlesene Raffinesse aus, man glaubte sich in einen englischen Roman des 19. Jahrhunderts versetzt. Ich konnte noch so oft zur Tür blicken, Élise kam nicht. Sie würde schlechter Laune sein. Sie fluchte schon seit fünf Tagen, weil sie von Alex' Wagen auf meinen umsteigen musste.

»Wie soll ich denn das schaffen?«, schimpfte sie. »Ich habe das Gefühl, noch einmal bei null anfangen zu müssen.«

Ich wählte ihre Nummer, ich wartete eine Weile, sie nahm nicht ab, aber das bedeutete nichts. Ich hatte das schon mehrmals beobachtet, wenn ich zu ihr kam: Élise ließ ihr Telefon einfach läuten.

»Gehen Sie nicht dran?«, hatte ich sie gefragt.

»Sie sehen doch, dass ich beschäftigt bin. Wir trinken Kaffee zusammen. Ich kann nicht zwei Dinge auf einmal tun.«

Ich verbrachte gern Zeit bei ihr, sie ging von einem Zimmer ins andere, ihre rassigen Hände zogen mit ausholenden Gesten ihren Schal zurecht, strichen über das Holz der Möbel, glätteten das Fell einer Katze, griffen in die Zweige eines Olivenbaums. Sie kochte mir Tee, und wir unterhielten uns stundenlang. Stets zelebrierte sie diesen Ton, diese Eleganz, diese Höflichkeit und diese Manieren aus einer anderen Zeit. In ihrem großen baumumstandenen Haus voller Bilder, Teekannen, Bücher und Grünpflanzen fühlte ich mich wie ein Elefant im Porzellanladen. Mein Körper, meine Kleider, meine Sprache, alles kam mir grob vor, Martin Eden bei den Morses. Hin und wieder legte sie eine Schallplatte auf den alten Plattenteller, die Nadel kratzte ein wenig, sie mochte nur Schubert, und das passte zu ihr, diese Zurückhaltung, diese Würde, wenn ich Brahms oder Mahler erwähnte, zuckte sie mit den Schultern, sie sind mir zu überschwenglich, sagte sie und stellte die *Winterreise* lauter, an einem Nachmittag hörten wir den ganzen Zyklus, schweigend, Seite an Seite, den Blick auf die leuchtende Bucht gerichtet, am Ende des Gartens war der Sand rosa und die tiefe Ebbe der Tagundnachtgleiche legte ungeahnte Landschaften frei.

Das Tor war geschlossen, ich läutete vergeblich, die Vorhänge an den Fenstern bewegten sich nicht, zitterten kaum. Vor dem Nebenhaus schaute der Nachbar in seinen Briefkasten, er zerrte einen Wust von Werbeprospekten und Spielzeugkatalogen heraus, Weihnachten nahte, und ich würde mich darauf einstellen müssen, mit den Kindern hatte ich sie schon durchgeblättert, es war nicht viel dabei herausgekommen, kurz gesagt, sie wollten alles, Manon schrie bei jeder Seite oder bei fast jeder auf, sie glaubte nicht mehr an den Weihnachtsmann, aber dafür konnte sie sich nur schwer mit dem Gedanken abfinden, dass mein Bankkonto ihren Wünschen eine Grenze setzte.

»Ist Élise ausgegangen?«, fragte ich ihn.

Er wandte sich zu mir um und warf mir einen misstrauischen Blick zu, er gehörte offensichtlich zu der großen Gruppe von Leuten, die sich davor fürchten, dass man sie anspricht, und die bereit wären, jemanden mit Tränengas zu besprühen, nur weil er es wagt, sie nach dem Weg zu fragen.

»Woher soll ich das wissen?«, knurrte er, bevor er mir den Rücken zudrehte und die Gartentür hinter sich schloss.

Ich sah ihn die Außentreppe hinaufsteigen, Stufe um Stufe, bei jedem Schritt hielt er an, der Pullover schlotterte um ihn, und in seine braune Cordsamthose hätten sechs wie er hineingepasst. Wahrscheinlich war er so alt wie seine Nachbarin, sah aber mindestens zehn Jahre älter aus, etwas in seiner Haltung und die gebeugten Schultern zeugten von Vergänglichkeit und bevorstehendem Tod. Bevor er das Haus betrat, schaute er noch einmal auf die Straße und runzelte die Stirn, als er mich sah. Ich ging Richtung Meer. Strandsegler flitzten über den feuchten Sand, vollführten 360°-Drehungen, surrten aneinander vorbei, auf dem Deich lauerten alte Damen im Pelz auf den Zusammenstoß. Ihre närrischen Dackel schnüffelten am Boden und hoben an jeder Laterne das Bein. Ich machte einen großen Bogen um sie. Zu meiner Rechten hob ein Typ vom Boden ab, an einem roten Segel hängend, sprang er zehn Meter weit und schrie vor Freude. Die Treppe kletterte in die von Seepocken weißen Felsen, in den Mulden hatte das Meer Pfützen hinterlassen, in denen winzige Krabben zappelten, sobald ich näher kam, versteckten sie sich unter den Braunalgen. Die Napfschnecken saßen sogar auf den Stufen, die glatt und geädert waren wie die Haut eines Nilpferds. Das Gartentor hing schief in den Angeln, ich stieß es auf und bahnte mir einen Weg durch die Steine, der Weg war unter Gras und Unkraut verschwunden, oben lagen die Stühle kreuz und quer auf dem Boden, umgeblasen vom Wind. Auf dem Wohnzimmertisch warteten zwei Tassen und eine silberne Teekanne auf Élise und mich, ich klopfte ans Fenster, drei Katzen rieben sich an der Scheibe und machten mir schöne Augen, aber das war alles. Ich ging ums Haus herum, zog mich am Küchenfenster hoch, und da lag sie auf dem Boden. Die Kletterrosen zerkratzen mir die Arme, ich verstauchte mir den Knöchel, Blut lief über meine rechte Wange. Ich hob einen dicken Stein auf, die Scheibe zerbrach mit einem kristallenen Klirren, Splitter übersäten das Fensterbrett, ich hatte die Handflächen voll davon. Élise deutete ein Lächeln an, sie konnte sich nicht bewegen und war sichtlich am Ende ihrer Kraft.

»Ach, da sind Sie ja endlich …«, murmelte sie, bevor sie die Augen schloss.

Sie nahm meine Hand und schlief sofort ein, das Reden hatte sie vollends erschöpft. Ich rief den Rettungsdienst an, sie kamen mit lautem Sirenengeheul, vier große Kerle in Uniform, ich konnte den Wagen auf dem Strand stehen sehen, in weniger als einer Stunde würden die ersten Wellen an seinen Rädern lecken. Beladen mit medizinischem Gerät eilten sie die Treppen hinauf. Ich ließ sie zum Wintergarten herein, sie bestürmten mich mit Fragen, ich hatte keine befriedigende Antwort zu bieten, man trat auf Glasscherben, vor dem Büfett lag der Stein: Warum ich mich in diesem Haus befand und wie ich hereingekommen war, das interessierte sie sichtlich mehr als Élises Gesundheitszustand.

»Wie lang liegt sie schon auf dem Boden?«

»Keine Ahnung«, sagte ich. »Ich fand sie so vor, als ich kam. Wir waren für die Stunde verabredet, und da sie nicht reagierte …«

»Was für eine Stunde?«

»Ich bin Fahrlehrer.«

»Gut, wir nehmen sie mit.«

»Soll ich Ihnen folgen?«

»Wie Sie wollen. Wenn Sie eine Möglichkeit haben, ihren Mann, ihre Familie zu benachrichtigen.«

»Ihr Mann ist tot.«

»Dann ihre Kinder.«

»Sie wohnen nicht hier, aber ich will mal sehen.«

Sie legten Élise auf eine Trage, sie gingen mit ihr um wie mit einer Puppe. Eine Sauerstoffmaske bedeckte ihr Gesicht. Ich durchsuchte den Mahagonisekretär, das Adressbuch verbarg sich zwischen einem Bündel vergilbter Briefumschläge und einem Stapel Postkarten. Ich schlug es auf, die meisten Namen waren durchgestrichen.

»Folgen Sie uns?«

Ich steckte das Adressbuch in meine Tasche, und wir gingen. Das Haus offen und in diesem Zustand ungewohnter Unordnung zu lassen, das behagte mir nicht besonders, aber es war keine Zeit, darüber nachzudenken. Ich hätte gern die Spuren beseitigt, den Film zurückgespult und mit Élise am Wohnzimmertisch russischen Tee getrunken, während sie von Aragon erzählte, ihr Mann hatte ihn verehrt, er kannte Hunderte seiner Gedichte, deklamierte sie jederzeit und überall in voller Lautstärke. Er sagte immer, sie sei »seine Elsa«, und sie musste lächeln, ihre Augen leuchteten immer noch bei dieser Erinnerung.

Von der anderen Seite der Hecke aus beobachtete uns der Nachbar. Ich forderte ihn mit einer Handbewegung auf, sich zu verziehen, es kotzte mich an, dass er Élise in diesem Zustand sehen konnte, mit schlaffen Gliedern auf der Trage liegend, an einer Flasche hängend, mit aufgelöstem Haar und hochgerutschtem Kleid. Ich folgte dem davonrasenden Krankenwagen mit dem Telefon am Ohr, am anderen Ende der Leitung meldete sich keines der Kinder, ich hinterließ meinen Namen und meine Nummer, ich sagte, es ginge um ihre Mutter, man hätte sie wegen eines Unwohlseins ins Krankenhaus gebracht, und ich legte auf. In der Notaufnahme ging alles sehr schnell, eine Menge Leute kümmerten sich um Élise, das wäre ihr unangenehm gewesen, dachte ich, sie war so sehr darauf bedacht, niemandem zur Last zu fallen, niemandem Sorgen zu machen, sie war leicht wie eine Feder, nur präsent, wenn man sie darum bat, und sobald man sie nicht mehr brauchte, zog sie sich zurück. So zumindest hatte ich sie erlebt. Ich wartete gut zwei Stunden in einem Flur, Männer in weißen Kitteln gingen hin und her, ohne mich zur Kenntnis zu nehmen. Um mich herum warteten noch etwa zehn Personen, ein Baby schrie in den Armen seiner Mutter und ein Junge hielt sich weinend den Arm. Ich holte mein Telefon und Élises schwarzes Adressbuch hervor. Ich wählte jede Nummer sicher ein Dutzend Mal, die Nase ans Fenster gedrückt, von dem aus nichts zu sehen war außer einer unkrautbewachsenen Fläche und ein paar parkenden Autos. Ab und zu erschien ein Krankenwagen und spuckte eine Trage aus. Möwen kreisten am Himmel wie Geier. Während ich das Telefon ans Ohr presste, blickte ich auf welke, zu blasse Haut, auf verstörte Gesichter mit geöffneten Mündern. Niemand meldete sich, die Ansagen waren unpersönlich, professionell und kalt. Ich hinterließ immer dringlichere, immer unfreundlichere Nachrichten, ich hatte die Schnauze voll. Schließlich erreichte ich eine ihrer Töchter, sie habe meine Anrufe erhalten, aber sie sei bei der Arbeit, sie könne im Moment nicht mit mir sprechen, sie war vollkommen in Panik, man hätte meinen können, sie riefe mich heimlich an.

»Ist es schlimm?«

»Na ja, sagen wir, es wäre vielleicht nicht schlecht, wenn Sie so schnell wie möglich kämen. Es scheint ihr nicht gutzugehen.«

Ich hörte sie tief Luft holen, ich war darauf gefasst, dass sie jeden Augenblick in Tränen ausbrach.

»Mein Gott ... mein Gott ... Hören Sie, ich rufe Sie heute Abend noch einmal an, ich werde sehen, was ich tun kann, wie ich es organisieren kann, es ist dermaßen kompliziert zurzeit, wir sind voll im Endspurt, und alle rechnen mit mir, ich kann nicht irgendwann einfach verschwinden ...«

Offenbar war sie wirklich mit den Nerven am Ende. Ich fragte sie, ob sie nicht ihren Bruder und ihre Schwester fragen könnte, aber das ging wohl auch nicht problemlos: Pierrick lebte im Ausland, und Hélène verbrachte ihren Urlaub in Asien. Sie legte in dem Moment auf, als der Arzt sich vor mir aufbaute. Er war ungefähr in meinem Alter, aber viel besser erhalten, seine Schläfen waren noch kaum ergraut, und ansonsten strahlte er Gesundheit und Selbstvertrauen aus. Die Mädchen mussten ihm zu Füßen liegen. Ich weiß nicht, warum, aber ich konnte nicht umhin, ihn mir auf Skiern vorzustellen, perfekt gebräunt, lächelnd, im blendenden Weiß der schwarzen Pisten.

»Guten Tag«, sprach er mich an, «sind Sie der Sohn von Madame Élise Grindel?«

»Nein, aber ich habe sie gefunden.«

»Würden Sie mir bitte folgen?«

Ich irrte mit ihm durch ein Labyrinth von graublau gestrichenen Fluren. An den Decken knisterten kalte Neonröhren. Durch halboffene Türen sah man Menschen im Schlafanzug in Betten liegen, manchmal döste ein Angehöriger auf einem Stuhl, und überall liefen Nachmittagsserien in den Fernsehern. Ich betrat ein spärlich eingerichtetes Büro, ein Typ mit Brille kratzte sich den gepflegten Bart, er schilderte mir kurz die Lage, eigentlich hätte er keine Ahnung, um was es sich handelte, Élise habe das Bewusstsein wiedererlangt, aber sie sei sehr schwach und scheine unter Gedächtnisstörungen zu leiden, ihre Wahrnehmung sei ernsthaft beeinträchtigt, man würde sie zur Beobachtung dabehalten und eine ganze Reihe von Untersuchungen durchführen, aber ich solle mir keine Sorgen machen. Er drückte mir die Hand, und ich war allein in dem nach Putzmittel stinkenden Flur. Über eine Viertelstunde brauchte ich, um den Ausgang zu finden, draußen regnete es, die Tropfen schmeckten salzig, als wäre das vom Himmel fallende Wasser aus dem Meer geschöpft worden.

Auf dem Dach der Schule schrien zwei Ringelgänse. Was sie da suchten, war mir ein Rätsel. Im Hintergrund erholte sich der Himmel, über eine Stunde lang hatte er gewütet, die ganze Stadt hatte sich unter dem Hagel geduckt. Vor dem Tor warteten schon einige Eltern, sie schienen sich alle gut zu kennen und abgesprochen zu haben. Niemand geruhte, mir guten Tag zu sagen oder mich mehr als nur flüchtig anzusehen. Aber ich war aus dem Alter heraus, wo mich so etwas aufregte. Ich hielt mich abseits und spitzte die Ohren. Im wesentlichen ging es um den kleinen Thomas Lacroix, der Tod des Großen schien niemanden besonders zu erschüttern. Mir wurde kotzübel. Ich entfernte mich ein paar Meter. Die Ringelgänse waren vom Dach verschwunden, sie mussten sich zu ihren Kollegen auf dem steinigen Strand von Minihic gesellt haben, am Tag zuvor hatten sie sich dort zu Dutzenden niedergelassen, in zwei Wochen würden sie weiterziehen. Ein Sonnenstrahl brach durch die Wolken und spiegelte sich einen Moment lang in den Fensterscheiben. Ein schwarzer Schatten durchquerte den Hof, die Direktorin kam selbst, um uns hereinzulassen, das passierte nicht so oft, ich witterte sofort Ungemach. Sie lächelte huldvoll, und, das musste man gesehen haben, alle, die sie da waren, entboten ihr einen honigsüßen Gruß, man hätte meinen können, er gelte dem Papst persönlich. Als sie auf mich zukam und mich um eine kurze Unterredung bat, war ich nicht einmal überrascht, weder zuckte ich mit der Wimper noch hob ich die Augen zum Himmel, um ihn zu verfluchen, ich begnügte mich damit, ihr über den Hof zu folgen wie ein Kind, das bestraft wird. Durchs Fenster entdeckte ich Manon zwischen den anderen Kindern. Sie sah mich auch, und auf ihrem Gesicht erschien ein breites Lächeln. Es ging mir durch und durch. Es war, als hätte ich sie drei

Tage nicht gesehen, ich spürte körperlich, wie sie mir fehlte, es fühlte sich an wie ein großes Loch in der Magengrube. Ich hatte wirklich überhaupt keine Lust, mit der Direktorin zu reden, wenn ich auf mich gehört hätte, dann hätte ich sie einfach stehen lassen und wäre zu meiner Tochter gegangen, hätte sie auf den Arm genommen und herumgewirbelt, um endlich wieder ihr Lachen zu hören.

»Haben Sie ein wenig Zeit für mich, Monsieur Anderen?«

»Eigentlich hab ich es eilig.«

»Es dauert nicht lange. Folgen Sie mir in mein Büro?«

Unter den Blicken der anderen Eltern ging ich hinter ihr her, einen Augenblick fühlte ich mich um fünfundzwanzig Jahre zurückversetzt, zum Direktor gerufen wegen des Englischlehrers, er roch nach Urin und lebte mit fünfzig Jahren immer noch bei seiner Mutter, wir wurden nicht müde, ihn zur Weißglut zu bringen. Ich hatte mir eine kleine Nummer ausgedacht, ich wartete, bis er sich umdrehte, um etwas an die Tafel zu schreiben, dann kletterte ich aus dem Fenster, kehrte ins Schulgebäude zurück und klopfte an die Tür. Er unterbrach sich und sah fassungslos zu, wie ich mich neben Caroline setzte. Ich entschuldigte mich für mein Zuspätkommen, und er fuhr grübelnd mit dem Unterricht fort: Er hätte geschworen, mich vom Anfang der Stunde an da hinten sitzen gesehen zu haben. An manchen Tagen wiederholte ich das Spiel mehrmals, und so seltsam es scheinen mag, jedes Mal wenn ich wieder auftauchte, zerfurchte der Zweifel sein Gesicht. Danach verließ die Hälfte der Schüler den Raum, die anderen fingen an zu pokern, und er redete bis zum Ende der Stunde ins Leere.

In dem mit Metallschränken möblierten Büro roch es nach aufgewärmtem Kaffee und Kuchen aus dem Supermarkt, in der Pause tat sie sich bestimmt nach Herzenslust daran gütlich. Auf dem Resopaltisch stapelten sich Papiere, und von einem Fotowürfel lächelten Kinder, sicherlich ihre. Sie hatte das Fenster im Rücken. So was würde ich ja nie begreifen. Schließlich ging es auf einen Rasen mit einer mächtigen Kastanie hinaus. Im Frühjahr sollten dort Picknicks stattfinden, hatte Manon mir mit leuchtenden Augen erzählt und auf einen Baum gezeigt, dessen Zweige bis auf den Boden hingen, bald würde er so viele Blätter tragen, dass die Kinder ihn als Laube benutzen und unter dem grünen Dach tausend unwichtige Geheimnisse austauschen könnten. Sie schien unschlüssig, sie wusste offenbar nicht so recht, wie sie anfangen sollte. Dabei war die Sache gar nicht besonders kompliziert: Auf Grund meiner Auseinandersetzung mit Madame Désiles, die selbstverständlich ihr uneingeschränktes Vertrauen genösse, sehe sie sich nicht mehr in der Lage, Manon weiter hierzubehalten, ich müsse mich also nach einer anderen Schule umsehen. Bis zu den Weihnachtsferien dürfe sie bleiben, aber nicht länger. Sie hatte mit zitternder Stimme begonnen, fast so, als hätte sie Angst, ich könnte ausrasten, aber das hielt nicht lange an, das armselige Vergnügen, über jemand anderen zu bestimmen, Autorität auszuüben, gab ihrem Ton und ihrem Auftreten wieder Sicherheit, in weniger als einer Minute hatte sie zu ihrer kurz angebundenen, hinterhältigen Art zurückgefunden. Ich erhob mich wortlos. Auf einem Teewagen stand zwischen zwei Stapeln Plastikbechern und einem Päckchen Zucker eine Kaffeekanne. Ich nahm sie und leerte den Inhalt auf den Schreibtisch. Die Papiere färbten sich braun. Sie reagierte nicht. Ich sagte auf Wiedersehen und ging ganz ruhig hinaus. Zwei Frauen, die an der Tür gelauscht hatten, schauten betreten, und an den Blicken, die mir einige Eltern zuwarfen, konnte ich sehen, dass die Neuigkeiten hier schnell zirkulierten, zur Abwechslung war ich der Paria vom Dienst, das erinnerte mich an so manches, die Schule, den Job, na ja, mein ganzes Leben. Ich war es gewohnt, ich hielt mich nicht länger auf, die Kinder warteten auf mich, und ich hatte ihnen Jahrmarkt versprochen. Ich holte Manon ab, sie saß brav auf ihrer kleinen Bank zwischen ihren Kameradinnen, sie hielt ihre Nachbarin an der Hand, immer noch dieselbe kleine Blonde mit dem pfiffigen Lächeln, sie unterhielten sich über ich weiß nicht was und schienen sich gut zu verstehen, es zerriss mir das Herz, das zu sehen. Mit Hannah war es schon schmerzlich genug gewesen. Manon redete dauernd von ihr und wir hatten ihr haufenweise Briefe geschrieben, auf den ersten hatte sie geantwortet, aber auf den zweiten nicht mehr, und Manon fragte mich jeden Tag, wenn sie heimkam, ob Post für sie da sei. Ihr trauriger Blick, wenn ich verneinte, verriet das Ausmaß ihrer Enttäuschung. Als sie mich sah, ließ sie die Hand ihrer Freundin los und strahlte. Bevor sie zu mir kam, verabschiedete sie sich noch mit Küsschen von der Désiles, wie es auch alle anderen machten, sie war nicht nachtragend, dachte ich und wunderte mich wieder einmal über die Fähigkeit der Kinder zu vergessen, auch demjenigen noch eine Chance zu geben, der sie nicht verdiente.

Clément wartete am Tor auf uns, er las im Stehen, ganz vertieft. Ich musste mehrmals seinen Namen sagen, bevor er in die Wirklichkeit zurückkehrte, seine Kameraden gingen grußlos und ohne einen Blick an ihm vorbei, er war jetzt seit drei Wochen in der Schule, aber noch immer isoliert, manchmal wagte ich mich abends auf dieses Terrain, aber ohne Ergebnis. Nein, er habe noch keine Freunde gefunden. Nein, niemand redete mit ihm, aber das sei nicht schlimm, er habe keine Lust, mit ihnen zu reden, sie seien zu kindisch. All das verhieß nichts Gutes. Wenn die Jungens zu doof sind, schau doch mal bei den Mädchen, riet ich ihm, aber er war zu schüchtern, er traute sich nicht, sie anzusprechen oder sich zu ihnen an den Tisch zu setzen. Wir waren uns so ähnlich, er und ich, es war beinahe beunruhigend, ich wusste nur zu gut, wohin das führen konnte. Nur Sarah hatte mich vor dem Versinken gerettet. Mit ihrer kühlen Hand hatte sie mich hochgezogen. In ihrem Kielwasser war ich zur Welt gekommen. Diesmal endgültig. Das sagte ich mir jedenfalls.

Es roch nach verbranntem Fett, nach Crêpes und Zuckerwatte. Alles war voller Menschen, man fragte sich, wo sie herkamen, an manchen Tagen war die Stadt wie ausgestorben, man begegnete stundenlang niemandem. Aus Lautsprechern dröhnten die grotesken Stimmen der Jahrmarktschreier. Regelmäßig übertönte hysterisches Geschrei die Musik, man hob den Kopf, und Gondeln rasten durch die Luft, drehten sich mit beängstigender Geschwindigkeit um sich selbst. Die Gesichter darin schwankten zwischen Lachen und Entsetzen. Die Kinder waren begeistert, Manon hielt meine Hand, und Clément hatte die seine in Isabelles geschoben, wir hatten sie in einem Café getroffen, da saß sie neben einem großen Kamin, in dem ein verlöschendes Feuer flackerte, und las ihre Zeitung, an der Theke hingen Schaukeln von der Decke, die als Stühle dienten, und in den Regalen saßen Hunderte Puppen. In den letzten Tagen lebte sie nur noch in Wartehaltung, Gaël hier und Gaël da, sie redete ständig von ihrem Sohn. Ihre Augen loderten, wenn man sie küsste, hatte man das Gefühl, in die Glut zu blasen, und die Müdigkeit war verflogen. Nach einem Kakao waren wir in die Jahrmarktsattraktionen eingetaucht: Luftgewehrschießen Autoskooter Geisterbahnen Karussells, es fehlte an nichts. Manon träumte von den Plüschtieren, die sich hinter den Scheiben stapelten. Ich warf eine Münze ein. Der Greifer war zu weich, um den Kopf des Shrek zu fassen. Die Kleine fing an zu schluchzen. Ich konnte nicht viel ausrichten, aber ich wollte sie nicht enttäuschen. Sechs Euro gingen drauf, bis das grüne Ungeheuer endlich hängen blieb, Manon ließ es den ganzen Abend nicht mehr los. Clément hatte ein kleines Radio gewonnen, indem er mit Hilfe von sandgefüllten Lederbällen Konservendosen abknallte. Danach bildeten wir ein Team, er und ich mit geschultertem Gewehr, die Ballons platzten einer nach dem andern, Manon schaute uns fasziniert zu, lila Zuckerfäden um den Mund. Wir sahen ganz schön bescheuert aus mit unserem riesigen Shrek. Der Tag neigte sich, die Hafenbecken färbten sich rot, die Trawler vor den Lagerhallen lagen im Schatten, und die Kräne verwandelten sich in seltsame Vögel. Die Karussells funkelten in ihrem Strass- und Sternenschmuck. In ihren Häuschen rauchten Typen mit lückenhaftem Gebiss, während sie tonnenweise Tickets ausgaben, ich stellte mich an, Cléments Wahl war auf ein raffiniertes Fahrgeschäft gefallen, man setzte sich in eine blinkende weiße Maschine, schnallte sich an, und das Ding setzte sich in Bewegung, zuerst drehte es sich einfach sehr schnell, und wir wurden etwas kleinlaut, aber das war noch gar nichts. Dann verkündete eine Stimme, es ginge nun richtig los, und bevor wir noch zittern konnten, waren wir schon kopfüber in einen Sog geraten, der mich an meine Todesträume erinnerte, ich fuhr oft aus dem Schlaf hoch mit dem Gefühl, man hätte mich ausgesaugt, ich hätte mich durch einen gewaltigen Atemzug aus mir selbst herausgezogen. Leichenblass und mit verdrehtem Magen kamen wir wieder auf den Boden, der noch minutenlang schwankte. Clément wollte, dass ich seine Waffel probierte, ich hätte mich fast übergeben. Für solche Dummheiten war ich zu alt. Ich verzichtete aufs Autoskooter-Fahren und begnügte mich damit, zu bezahlen und mit Manon zuzuschauen. Isabelle und Clément nahmen jeder ein Auto, aus den Lautsprechern kam Schlagermusik, die gerade Mode war, das meiste hatte ich noch nie gehört, was kein Verlust war, Sarah machte sich immer darüber lustig, dass ich mich nicht an feindliche Klangumfelder anpassen konnte: Du möchtest ja wohl nicht, dass sie von morgens bis abends Leonard

Cohen auflegen, scherzte sie zwischen den Supermarktregalen oder im Café, wo wir auf Plastikstühlen geduldig ausharrten, während die Kinder sich endlos auf Holzpferden drehten.

Der Typ an der Kasse gab mir auf den Zwanziger, den ich ihm hingestreckt hatte, fünf Euro zurück. Ich wartete brav auf mein Wechselgeld.

»Nein, Sie haben mir nur zehn gegeben.«

Er sagte das so schmierig und höhnisch, dass man nur schweigen oder zuschlagen konnte. In einem anderen Augenblick meines Lebens hätte ich mich bestimmt für die zweite Lösung entschieden, und irgendwie glaube ich, angesichts der Umstände hätte es mir gutgetan, seine Nase unter meiner Faust zu spüren. Aber ich ließ es bleiben. Ich sammelte meine Tickets ein, während er an seiner billigen Zigarre zog. In seinem Mund glänzten falsche Silberzähne. Die zehn Euro konnten mir gestohlen bleiben, ich hatte so schon genug Ärger. Ich gab Clément die Tickets, und sie kurvten los, keine Minute später begann das Gemetzel, sie fuhren auf alles drauf, was sich bewegte, der Kleine wirkte am Steuer seines Rennwagens recht grimmig. Wir beobachteten sie eine Weile, dann gingen wir weiter zum Riesenrad, Manon schaute sehnsüchtig hinauf und überlegte, ob es hoch genug wäre, um das Meer sehen zu können.

»Das überprüfen wir, bevor es ganz dunkel wird«, sagte ich, und wir setzten uns einander gegenüber in die Gondel.

Ich zündete mir eine Zigarette an, und es ging los, wir erhoben uns ganz langsam über die anderen Karussells, unter uns schimmerten die Lichter, und die Töne mischten sich zu einem Geräuschbrei. Wir fuhren drei Runden am Stück, Manon wurde nicht müde, sich hinauf- und wieder hinuntertragen zu lassen, bei jeder Fahrt zog etwas Neues ihren Blick an. Ein blau-roten Trawler, auf den Kais ausgelegte Fischernetze, das glänzende Deck einer Segeljacht, ein Kriegsschiff mit seinen Offizieren in tadellosen Uniformen, die Festungsmauern und die Lichter der Burg, das auflaufende Meer, das über die Deiche und die Steilküste hinweg Sand in die Straßen und Gärten spülte. Alles schien sie zu faszinieren, zu erfüllen. Wellen des Wohlbehagens liefen durch meinen Bauch und über meinen Rücken. Ich winkte sie zu mir her, sie stand von ihrer Bank auf und setzte sich neben mich. Es wurde dunkel, und wir fuhren noch einmal drei Runden.

»Du hast schon eine Freundin in der Schule, scheint mir.«

»Ja. Sie heißt Maylis, und wir spielen immer zusammen. Sie hat gesagt, dass sie mich bald zu sich nach Hause einlädt.«

Ich nickte und nahm sie auf den Schoß, ihre Haare streichelten mir das Gesicht, ich küsste sie in den Nacken und flüsterte ihr mit meiner zärtlichsten Stimme ins Ohr.

»Weißt du, nach den Ferien kommst du in eine andere Schule.«

»Schon wieder?«

»Ja, schon wieder. Aber eine Schule, die noch besser ist. Mit einer Menge Spielgeräte im Hof, ganz neuen Spielsachen im Klassenzimmer und vor allem mit einer sehr netten Lehrerin, die nie schreit.«

»Und Maylis?«

»Was ist mit Maylis?«

»Kommt sie auch in die neue Schule?«

»Nein. Ich glaube nicht. Sie bleibt in der alten, aber wir können sie auch einladen, du kannst ihr dein Zimmer und deine Spielsachen zeigen, und dann back ich euch einen Kuchen.«

Sie schwieg eine Zeitlang, sie schien zu überlegen. Zum sechsten Mal wurde das Rad langsamer, und aus dem Lautsprecher kündigte eine Frauenstimme eine neue Fahrt an. Plötzlich blieb alles stehen, aber Manon rührte sich nicht, gedankenverloren runzelte sie die Stirn und starrte ins Leere.

»Gehen wir, mein Hase?«

Sie stand auf und folgte mir wie eine Schlafwandlerin. Wir fanden die anderen, die sich gerade in eine riesige grellbunte Gondel setzten, sie würde bald senkrecht aufsteigen, mehr als dreißig Meter hoch, und dann plötzlich ins Leere fallen. Das war die Attraktion, die am meisten Schreie auslöste, mir wurde schon beim Hinschauen schlecht.

»Wollen sie mich nicht mehr?«

Ich zuckte zusammen. Manon reckte mir ihr kleines besorgtes Gesicht entgegen, vor diesem Kind konnte man nichts verbergen, sie war immer ein Stück voraus, und selbst wenn sie abwesend zu sein schien, bekamen ihre Ohren und ihre Augen alles mit.

»Wovon redest du, mein Engel?«

»Muss ich in eine andere Schule, weil sie mich nicht mehr wollen?«

»Aber nein, mein Schatz. Das hat nichts mit dir zu tun. Es ist meine Schuld. Ich habe mich mit deiner Lehrerin gestritten, weil ich nicht mag, wie sie mit den Kindern spricht, und noch weniger, wie sie sie am Arm zerrt oder an den Haaren zieht.«

Die Gondel begann sehr langsam aufzusteigen, Isabelle und Clément winkten uns, tapfer lächelten sie übers ganze Gesicht. Der Ansager am Mikrofon riss billige Witze, dann kündigte er den ersten Sturz an. Der nächste Absatz war zwanzig Meter tiefer. Von meinem Standort aus konnte ich Isabelle sehen, aber nicht Clément, mit einer Grimasse mimte sie Zähneklappern.

»Aber weißt du, sie hatte recht. Es war großer Quatsch, die Farbe zu essen.«

Ich ging vor ihr in die Hocke, zog ihr den Schal im Mantelkragen zurecht, strich ihr eine Strähne aus der Stirn, wischte ihr mit einem Taschentuch den Zucker aus dem Mundwinkel. Hinter mir schrie es, als ich mich umdrehte, war die Gondel wieder auf dem Boden angekommen, und Cléments Augen waren vor Schreck weit aufgerissen. Hätte er gekonnt, wäre er sofort ausgestiegen, glaube ich, aber es war zu spät, das Ding stieg schon wieder gen Himmel.

»Es stimmt, dass es großer Quatsch war, aber niemand darf dich kneifen oder an den Haaren ziehen, verstehst du?«

»Nicht mal du?«

»Nicht mal ich. Jedenfalls könnte ich so was nie tun. Selbst wenn du mich maßlos ärgerst, selbst wenn du ein ganz, ganz schlimmes Mädchen bist.«

Meine Erklärungen schienen sie zufriedenzustellen. Sie atmete tief durch, wie immer, wenn sie sich zusammennahm, und wir wandten uns wieder der Gondel zu, diesmal war sie ganz oben stehengeblieben, nur das große Rad war noch höher, von dort oben musste man einen schönen Blick auf die Mole und die Corniche d'Aleth haben, der Horizont dehnte sich endlos aus, aber niemand interessierte sich dafür, jeder war zu sehr damit beschäftigt, seine Angst in Schach zu halten.

An diesem Abend schlief Isabelle bei uns, und die Kinder haben nichts gesagt. Sie ersetzte nichts und niemanden. Sie wussten es so gut wie ich, wir brauchten gar nicht darüber zu sprechen. Kein Schmerz wurde durch sie geheilt. Weder der der Kinder noch meiner. Sie war da, und das war alles, ein Stück Wegs würden wir gemeinsam gehen. Solang es uns gefiel. Solang das Gespann hielt. Solang Sarah fernblieb. Wir gingen einfach drauflos, und so war es uns recht. Sie hatte ihre eigenen Gespenster, ihre Narben, doch sie sprach darüber genauso wenig wie ich über meine. Wir tranken und schliefen gern zusammen. Die Kleinen kuschelten und spielten gern mit ihr. Das war das Wichtigste. Um Feinheiten konnte man sich später kümmern. Wir mussten über die Runden kommen, egal wie.

Die Kinder gingen spät schlafen, ein Streik stand bevor, die Schule würde ein paar Tage leer bleiben. Danach waren Ferien, ich würde mich irgendwie mit Nadine und Alex arrangieren, im Grunde kam es mir nicht so ungelegen, ich hatte die Kinder lieber um mich, und meine Tage im Auto zu verbringen, fand ich allmählich anstrengend. Auch wenn man die Fenster öffnete, hatte man nie richtig Luft, und alles zog zu schnell vorüber, als dass man irgendetwas riechen konnte. Es war besser, ich würde mich nach etwas anderem umtun. Egal ob Austern oder Vögel, wenn es nur draußen war und mir Zeit für die Küstenpfade blieb.

Der Wind heulte die ganze Nacht, das Meer donnerte bis ins Haus. Manon fürchtete, es könnte davonfliegen oder die Wände könnten einstürzen, sie versteckte sich unter den Laken und weigerte sich, wieder in ihr Zimmer zu gehen, Isabelle sang mit ihrer heiseren Stimme Wiegenlieder für sie. Clément ließ nicht lang auf sich warten. Auch er hatte Angst bekommen.

»Es ist der Wind«, erklärte er. »Es bläst zu stark.«

Bei jeder Bö zitterte das Haus, die Scheiben standen unter Spannung und drohten zu zerspringen. Ich ließ alle Rollläden hinunter und stellte die Heizung höher. Zu dritt lagen sie in meinem Bett, Isabelle las ihnen Geschichten vom Sturm vor, Clément hörte zu, als wäre er erst vier, es tat ihm sicherlich gut, ein bisschen Kontrolle abzugeben, sich gehenzulassen. Ich schloss die Tür, im Wohnzimmer zündete ich zwei Kerzen an, machte eine Flasche Wein auf, Polly Jean Harvey tobte. Draußen krachte etwas. Ich ging hinaus, der Wind schlug mir entgegen, er drang mir in Mund und Nase ein, ich konnte nicht atmen. Gischtfetzen rollten im Kies, trieben zwei Meter über dem Boden dahin. Der halbe Birnbaum lag im schwarzen Gras. Der Stamm war gespalten, Holzstücke waren über das ganze Gelände verstreut. Neben dem Schuppen reckte die umgestürzte Mimose ihre Wurzeln in die Luft. Auch in den anderen Gärten beugten sich die Bäume knackend im Sturm, am Haus gegenüber hingen die klappernden Fensterläden nur noch in einer Angel. Es würde nicht mehr lang dauern, bis die Scheiben zersprangen. Ich ging weiter bis zur Steilküste, der Sand war fahl und das Meer glatt. Ich hielt mich am Geländer fest, um nicht umgepustet zu werden, zwanzig Stundenkilometer mehr, und es hätte mich weggeblasen. Nach ein paar Sekunden war ich durchnässt. In meinem Rücken war trotz des Winds ein dumpfes Geräusch zu hören. Ich machte kehrt, ein Mast versperrte die Straße, die Leitungen waren abgerissen, die Lampen gaben kein Licht mehr. Im Haus war alles dunkel, die Heizkörper nur noch lauwarm. Ich holte Holz aus dem Schuppen. Die Wände knarrten, ich betete, dass sie hielten. Zehn Minuten später loderten grüne Flammen im Kamin, das Feuer qualmte und verbreitete seinen beißenden Geruch im Haus. Isabelle und die Kleinen kamen herunter, rieben sich die Augen, schlotterten vor Kälte. Ich zog die Matratzen auf dem Fußboden zu einem großen Bett nebeneinander, für Manon war es ein Floß, das Wasser konnte ruhig steigen. Ich trank die Flasche aus und sah zu, wie sie schliefen, im Feuerschein verwischten sich ihre Züge, wurden irgendwie flüssig. Ich döste im Sessel, betrunken und benommen, die Wände beschützten uns, sie würden nicht so bald einstürzen, ich hatte Vertrauen.

Beim Aufwachen war der Himmel blau, und aus der Stille schloss ich, dass der Wind sich gelegt hatte. Ich war wie zerschlagen, ich hatte völlig zusammengekrümmt geschlafen, mein Körper ließ es mich büßen. Isabelle war nicht mehr da, sie musste um sieben Uhr gegangen sein, ihr Dienst begann um acht. In ein Laken gehüllt, zog ich den Vorhang auf, unter der strahlenden Sonne lag der Garten da wie ein Schlachtfeld, ein Trümmergrundstück. Aber ansonsten war die Nacht nur ein Traum gewesen. Der Mast in der Sackgasse stand wieder an seinem Platz, die Leitungen verbanden die Häuser miteinander und liefen in die Stadt, als wäre nichts gewesen. Die Heizkörper waren knallheiß, und die Lampen im ersten Stock beleuchteten die Wände. Die Kinder standen gegen Mittag auf. Um zwei würde Alex kommen. Das Niedrigwasser war für vier Uhr angekündigt, das Meer nahm es mit solchen Dingen sehr ernst.

Das Wasser ging uns bis zu den Knöcheln, vom Wind geriffelt, lag es transparent unter dem wolkenlosen Himmel, der sandige Grund schimmerte gelb. Felsen und Algen ließen das Blaugrün kaum dunkler erscheinen. Wäre nicht die trockene Kälte der Luft gewesen, hätte man sich im Sommer geglaubt: Die Sonne über unseren Köpfen stand tiefer als im Juli und hatte weniger Kraft, die Farben aber waren dieselben. Mit Stiefeln und dicken Handschuhen machten Alex und Clément Jagd auf Krebse, sie hoben Steine hoch und untersuchten jede Pfütze. Überall tauchten Felshaufen aus den Fluten, und unter unseren aufgequollenen Schuhen war der Sand schlammig. Während Nadine und ich Sandschnecken sammelten und im Sand nach Herz- und Tellmuscheln gruben, suchte Manon den Boden nach den charakteristischen zwei kleinen Löchern ab, zog einen Salzstreuer aus ihrer Tasche und streute etwas Salz darauf. Nach ein paar Sekunden erschien die Schwertmuschel, zuerst leistete der klitschige muskulöse Körper Widerstand, aber wenn man daran zog, gab er mit einem Sauggeräusch nach, das Manon ebenso belustigte wie ekelte. Dann entließ sie das Tier wieder ins Wasser und machte sich auf die Suche nach anderen Opfern.

Nadine und ich schauten nach den Jungs, in ihren Umhängetaschen wimmelte es von tintenschwarzen Samtkrabben, wir standen dumm da mit unseren drei Venusmuscheln, zwei Abalonen und einer Auster. Bevor wir noch ein Wort gesagt hatten, machten sie uns Zeichen zu schweigen: Sie beobachteten seit fünf Minuten einen Taschenkrebs und gaben die Hoffnung nicht auf, ihn aus seinem Versteck zu locken. Es schien mir wenig wahrscheinlich, dass allein unsere Stimmen das Tier vertreiben könnten, aber wir entfernten uns trotzdem, mit Alex war nicht zu spaßen, wenn es ums Fischen und Muschelsammeln ging, er hatte eine ganze Menge blitzender Utensilien am Gürtel, deren Funktion ich nicht kannte, als wir Kinder waren, ging ich am liebsten einfach nur mit hochgekrempelter Hose durchs Wasser und tauchte mein Gesicht hinein, ohne die Augen zuzumachen, ich mochte es, diese Farben in mich aufzunehmen. Alex kam mit vollen Taschen heim und schimpfte immer, wenn ich mich daraufstürzte und alles aufaß.

»Erst die Fischer«, sagte er, und mein Vater stimmte zu.

Der setzte nie einen Fuß ins Wasser, sondern verbrachte seine Sonntage auf einem Felsen am Ende des Strands von Le Val, er zog die Wolfsbarsche an wie ein Magnet. Manchmal brachte er vier oder fünf nach Hause und gab den Nachbarn davon ab, griesgrämigen Leuten, die keinen Fisch mochten, es ihm aber nicht zu sagen wagten, einmal fand ich vor ihrem Haus einen aufgerissenen Plastiksack, mitten im Abfall lag ein silbriger Kadaver, die Möwen hatten sich über ihn hergemacht, Blut tropfte von den Resten der Flossen, und von den Augen waren nur noch die Löcher da.

Wir begannen wieder im weichen, schlickigen Sand zu graben, Manon sah uns zu. Sie hatte aufgehört, die Krabben zu ärgern, ihr Kescher lag in einiger Entfernung. Sie saß mitten in den Miesmuscheln und tauchte ihre Hand nachlässig in eine Lache eisigen Wassers, streichelte manchmal eine Alge oder eine Anemone. Ohne es zu merken, gerieten wir immer weiter hinaus. Nadine hatte ihren Rock bis über die Schenkel hochgerafft, selbst durch die Jeans zwickte mich das kalte Wasser in Knöchel und Waden, Knie und Oberschenkel. Wir bissen die Zähne zusammen und gingen immer parallel zum Strand, den Blick auf die Pointe de la Varde gerichtet. Nadine wirkte glücklich, frierend pfiff sie ein dümmliches Lied. Bisweilen ließ ein leichter Windhauch um uns herum die Wasseroberfläche zittern. Ein Hund schnitt uns den Weg ab, er schwamm mit fröhlich hochgereckter Schnauze, seine Ohren hingen zu beiden Seiten ins Wasser. Nadines Beine waren knallrot, meine nur noch zwei steife, gefühllose Eisstöcke. Wir machten kehrt. Zuerst spürte ich meine Schenkel wieder, dann meine Waden, die Füße würden noch ein oder zwei Stunden brauchen. Ein paar Meter vor uns hatte Manon begonnen, eine Burg zu bauen. Ohne Eimer und Förmchen wurde es eher ein Berg. Muscheln und Holzstücke bildeten Wälder und Felsmassive.

»Ich weiß, es geht mich nichts an, aber ...«

Ich hatte es mir nicht überlegt. Die Worte kamen einfach aus meinem Mund, ich konnte nichts dagegen machen.

»Alex gefällt mir nicht. Ich glaube, er kann nicht mehr ...«

»Hat er etwas gesagt?«

»Natürlich, was denkst du denn. Mach, was du willst, mit wem du willst. Das geht mich nichts an. Aber Alex weiß Bescheid, das ändert alles, oder?«

Nadine drehte sich zu mir um und schaute mir in die Augen. Etwas an ihr war mir unbegreiflich. Eine Gelassenheit, die schlecht zu der Situation passte. Alex und Clément wollten uns wild gestikulierend irgendetwas sagen. Wir winkten zurück, und sie machten sich wieder an die Arbeit. Nadine schüttelte den Kopf. Dann lächelte sie zärtlich.

»Es ist nicht, was du glaubst, Paul. Es ist überhaupt nicht, was du glaubst. Alex hat nichts zu befürchten.«

Mit diesen Worten ließ sie mich stehen und rannte mit schlenkernden Armen aufs Meer zu. Sie war keine zwanzig, ein junges Mädchen, das in die tiefstehende Sonne lief. Alex richtete sich triumphierend auf, in der rechten Hand hielt er einen riesigen Krebs, selbst auf hundert Meter Entfernung sah man ihn mit den Zangen fuchteln. Ich lief mit Manon zu ihnen, sie waren durchnässt, aber glücklich, Clément hielt das Tier in der Hand, und seine Schwester berührte mit dem Finger den Panzer. Man würde ihn nachher gleich kochen. Ich verließ die vier, sie würden noch eine Weile bleiben, und dann würden die Kleinen bei ihrem Onkel schlafen, das liebten sie. Was sie da fanden, wusste ich nicht. Es war so weit weg von unserem früheren Leben.

Ich ging nach Hause, um mich umzuziehen. Im brachliegenden Garten pickte eine Elster am Fettknödel, und die Katze lauerte ihr auf, ins Gras geduckt. Sie hatten sich hier häuslich niedergelassen, Manon konnte Stunden damit zubringen, sie zu beobachten. Ich schlüpfte in zerknitterte, aber trockene Kleider. Das Haus war still, die nackten Glühbirnen verbreiteten überall ihr kaltes Licht. Seit dem Einzug war alles unverändert geblieben, fast schmucklos, aufs strikte Minimum reduziert. Das Spielzeug, die Bücher und die Poster brachten ein wenig Wärme in die Zimmer der Kinder, aber insgesamt strahlten die Räume etwas Eisiges aus, das sprang mir plötzlich ins Auge, einen Moment lang stellte ich mir die Kinder in ihren Zimmern vor, und ich spürte, wie die Stille mich anfiel, oft machte ich mich im Garten zu schaffen oder schlug in der Garage auf meinen Sack ein, oder ich lag auf dem Bett und tat so, als würde ich lesen, schaute aber nur stundenlang an die Decke, daran dachte ich, und mein Bauch und meine Lungen zogen sich zusammen. An Stelle der Kinder würde ich nur eines wollen: Meine Abende bei Nadine und Alex verbringen, in ihrem Wohnzimmer mit den hässlichen, aber tröstenden Möbeln, überschüttet von ihrer Zärtlichkeit und ihren kleinen Aufmerksamkeiten, mit Spielen Malheften Knete Ausschneidebögen, seit wir hier waren, hatten sie all das in rauhen Mengen gekauft, die Garage war voll davon, man hätte meinen können, die Kinder lebten ständig bei ihnen.

Bréhel trank ein dunkles Bier und betrachtete das Abendlicht, man müsse es genießen, meinte er, für morgen seien Regen und Kälte angesagt, diesmal würde der Winter Einzug halten und Schluss machen mit dem Gezauder und dem Hin und Her. Hier änderte sich das Wetter ständig, es konnte an ein und demselben Tag alle möglichen Stadien durchlaufen, nie setzte sich etwas wirklich fest, wir lebten unter einem instabilen Himmel, mir hatte das immer gefallen, die Welt schien sich nie ausruhen zu müssen, alles lebte intensiv, Himmel und Meer hatten ihre Wutausbrüche und ihre stillen Momente, nichts blieb gleich, nichts war je ausgeglichen. An der Bar hörte Brèhel mir zu, ohne seine Lippen vom Glas zu lösen. Wir stießen auf seinen Erfolg an, der Prüfer hatte ihm noch am Vormittag den Führerschein ausgehändigt, er war sehr aufgeregt gewesen, Alex hatte ein wenig verhandeln müssen, aber es hatte geklappt.

»Mein ganzes Leben lang war das so. Prüfungen machen mich nervös, ich werde völlig kopflos.«

»Wann fangen Sie mit Ihrem neuen Job an?«

»Montag.«

»Und dann nehmen Sie sich eine kleine Wohnung?«

»Nein, doch nicht. Manchmal macht es mir zu schaffen, aber eigentlich lebe ich gern dort, auf meiner Halbinsel, mit meinen Vögeln. Da habe ich meine Ruhe.«

»Im Sommer wird es weniger ruhig sein.«

»Das macht mir nichts. Zwei Monate Trubel im Jahr, das ist genau richtig. Außerdem mag ich die Touristen. Das ganze Jahr rackern sie sich ab, und dann schieben sie zwei oder drei Wochen am Meer eine ruhige Kugel. Sie stören niemanden. Ich schaue mir das gern an. Alle sind entspannt, alle leben nach ihrem eigenen Rhythmus, und in der Badehose weißt du nicht mehr, wer Kohle hat und wer nicht, wer seine Angestellten nervt und wer von morgens bis abends schuftet und zu hören kriegt, dass er noch nicht genug gearbeitet hat.«

Wir stießen noch einmal an, Bréhel beugte sich über seine Tasche und holte eine smaragdgrüne Fischerjacke heraus.

»Hier, ein Geschenk. Als Dankeschön.«

Ich zog sie über, er fand, sie stünde mir bestens, mit meinem Bart meinem zu langen Haar meinen kühlen Augen sähe ich aus wie ein echter Seebär. Ich war nur ein bisschen zu dick, das Gesicht zu glatt, um irgendwen zu täuschen. Um uns herum tranken die Leute, manche hielten ihre Strohhalme wie Zigaretten und klemmten sie zwischen die Zähne, nach kurzer Zeit hielten sie es nicht mehr aus und gingen nach draußen, um am Strand zu rauchen. Wir verließen die Bar und setzen uns ans Fenster, die Nacht senkte sich über die auflaufende Flut, nur ein Gischtstreifen erlaubte, das Wasser vom Sand zu unterscheiden, der glatt und glänzend dalag wie ein Spiegel. Wie die Paschas hingen wir in unseren Ledersesseln und verfolgten mit einem Auge das Spiel, der Fernseher stand auf dem Klavier, manche Gäste fluchten, aber der Wirt verpasste nie ein Spiel, nur dafür war die Glotze da, in der übrigen Zeit hörte man Jazz und schaute auf die Wellen, an schlechten Tagen schlugen sie bis an die Scheiben.

Ich bestellte zweimal Rum. In der Halbzeit war Rennes mit zwei Toren im Rückstand. Der Wirt seufzte und zappte zu den Nachrichten, dieses Jahr seien sie zu nichts zu gebrauchen, die Stürmer stolperten über ihre eigenen Füße, und die Verteidiger seien auch nicht viel besser. Bleibe das Mittelfeld. Solide, fleißige Burschen, aber ohne Genie. Er konnte sich stundenlang darüber auslassen. Niemand hörte zu, aber alle mochten ihn. Man ließ ihn reden. Ich warf einen Blick auf den Bildschirm, dieses Foto, dieses Gesicht, das kannte ich wie alle hier. Mein Herz schlug bis zum Hals, ich bat den Wirt, den Ton lauter zu stellen, die Stimme des Journalisten schwoll an, und im Raum wurde es totenstill. In dem Kasten zu seiner Rechten lächelte Justine. Was hatte sie im Krankenhaus von Villeneuve-Saint-Georges verloren? Sie wurde psychologisch betreut, aber es ging wohl einigermaßen, der »Vorfall« hatte sich im Wald ereignet, ein Spaziergänger war von ihren Schreien alarmiert worden, der Kerl hatte nicht die Zeit gehabt, ihr etwas zu tun, er hatte die Flucht ergriffen, aber es gab eine Personenbeschreibung. Man sei hier sehr erleichtert, ihr Verschwinden habe für beträchtliche Unruhe gesorgt, schloss der Journalist, bevor er zum nächsten Punkt überging. Der Wirt schaltete den Fernseher aus, ihm war nicht mehr nach Fußball und auch sonst niemandem, die Gespräche gingen leise weiter, ein beklommenes, eintöniges Gemurmel. Draußen hatte die Nacht alles ausgelöscht, die Laternen auf der Promenade schimmerten ohne große Überzeugungskraft und taten sich schwer, die Welt zu erhellen.

Ich ließ Bréhel auf der Promenade zurück. Statt nach Hause ging ich lange Zeit an der Reihe der Hotels und Sommerhäuser entlang, das Meer kam näher, man brauchte nicht hinzuschauen, um es zu wissen, es genügte, die Ohren zu spitzen, das Rauschen nahm zu, bei jedem Schritt wurde es dichter und tiefer. In der Ferne erleuchteten die Festungsmauern die Nacht, und der Glockenturm der Kathedrale widersetzte sich der Horizontale, eine schmale Spitze ragte in das glänzende Schwarz des Himmels. Ich kam wieder in die Stadt, nur wenige Autos fuhren an mir vorüber, der Platz war menschenleer, und in den Glasveranden der Restaurants saßen schweigende ältere Paare beim Essen. Dahinter das übliche für Geschäftsreisende: Man aß allein ein Fischfilet oder schälte Scampi beim Festbankett, bevor man auf seinem Zimmer zu den endlosen Programmen des Satellitenfernsehens zurückkehrte, der Bildschirm über der Minibar würde den Raum bis spät in die Nacht mit einem kalten Lichtschein erfüllen. Ich mied die Straßen und ging an den Festungsmauern entlang, zu ihren Füßen warfen die Wellenbrecher im Mondlicht lange, starke, vollkommen parallele Schatten, sie schienen auf die Forts draußen im Meer zu zeigen, man erkannte sie kaum, zwei kubische Blöcke im öligen Wasser. Der Zöllnerpfad führte im Kreis herum, von hier aus sah man nichts vom Handelshafen, die Stadt schien eine Insel zu sein, dem Horizont geweiht. Einige Meter weiter unten glitzerte das Schwimmbad unter freiem Himmel, von einem Sprungbrett überragt, in kaum einer Stunde würde die Flut es schlucken. Rechts erhob sich ein kleiner Hügel aus Erde Fels und Gras, der abrupt ins Meer abfiel, eine Zwergenklippe, auch um sie würde das Wasser sich schließen, schon leckte es an den Steinen des Römerwegs. Caroline und ich waren eines Nachts dort gefangen gewesen, vier Stunden hatte die Insel nur uns gehört, aber die Zeit schien mir viel zu kurz, ich weiß nicht mehr, worüber wir geredet haben, ihr Körper war an meinen gelehnt, ich hatte die Jacke aufgeknöpft, um sie ganz darin aufzunehmen. Entlang der Küste funkelten ein paar Lichter, kündeten von geisterhaften, leeren Ferienorten, die erst der Sommer wieder füllen würde, von geschlossenen Läden und verwaisten Restaurants, verstaubten Hotels und stillen Casinos, in denen alte Frauen die Spielautomaten klingeln ließen und hin und wieder auf die Wogen blickten, die nie aufhörten mit ihrem eigensinnigen Gesang. Wahrscheinlich gab es englische Paare dort, die ein paar Tage in melancholischen Villen verbrachten, eine sanfte Verwahrlosung umgab sie, eine diffuse, aber köstliche Tristesse. Ich ging am Jachthafen entlang, die Masten glänzten im Mondlicht, die Bar war verlassen, ein Kellner würde bis drei Uhr morgens ausharren, die Zeit musste ihm lang vorkommen in dem düsteren Holzdekor. Ich trat ein, um einen Whisky zu trinken. Wir unterhielten uns zwischen polierten Schildkrötenpanzern, umgedrehten Booten, Holzkisten, Rudern Karten Kompassen Sonnenuhren Sextanten Steuerrädern, er wartete ungeduldig auf die Ferien, ein paar Häuser würden geöffnet und die nach Rennes oder Paris abgewanderten Kinder würden ein paar Tage darin verbringen, dann ginge die trübselige Jahreszeit weiter.

Ich betrat das Haus, ohne zu läuten, niemand schien erstaunt, mich zu sehen. Sie waren fertig mit dem Essen und ärgerten sich beim Pferdchen-Spiel. Manchmal hatte ich den Eindruck, die Verhältnisse standen auf dem Kopf. In der Familie war ich der etwas besoffene Onkel, der sich aufs Sofa fallen ließ. Ich schloss die Augen, alles schwankte, die Stimmen der Kinder lullten mich ein. Eigentlich wollte ich nichts anderes, als sie friedlich und unbeschwert in meiner Nähe zu wissen, Sarah hatte sie im Wohnzimmer spielen lassen, während ich döste oder las, die Tür meines Arbeitszimmers stand immer offen, damit ich sie hören konnte. Manon gewann das Rennen, niemand hatte Lust, sie zu schlagen. Ich murmelte einen Glückwunsch. Sie kam und schmiegte sich an mich. Ich öffnete ein Auge, es gab nur noch uns und die Nacht, die anderen waren schlafen gegangen.

»Ich hab Angst, es ist zu dunkel.«

Ich knipste eine Lampe an und legte ein orangefarbenes Tuch über den Lampenschirm.

»Ist es so besser?«

»Ja, so geht's. Weißt du was?«

»Ja.«

»Mama fehlt mir so.«

»Ich weiß. Mir fehlt sie auch.«

»Warum gehen wir nicht zu ihr?«

»Wie denn das?«

»Warum gehen wir nicht mit ihr?«

»Weil wir nicht wissen, wo sie ist.«

»Ja, aber wenn sie tot ist.«

»Was dann?«

»Wenn sie tot ist, dann brauchen wir nur alle drei zu sterben, dann sind wir bei ihr.«

»So was soll man nicht sagen, Manon.«

»Warum?«

»Ich weiß nicht. Aber das soll man nicht. In deinem Alter darf man nicht sterben wollen, auch nicht, um zu seiner Mama zu kommen. Außerdem, weißt du, niemand weiß, was aus einem wird, wenn man stirbt.«

»Was glaubst du?«

»Ich glaube, dass dann alles aufhört, mein Engel.«

»Dann bin ich gar nicht bei Mama, wenn ich tot bin?«

»Ich glaube nicht, nein.«

Sie schmiegte sich noch enger an mich, und ich legte mein Kinn auf ihren Kopf, so schauten wir beide zum Fenster, ich konnte es nicht sehen, aber ich war sicher, dass sie die Augen offen hatte, sie weinte nicht und ich auch nicht, draußen ahnte man die schaukelnden Boote, ein Wind hatte sich erhoben, und Wolken bedeckten den Mond.

Am nächsten Tag schaute ich nach den Fahrstunden im Krankenhaus vorbei, ich versuchte, jeden Tag zu kommen, außer mir sah Élise nicht viele Menschen. Sie schlief mit geschlossenen Fäusten, das rohe Licht der Neonröhren betonte die Knitterfältchen ihres Gesichts, die erschlafften Züge, die müde, blasse Haut. Ich nahm meinen Platz ein auf dem zerschlissenen orangefarbenen Sessel, in den Fluren liefen Leute mit Infusionen herum, hingen an Beuteln mit Glukoselösung, Antibiotika und Paracetamol. Eine Krankenschwester kam herein und bat um Entschuldigung, sie wolle sich um »die Körperpflege der Dame« kümmern. Ich verließ das Zimmer, am Ende des Flurs ging Élises Tochter mit dem Telefon am Ohr zwischen den Grünpflanzen hin und her. Sie war eine ängstliche, sanfte und zierliche Frau, trotz des strengen Kostüms hatte sie ein kindliches Gesicht und hing immer an der Strippe. Sie war am Vortag angekommen und hatte nicht mehr als fünf Minuten am Stück im Zimmer bleiben können, ihre Augen flackerten, als wäre sie ständig am Rand der Tränen.

»Sie lassen mich einfach nicht … Sie rufen mich alle fünf Minuten an. Wir haben einen großen Auftrag, es ist das erste Mal, dass sie mir so eine Sache anvertrauen, verstehen Sie …«

»Wann fahren Sie wieder?«

»Morgen früh, ich kann nicht anders. Wenn es schiefgeht, bin ich entlassen. Mein Chef ist schon sauer, weil ich zwei Tage weg bin.«

»Und Ihr Bruder, Ihre Schwester?«

»Pierrick sitzt da unten fest, seine Frau steht kurz vor der Entbindung. Und Hélène habe ich noch nicht erreicht. Entschuldigen Sie, es ruft jemand an.«

Élise wachte nur selten auf, verwirrt blickte sie sich dann um und war offenkundig jedes Mal überrascht und enttäuscht, im Krankenhaus zu sein. Mit den Zeitschriften, die ich ihr anbot, konnte sie nichts anfangen. Bringen Sie mich hier raus, sagte sie mit schwacher, zittriger Stimme, ich erkannte sie nicht wieder, das war nicht mehr Élise. Dann machte sie sich Sorgen um ihre Kinder und wollte keinesfalls, dass man sie störte, sie hatten so viel Wichtiges zu tun, wegen so einer Kleinigkeit brauchten sie doch nicht zu kommen.

»Bitte, Paul, lesen Sie mir vor.«

Mit unsicherer Hand nahm sie ein Buch vom Stapel auf dem Nachttisch und reichte es mir, ich las nie mehr als zehn Seiten, sie schlief beim Zuhören mit einem Lächeln auf den Lippen ein.

»Wenn die mit ihrem Zinnober fertig sind, bringen Sie mich nach Hause, nicht wahr?«

»Hören Sie, wir werden sehen, was die Ärzte sagen.«

»Nein. Wir werden sehen, was ich sage.«

Ich hatte den Medizinern nichts entlocken können, nicht mehr jedenfalls, als Élise selbst in Erfahrung gebracht hatte, seit sechs Tagen traktierte man sie jetzt mit Sonden und Schläuchen, sie war erschöpft und abgemagert und vermisste ihr Haus über der Bucht. Als ihre Tochter im Zimmer erschienen war, hatte sie mir einen finsteren Blick zugeworfen.

»Haben Sie sie benachrichtigt, Paul? Ich hatte Sie doch gebeten, meine Kinder nicht wegen einer banalen Grippe zu stören.«

»Aber Mama, warum sagst du das, es macht mir nichts aus. Du bist im Krankenhaus, ich besuche dich, das ist alles.«

»Und wie geht's dir, mein Liebling?«

»Es geht, Mama. Mach dir keine Sorgen um mich.«

»Du siehst erschöpft aus. Du solltest Urlaub nehmen.«

»Ich weiß. Aber das wird nicht so bald möglich sein ...«

»Und die Kleinen, ich hab sie schon lang nicht mehr gesehen. Überlässt du sie mir im Sommer?«

»Wir werden sehen, Mama ... Wenn du bis dahin entlassen wirst, schicke ich sie natürlich zu dir. Aber, weißt du, in ihrem Alter langweilen sie sich schnell, du wirst sie die ganze Zeit am Hals haben.«

»Denkst du ... Sie werden am Strand Ball spielen, in der Garage warten die Surfbretter auf sie, ich gehe mit ihnen Crêpes essen, du wirst sehen, sie werden keine Zeit haben, sich zu langweilen ...«

Élise hatte die Augen zugemacht und sich vom Schlaf übermannen lassen, der erfüllt war von glücklichen, strahlenden Tagen, sommerlicher Sorglosigkeit und sonnenverbrannten halbnackten Kindern. Diesmal, hatte ich den Eindruck, war sie selbst gegangen, war selbst in den Schlaf geflohen, während sie bis dahin dagegen angekämpft und sich mit ihrer kümmerlichen Kraft dagegengestemmt hatte.

Sie legte auf und zündete sich eine Zigarette an. Die Leute blickten sie strafend an, doch sie achtete nicht darauf, zwischen zwei Zügen kaute sie an ihren Nägeln, da sie schon auf ein Minimum reduziert waren, gab es nicht viel zu beißen.

»Haben Sie mit dem Arzt sprechen können?«

»Ja. Sie wissen ja, wie sie sind. Sie reden um den heißen Brei herum, man kapiert nichts. Aber wenn ich es recht verstanden habe, geht es ihr wohl nicht so toll.«

»Wollen sie sie lang behalten?«

»Das hat er nicht genau gesagt. Er hat von einem ›längeren Aufenthalt‹ gesprochen, mehr weiß ich auch nicht … Ich kann es nicht ertragen, sie so zu sehen. Es ist zu hart. Wenn Sie Mama vor ein paar Jahren gekannt hätten, ein richtiger Wirbelwind. Aber so sanft und freundlich, so zart. Ein sanfter, zarter Wirbelwind, wenn man das so sagen kann.«

Ich verstand sehr gut, was sie meinte. Im Grunde sah ich sie auch so.

»Haben Sie mit ihr über häusliche Pflege gesprochen? Gestern Abend hat Élise mich wieder gebeten, sie heimzubringen. Sie sagt, hier will sie weder leben noch sterben.«

»Ich weiß. Aber der Doktor will im Moment nichts davon wissen. Er sagt, die Pflege ist zu umfangreich und man muss sie zur Beobachtung dabehalten.«

Sie sagte das alles wie in Panik, vollkommen überfordert sah sie mich an, sie suchte Hilfe, einen Rettungsring, sie hatte nur mich und verfluchte ihre Geschwister, die so bequem weit weg waren.

»Und selbst wenn immer jemand bei ihr wäre, müsste ich die ganze Zeit da sein.«

»Vielleicht können Sie sich mit Ihren Geschwistern abwechseln?«

»Ich erwische sie nicht mal am Telefon. Man könnte meinen, es tangiert sie nicht.«

Den Tränen nahe, drückte sie ihre Kippe in die Pflanzenerde. Ihr Telefon begann zu vibrieren. Ich kehrte ins Zimmer zurück. Élise war wach, sie hatte sich im Bett leicht aufgerichtet und erwartete mich, ein aufgeschlagenes Buch auf dem Schoß.

»Wo ist meine Tochter?«

»Auf dem Flur. Sie telefoniert.«

»Sie ist immer überlastet. Sie trägt viel Verantwortung, wissen Sie. Ich bin sehr stolz auf sie, sie war immer so brillant … Als sie klein war, war sie ein süßes, zerbrechliches Ding, ich hatte immer Angst um sie … Lesen Sie mir vor?«

Ich nahm ihr das Buch aus der Hand und schlug es auf, wo wir das letzte Mal stehengeblieben waren. Ich verstand nicht viel, ich las Sätze, aber es war nur Klang, ihr Sinn drang nicht bis in mein Gehirn vor. Sie schloss die Augen, und beim Zuhören schien ihr Atem ruhiger zu werden, die Worte verflüssigten die Luft, öffneten ihre Lungen, so wirkte es jedenfalls. In meinem Rücken spürte ich einen warmen Luftzug, in der spiegelnden Fensterscheibe erkannte ich ihre Tochter, sie beobachtete uns. Als ich mich umdrehte, war sie verschwunden. Ich legte das Buch zwischen die Medikamentenschachteln. Élise atmete entspannt. Ich wollte aufstehen, als sie mit festem Griff meine Hand nahm. Sie machte nicht einmal die Augen auf. Sagte nur ein paar Worte, bevor sie ganz einschlief.

»Ich weiß, dass ich sterbe, Paul. Aber das ist nicht so schlimm. Das Einzige ist, dass ich nicht hier gehen will. Ich will zu Hause gehen.«

Ich versprach ihr, was ich nicht halten konnte, ich sagte ihr, was sie hören wollte, was sollte ich sonst tun? Ich zog meinen Mantel an und ging hinaus, auf dem Flur redete ihre Tochter allein vor sich hin, das Handy am Ohr. Draußen war es grau und kalt, Bréhel hatte sich nicht geirrt, diesmal war es so weit, der Winter begann. Ich holte die Kinder bei Nadine ab und wir gingen heim. Wir würden das Wochenende im Warmen verbringen, das Haus schmücken, die Geschäfte der Altstadt plündern, Crêpes essen, vielleicht ins Kino gehen, zu McDonald's, ins Schwimmbad. Diesmal würde ich mich um sie kümmern, mich ihnen ganz widmen, ich würde aufhören, neben ihnen her zu leben, um wirklich mit ihnen zu leben, ich würde aufhören, mich in mich selbst zurückzuziehen und mich in eisigem, wattigem Nichts, in weißer, stiller Leere zu verlieren. Ich würde aufhören zu fliehen. Ich würde ihnen nicht mehr von der Seite weichen, ich würde mit ihnen hinausgehen, Spiele und Geschichten erfinden. Ich würde mit ihnen über ihre Mutter sprechen und über das Leben danach.

III
IN WEITER FERNE

COMBE HOLTE MICH um sieben Uhr ab. Ich hatte bereits zwei Whiskys getrunken, und wir gossen uns noch zwei weitere ein, das brauchte er, um es auszuhalten. Er liebte das Boxen, aber es war seine Tochter, und es ging ihm durch und durch, wenn sie Leberhaken einstecken musste und er spürte, wie ihre Schläge am Leder des Kopfschutzes abrutschten. Wir nahmen sein Auto, eine alte Kiste mit zerschlissenen Polstern. Man hatte das Gefühl, in einem riesigen Aschenbecher zu sitzen. Über der Rückbank lag eine Decke voller Haare, übersät mit Papieren, Aktendeckeln und ungeöffneten Briefumschlägen. Die *Suiten für Violoncello* erfüllten das Wageninnere, dazu passten die Nacht und die vorüberziehenden Lichter in der Ferne, das Band der Autos, das durch die Felder auf die Stadt zulief. Combe schwieg, ungewöhnlich angespannt, ab und zu trällerte er mit seiner dunklen, schmeichelnden Stimme vor sich hin und sah mich verstohlen an, als wollte er etwas sagen, aber er verschluckte es und blickte wieder auf die Straße, die vom schwarzen Horizont aufgesaugt wurde. Ich ließ mich in meinen Sitz sinken und schloss die Augen, die Bewegung, der Alkohol und die Musik hüllten mich ein wie warme, weiche Watte, ich war schwer und ruhig, kurz davor, einzuschlafen.

Das gewellte Plastikdach war mit Laub bedeckt, und von den Balken blätterte die Farbe ab. In der Halle mit rosafarbenen Wänden nadelte eine magere Tanne, vier Kugeln und drei Girlanden bildeten den ganzen Schmuck, die Hostessen, denen wir unsere Eintrittskarten zeigten, waren wie aus dem Ei gepellt und paillettenbesät, ihre Haut glänzte, und auf ihren Wangenknochen lag ein fliederfarbener Schimmer. An der Theke zapfte ein Mann Bier in Plastikgläser, wir nahmen vier und betraten den Saal, Combe hatte eine Vorliebe für die Ränge, da sah man besser als auf den Stühlen, meinte er. Ich persönlich war nicht davon überzeugt, sagte aber nichts, um uns herum ließen die Leute sich plaudernd nieder, die Turnhalle war viel zu groß für den Ring, das Parkett knarrte unter den Schuhen. Plötzlich gingen die Lampen aus, und die Stimme des Ansagers verlor sich im Raum. Alle fingen an zu grölen oder zu pfeifen. Dann schrumpfte der Saal auf einmal, ein Scheinwerfer tauchte den Ring in grelles Licht, und man sah nur noch ihn. Lichter begannen zu blinken und Rauchpatronen flogen. Die Bässe ließen den Boden erzittern, ich spürte sie bis in meine Brust. Ein Typ in weißem Hemd und schwarzer Hose erschien mit dem Mikro in der Hand und verkündete mit quäkender Stimme das Programm des Abends, er hatte gefärbtes Haar und eine zerhauene Fresse. Bei jedem Namen schrien die Leute, der Beifall prasselte wie Kiesel in den Wellen. Die beiden ersten Jungen kamen herein, die Stimmung heizte sich auf, die Halle war buchstäblich nicht mehr wiederzuerkennen. Die Burschen waren höchstens fünfzehn, und die Handschuhe hingen an ihren streichholzdünnen Armen wie Christbaumkugeln, die im Licht aufblitzten. Sie boxten mit großem Tempo, beide waren die reinsten Stehaufmännchen, unermüdlich. Die drei Runden vergingen wie im Flug, der Größere hielt den Kleineren dank seiner Reichweite in Schach, er nutzte sie mit verblüffender Gelassenheit. Auch mit noch so vielen Haken konnte der andere ihn nie wirklich treffen. Drei weitere Duos folgten, die Boxer waren älter und hatten mehr Muskeln, aber weniger Grazie. Die Schläge dröhnten dumpfer, sie nur zu hören, tat mir schon weh. In der letzten Runde ging einer zu Boden, und der Schiedsrichter zählte ihn aus, trotz Kopfschutz hatte sein Gegner ihm mit einer Geraden in den Kiefer die Zähne ausgeschlagen, wir hatten es alle gespürt.

Unter Kaskaden von Techno-Musik und Stroboskopblitzen zogen die Mädchen ein, Combe zeigte auf eine der beiden Boxerinnen, ihr stahlgrauer Satinmantel glänzte wie die Motorhaube eines Neuwagens.

»Das ist meine Tochter ...«

Ihr Haar war zu zwei Zöpfen geflochten, die Augen schwarz umrandet. Sie zog ihren Mantel aus. Entlang ihrer Arme und Beine traten fein und wie mit dem Messer geschnitzt die Muskeln hervor.

»Sie ist schön, was?«

Ich stimmte zu. Combe hielt es nicht mehr auf seinem Sitz, seine Beine zuckten, seine Füße trommelten auf den Boden, er wusste nicht, was er mit seinen Händen tun sollte, er rieb sie, biss sich auf die Finger, fuhr sich durchs Haar. Der Kampf begann, und als seine Tochter den ersten Schlag einstecken musste, war es, als hätte er selbst einen Volltreffer abgekriegt. Er verzog das Gesicht und sackte in sich zusammen. Die fünf Runden liefen ohne eine Sekunde Pause ab. Es ging Schlag auf Schlag, Combes Tochter war so katzenhaft und präzise wie die andere kräftig und konfus, wenn sie bis zum Schluss durchhielt, wäre sie Punktsiegerin, die Dicke boxte meistens ins Leere, es kam darauf an, sich nicht in die Ecke drängen zu lassen. Die kleine Combe reizte sie, tänzelte um sie herum, verpasste ihr kleine Schläge ins Gesicht und landete, sobald die andere sich eine Blöße gab, blitzschnelle Bauchtreffer. Nach einer Weile spürte ich, dass die Dicke nicht mehr konnte, sie verzog das Gesicht, ihre Bewegungen wurden langsam, zwei Haken später ging sie in die Knie, und der Boxkampf war zu Ende. Combe war ganz außer Atem und strahlte vor Glück und Stolz. Der Ringrichter verkündete die Entscheidung der Punktrichter, dann bekam seine Tochter ihren Gürtel. Combe war überwältigt, ich fragte mich, ob er gleich in Tränen ausbrechen würde.

»Wollen Sie noch bleiben? Ich will hier raus.«

Jetzt sollte der Hauptkampf des Abends beginnen. Wir gingen in dem Augenblick, als die Boxer wieder hereinkamen, mit gesenktem Kopf schlugen sie Haken in die Luft. Das Licht in der Halle blendete uns, es war, als beträte man eine andere Welt, alles wirkte so trist und abgenutzt, der rohe Verputz und die grellen Neonröhren, die gekachelten Flure die Schulbänke die Pinnwände, alles sprang uns förmlich ins Gesicht. Aus den Umkleideräumen kamen die Jüngeren im Trainingsanzug und unterhielten sich lachend, die kleinen Brüder bestaunten mit leuchtenden Augen die Sieger. Weiter hinten im Flur hatte sich ein Menschenauflauf gebildet, ich erkannte Combes Tochter, noch im Trikot, sie hatte ihren Kopfschutz abgenommen und ihr Haar gelöst, schweißnass umrahmte es ihr kantiges, gebräuntes Gesicht, man konnte beim besten Willen keine Ähnlichkeit mit ihrem Vater feststellen. Er drehte den Kopf zu ihr um, ging aber zum Ausgang, plump und träge, ein faltiger Seelöwe, besiegt von der Schwerkraft.

»Gehen Sie nicht zu ihr?«

Er antwortete nicht, draußen sprang uns die Kälte an. Wir suchten eine Zeitlang seinen Wagen auf dem Parkplatz.

Er starrte vor sich hin, vollkommen geistesabwesend und verschlossen. Man konnte nichts sehen. Combe drückte auf seinen Schlüssel, und zwanzig Meter weiter blinkte es. Als er sich auf den Sitz fallen ließ, berührte sein Bauch das Lenkrad. Ich dachte schon, das Auto würde unter ihm zusammenbrechen. Mit glasigen Augen stellte er die Lüftung an und seufzte tief auf.

»Sie sollten vielleicht noch mal zurückgehen, oder?«

»Wozu?«

»Ich weiß nicht. Aber Sie wollten doch ihre Tochter sehen, sie hat gewonnen. Ich verstehe nicht so recht, was wir hier machen.«

»Nichts. Wir machen nichts. Sie weiß nicht mal, wer ich bin.«

Allmählich taute die Scheibe auf, der Parkplatz wurde sichtbar, still lag er unter der spärlichen Beleuchtung. Von der Sporthalle her hörte man gedämpftes Stimmengewirr, durchsetzt von Beifall und Geschrei.

»Sie wissen, wie das ist. Ich bin ein alter Trottel, aber vorher war ich ein junger Trottel. Ich hab sie verlassen, sie und ihre Mutter. Ich war noch nicht so weit. Die Kleine war ein Jahr alt. Ich habe ihre Spur wiedergefunden. Sie können sich nicht vorstellen, wie das für mich war, als ich sie zum ersten Mal einen Treffer einstecken sah. Ich wäre am liebsten in den Ring gestiegen und hätte sie rausgeholt.«

»Und Sie haben sich nie zu erkennen gegeben?«

»Nein.«

»Glauben Sie nicht, dass es an der Zeit wäre?«

»Ich glaube nicht, nein.«

Er drehte den Zündschlüssel, aber der Wagen blieb stehen. Die *Vierte Suite* erklang, während er seinen Gedanken nachhing. Plötzlich richtete er sich auf und öffnete die Tür. Der Motor lief weiter.

»Was werden Sie ihr sagen?«

»Ich weiß nicht. Verzeihung. Dass ich dumm war. Dass ich es bedaure. Dass ich einen Fehler gemacht habe. Dass sie mir gefehlt hat.«

Er stieg aus, ich sah ihn zwischen den geparkten Autos davongehen. Ich stellte die Musik lauter und schloss die Augen, das Cello vibrierte tief in meinem Bauch, und der Bogen strich über meine Haut. Es fing an zu regnen, Graupel prasselte aufs Blech. Vom Dach eines Kangoo schrie eine verirrte Möwe. Ich schlief ein.

Als die Tür aufging, schreckte ich hoch, das Herz schlug mir bis zum Hals. Combe setzte sich ans Steuer. Ohne ein Wort zu sagen, fuhr er los. Vom Parkplatz bis zur Autobahn machte er den Mund nicht auf, außer um sich drei Fluppen nacheinander anzustecken, die er im randvollen Aschenbecher ausdrückte. Mit einer jähen Geste machte er das Radio aus, und man hörte nur noch den Motor und das Schleifen der Scheibenwischer, das leise Zischen der Reifen auf dem nassen Asphalt.

»Und?«

»Und nichts«, sagte er gereizt. »Ich konnte nicht. Das bringt nichts. Das ist alles Quatsch.«

Er schlug mit der flachen Hand aufs Lenkrad, wir scherten leicht aus, aber er fing sich gleich wieder.

»Was soll sie überhaupt mit mir anfangen? Sie ist bisher sehr gut ohne mich ausgekommen, und ich sehe nicht, warum sich das ändern sollte, Scheiße noch mal.«

Er fuhr zu schnell und versuchte, sich zu beruhigen, indem er tief Luft holte.

»Es tut mir leid. Ich weiß nicht, warum ich Sie mit meinen Geschichten belästige. Sie haben schon genug an Ihren eigenen, verdammt.«

»Schon gut«, antwortete ich. »Immerhin hab ich einen echten Boxkampf gesehen …«

Wir näherten uns der Rance, der Rauhreif bedeckte die Straßen mit einem blassgrauen Laken, alles war ruhig, das Gewerbegebiet und der Parkplatz von Carrefour, auf dem drei Mofas herumkurvten, McDonald's, wo ein paar Einzelgänger zu Abend aßen. Die meisten Häuser waren dunkel, obwohl es noch gar nicht so spät war, sie erschauerten unter den winterlichen Böen. Er blieb vor unserem Haus stehen. Alles war erleuchtet. Ich schlug ihm vor, auf ein Glas hereinzukommen, aber er lehnte ab. Durchs Fenster sah ich Justine, sie hütete die Kinder, die noch nicht im Bett zu sein schienen. Ich schaute auf die Uhr, es war bald elf, aber das machte nichts. Schließlich waren Ferien.

»Wie geht's der Kleinen?«

»Es geht. Zurzeit wohnt sie bei einer Freundin.«

»Ist sie nicht bei ihrer Mutter?«

»Sie will nicht dorthin zurück. Sie versteht sich nicht besonders mit ihrem Stiefvater.«

»Der berühmte Johnny.«

»Kennen Sie ihn?«

»Nur so. Ein Arsch.«

»Den Eindruck hab ich auch.«

Ich setzte einen Fuß auf die Straße. Manon drückte oben an ihrem Fenster die Nase an die Scheibe, sie winkte mir zu und ich winkte zurück, der Regen fühlte sich an wie lauter feine Nadeln.

»Anderen.«

»Ja?«

»Hören Sie, ich wollte Sie damit nicht belästigen, aber während wir das Mädchen suchten, musste ich ein paar Dinge überprüfen, die Sie angehen.«

»Ich höre.«

»Sie bauen Mist, alter Freund. Sie können nicht einfach weiter Fahrstunden geben. Entweder Sie verschaffen sich eine Zulassung. Oder Sie hören auf. Ich gebe Ihnen zwei Monate.«

»Okay«.

Ich stieg aus, er ließ seine Scheibe runter.

»Nehmen Sie es mir nicht übel. Normalerweise hätte ich den Laden Ihres Bruders schon dichtmachen müssen …«

»Kein Problem, Inspektor.«

»Verdammt, nennen Sie mich nicht so.«

»Wie soll ich Sie nennen?«

»José …«

»Kein Problem, José.«

»Wird's gehen?«

»Es wird gehen.«

Mir fiel keine bessere Antwort ein. Es würde gehen, wir würden zusehen, dass es ginge, das war meine Devise geworden, und ich gewöhnte mich allmählich daran, jeden Tag, den Gott werden ließ, blickte ich zum Himmel und fragte mich, was heute wieder kommen könnte, ich betete, es möge nur nicht allzu schlimm sein und es möge die Kinder verschonen. Im Wohnzimmer blinkten die Lichterketten, laut ertönte *Le Roi des papas*, und auf den Tischen lagen jede Menge noch nicht fertiger Bilder.

»Ist es gut gelaufen?«, fragte ich Justine.

»Super«, antwortete sie mit einem umwerfenden Lächeln.

Ich war völlig fertig. Ich ließ mich aufs Sofa fallen,

während sie ihren Mantel anzog. Die Kinder kamen zu mir, und wir schliefen zusammen vor dem Weihnachtsbaum ein, ab und zu blinzelte ich, um verschwommen die Lichter zu sehen. Wie als ich klein war. Manon und Clément machten es genauso, wir ließen uns einlullen von dem orangefarbenen, grünen, lila Schimmer, dem Geruch nach Mandarinen und Wald, dem Glitzern der Kugeln und dem Geräusch des Regens. Ich weiß nicht, wie wir die ganze Nacht durchgehalten haben, aber wir schliefen bis zum Morgengrauen, angezogen und aneinandergepresst. Wir klammerten uns fest wie auf einem Floß.

Das Telefon weckte uns. Ich ließ mich so auf den Boden gleiten, dass die Kinder auf dem Sofa ungestört blieben. Sie drehten sich gleichzeitig zur Rückenlehne und schliefen weiter. Combe wollte mich sehen, es war dringend.

Ich fuhr zu schnell, aber das hatte nichts zu bedeuten. Ich fuhr immer zu schnell. Am Steuer schweiften meine Gedanken ab, und wenn mein Blick zufällig auf den Tacho fiel, zeigte er 170. Sarah hatte oft wegen der Kinder gemotzt, meine Eltern waren schon bei einem Autounfall gestorben, das reichte doch, oder? Ich fuhr langsamer, bis zur nächsten Geistesabwesenheit. Bei Le Mans hielt ich an, trank einen widerlichen Kaffee in einer Tankstelle, aber ich durfte nicht einschlafen. Ich rief Alex an, alles lief gut, die Kinder hatten sich angezogen und frühstückten, ich brauchte mir keine Sorgen zu machen, Nadine und er würden sich gut um sie kümmern. Ich hatte sie am Vorabend zu ihnen gebracht, weil ich im Morgengrauen losfahren wollte. Alex war überrascht gewesen.

»Was machst du in Paris?«

»Ich treffe einen Produzenten.«

»Hast du wieder angefangen zu schreiben?«

»Nein. Nicht direkt. Er hat ein Projekt für mich. Einen Auftrag.«

»Worum geht's?«

»Die letzten Tage von Nino Ferrer.«

»Na toll, das passt ja.«

»Deshalb haben sie an mich gedacht …«

»Gut, und wann kommst du wieder?«

»Am 24. abends.«

»Mach keinen Scheiß! Denk an die Kinder.«

»Was glaubst du, was ich Tag und Nacht tue?«

»Entschuldige. Der Laden ist jedenfalls bis zum Ersten geschlossen. Nadine freut sich, wie du dir denken kannst … Ansonsten hab ich eine gute Nachricht.«

»Schieß los.«

»Nadine und ihr Typ, das ist vorbei.«

»Woher weißt du das?«

»Ich weiß es.«

»Nicht schlecht, Alter. Man kann sagen, du hast noch mal Glück gehabt.«

»Hm, ja, das kann man so sagen.«

Ich fuhr weiter, es war fast Tag, ein milchiger Nebel hing über den Feldern und in den Tälern, schon bald würde die Île-de-France kommen, und alles würde trübselig und flach werden, nicht enden wollendes braunes Land. Ich legte das letzte Album von Johnny Cash auf, er sang mit einem Fuß im Grab, seine Stimme hauchte nur noch. Ich hatte Watte im Kopf, die warme Heizungsluft blies mir ins Gesicht, das Auto fuhr ganz von selbst auf der leeren Autobahn, ab und zu riss ich mich zusammen, als hätte man mir eine Ohrfeige verpasst. So erreichte ich die Umgebung von Paris. Ich war mittags verabredet, es war noch nicht zehn, ich beschloss, bei uns vorbeizufahren. Natürlich hatte das überhaupt keinen Sinn, natürlich war es zu früh, als dass die Dinge sich mir anders hätten darstellen können, natürlich war alles dasselbe und ganz und gar vertraut, die Straßen, die Wohnblocks und die Hochhäuser, die ihren Schatten auf den Garten warfen. Die neuen Besitzer hatten den Rasen gemäht, das Gestrüpp geschnitten, aber im Grunde hatte sich nichts verändert. Es war nur ein bisschen sauberer. Und trister. Ich traf zwei, drei Nachbarn, sie fragten sich, was ich hier suchte, und ich mich auch. Natürlich hatten wir uns nicht viel zu sagen. Die Kinder, das ging so, und die Schule, immer dasselbe, man musste sie antreiben, aber man fand sich damit ab, und ansonsten, wie ist es in der Bretagne, ist das Meer schön, regnet es nicht zu viel? Doch es tat mir gut, alles intakt vorzufinden, es war wie ein Beweis, es hatte sich wirklich etwas ereignet, ich hatte nicht geträumt. Das vorige Leben, das ruhige Leben, das gute, einfache, bescheidene Leben mit seinen kleinen Freuden, das Ermüdende der Arbeit der Kinder der vergehenden Zeit, aber das war auch schon alles, Puzzles legen auf dem Teppich, zusammen einen Zeichentrickfilm anschauen, Sarah in den Nacken küssen, sie duschen hören, ein Bier im Sommer Erdnüsse auf dem Liegestuhl bei den Hortensien, vögeln umschlungen schlafen lesen den Kopf auf ihrem Bauch, sie morgens gehen sehen und im stillen ruhigen Haus zurückbleiben. Die Zeitung lesen, etwas trinken, Zigaretten rauchen. Einen Blick auf den Himmel werfen. Vom Meer träumen. Im Frühjahr ein paar Tage hinfahren, im Sommer noch ein paar Tage, wie süß war das Leben in Salz und Sand. Und dann ab und zu, wenn netterweise Geld hereinkam, abhauen nach Prag, Barcelona, Lissabon oder Rom. Es war kurz vor Weihnachten, Sarah mit Clément an der Hand in den römischen Gässchen, Manon in ihrem Bauch, auf der Piazza Navona streichelte uns ein sanfter Wind, die Heliumballons hoben sich grell vom Himmel ab, der Kleine schoss mit der Seifenblasen-Pistole auf Passanten, es machte einen Höllenlärm, Lichter blinkten in der Nacht, an der Stirnseite von Santa Maria di Trastevere funkelte ein Christus.

Paris war in schmutziges Licht getaucht. Erst bei Einbruch der Dunkelheit, wenn die Weihnachtsbeleuchtung anging, würde man etwas Wärme finden. Ich ging durch die Eingangshalle, überall salutierende Typen in Uniform, ich fragte sie nach dem Weg, es war ein verfluchtes Labyrinth von Fluren und Treppen.

»Guten Tag, ich bin mit Monsieur Galland verabredet.«

»Sie sind?«

»Paul Anderen.«

»Gut. Gedulden Sie sich einen Augenblick, er wird Sie gleich empfangen.«

Schon an Combes Stimme hatte ich gehört, dass es um Sarah ging. Er hatte lange um den Brei herumgeredet, bevor er mir die Fakten darlegte. Man hatte den Mann geschnappt, der Justine überfallen hatte. Er hatte drei Morde gestanden, lauter Frauen, die Leichen hatte er vergraben. Man hatte sie ausgegraben, und eine von ihnen könnte die meiner Frau sein. Die Orte, die Daten, alles passte. Ich war aufgestanden und gegangen, ohne die Fortsetzung abzuwarten.

»Wohin gehen Sie?«, hatte er gebrüllt und war mir durch die Flure nachgelaufen.

Galland bat mich in sein Büro. Meine Schläfen pochten. Er war ein schmaler, knochiger Typ mit kurzgeschorenem Haar und kleiner rechteckiger Brille. Vor ihm stapelten sich Umschläge und Akten. Ich erkannte Sarahs Röntgenbilder, Gesamtaufnahmen der Zähne und diverse Brüche, in den Tagen nach ihrem Verschwinden hatte man gesagt, man würde sie für alle Fälle behalten, das hatte mich wahnsinnig gemacht, einerseits schienen alle drauf zu pfeifen, und andererseits rechnete man kühl damit, dass die Bilder noch nützlich werden könnten. Und jetzt war es so weit. Sie wurden nützlich. Ich dachte, ich falle in Ohnmacht oder löse mich an Ort und Stelle auf, verliere die Form wie dieser seltsame Sand, der trocken und fließend wird, sobald man ihn aus dem Wasser holt. Der Typ redete leise und monoton. In wenigen Worten fasste er den aktuellen Stand zusammen: Der Körper, den man gefunden hatte, wies dieselben Merkmale auf wie der Sarahs, Alter Größe Knochenbau

Implantate Kronen Zahnabdrücke, konnte ich ihm folgen? Er stand auf und ging mir voraus in einen kahlen Raum. Auf einem großen Tisch lagen Sarahs Uhr, ihr orangefarbener Rock ihre grüne Bluse ihr beiger Regenmantel, alles fleckig, mit Erde beschmutzt und mit Zetteln versehen. Ich kotzte ihm vor die Füße, es schoss in einem weißlichen Strahl aus mir heraus, ich konnte es nicht zurückhalten, um mich drehte sich alles. Er nahm mich am Arm und führte mich in sein Büro. Sein Assistent setzte mich auf einen Stuhl und reichte mir ein Glas Wasser.

Den Leichnam zeigte man mir nicht. Sie hatten genug Beweise. Ich bat sie, so lang wie möglich zu warten, bevor sie an die Presse gingen, damit ich es den Kindern beibringen konnte. Die beiden anderen Frauen mussten noch identifiziert werden, sie konnten mir aber nichts garantieren, ein paar Tage höchstens. Ich gab ihnen zu verstehen, sie könnten mir den Buckel runterrutschen, unterschrieb die Papiere und verpisste mich. Draußen war Nachmittag, aber ich hatte das Gefühl, in eine tiefe Nacht einzudringen. Ich habe keine Ahnung mehr, was dann geschah, ich irrte durch Straßen ohne Anfang und Ende, ich hätte gewünscht, eine führte zum Meer. Um mich herum ragte alles senkrecht auf, die Wohnblöcke kratzten am grauen Filz des Himmels, Autos fuhren weiß Gott wohin, und all die Leute, wer waren sie wohin liefen sie, es war mir schleierhaft. Ich wusste auch nicht mehr, wo ich mein Auto gelassen hatte. Es war grauenhaft kalt, an den Seinekais legte ich mich hin und übergab mich wieder. Ich glaube, ich habe ein wenig geschlafen. Ich kann mich kaum erinnern. Oder nur an das Brummen in meinem Schädel, an die Stiche in meinem Bauch und an meine Kehle, die sich weigerte, den Sauerstoff rein- und rauszulassen. Ich weiß nicht mehr, wo oder mit wem ich an diesem Abend geschlafen habe. Ich weiß gar nichts mehr. Ich bin in einem Bett aufgewacht, ich weiß nicht, was ich da tat. Das Hotel war dreckig, die Tapete hing in Fetzen von den Wänden. Als ich aufstand, sah ich unter dem Bett eine Horde Kakerlaken auseinanderstieben. Aus den schmutzigen Hähnen kam gelbliches Wasser, ich ließ es über mein Gesicht laufen, dann über meinen Körper, blieb lang unter dem eisigen Strahl. Danach ging ich in den grauen Morgen hinaus und suchte ganz Paris nach meinem Auto ab. Es stand da, wo ich es geparkt hatte, ein Strafzettel klemmte an der Windschutzscheibe. Ein feiner Regen schien vom Asphalt aufzusteigen.

Auf der anderen Seite der Straße hatte das Meer den Sand auf einen schmalen Halbmond reduziert, die Segelboote schwankten, man fürchtete immer, sie könnten aneinanderstoßen, aber das würde nie geschehen. Die Altstadt versank in der Ferne, die Fähre schien doppelt so groß zu sein wie sie. Im Haus meines Bruders war niemand. Sie waren ausgegangen, und das war besser so, ich hatte gebetet, sie sollten nicht da sein, vier Stunden war ich gefahren, benommen vor Müdigkeit und Kummer, in meinem Kopf hatte sich kein Gedanke formen können, ich stand unter Schock, seine dumpfe Wucht walzte mich erbarmungslos nieder. Ich stellte mir vor, wie die Kinder mit Alex und Nadine über den Jahrmarkt gingen, und das tat mir gut. Am Strand liefen sie hinter einem Ball her. Oder schoben ihren Einkaufswagen durch die Gänge des Supermarkts, morgen war Weihnachten, sie würden ihn mit Süßigkeiten und getrockneten Früchten, Marzipan und Kastanien füllen. Ich kroch aus dem Auto und stieg über das Törchen. Die Fenster waren mit weißer Farbe bedeckt, Clément hatte einen Weihnachtsmann, einen Schlitten und Berge gemalt, Manon Tannen und schleifengeschmückte Päckchen. Ich ging ums Haus herum, von dem kleinen Garten aus hörte man wieder die Boote, auf den Kais verbrachten Männer ihre Samstage damit, sie zu schrubben zu polieren zu streichen, sie bastelten an ihren Motoren, bauten neues Zubehör ein, man fragte sich, ob sie nicht mehr Zeit an Land verbrachten als mit ihren Booten auf dem Meer. Alex' Kajak lag im Gras, das vom morgendlichen Frost leicht bereift war. Rechts hatte der Wind den Efeu von der Steinmauer gelöst und winzige Stückchen Mörtel mit abgerissen. Ich suchte im tadellos aufgeräumten Schuppen, Schraubenzieher und Schlüssel nach Größe geordnet, funkelnde Bohrmaschine in ihrem verschlossenen Koffer, Gartenscheren Heckenscheren Hippen an der Wand aufgehängt. Der Dachträger stand auf dem Boden, man musste die Fahrräder beiseitestellen, um dranzukommen, ich zerrte ihn zum Auto und montierte ihn. Alle drei Sekunden drehte ich mich um wie ein Kind, das etwas anstellt und Angst hat, erwischt zu werden. Dann zog ich den Kajak aus dem Garten auf den Gehweg und wuchtete ihn auf den Dachträger, er wog kaum 30 Kilo, aber meine Arme brannten, ich ließ ihn fallen, und das orangefarbene Plastiktrumm krachte auf den Asphalt. Nach zwei weiteren Anläufen schaffte ich es schließlich. Ich fuhr zur Halbinsel. Es war kalt und trocken, richtiges Winterwetter, der Himmel blitzblank und klar, das Meer eine gleißende Fläche, in der Ferne verlor es sich in lavendelblauem Nebel. Ein Pferd trabte an mir vorbei, der Reiter saß sehr aufrecht und grüßte mit einer Handbewegung. Ich lag neben dem Kajak und trank den Rest des Whiskys, den ich am Abend zuvor gekauft hatte. Ich schloss die Augen, die frische Luft strömte in meine Lungen, die Sonne kitzelte meine linke Wange, ich spürte, wie sie sich rötete. Mit einer Hand strich ich über das Plastikboot, das sich auch langsam erwärmte, mit der anderen grub ich im eiskalten Sand, ich hatte ihn überall, im Nacken im Haar in den Socken. Ich hörte Hufgetrappel, das Tier galoppierte auf die Landspitze zu, dann machte es kehrt. Als es wieder vorbeilief, öffnete ich kaum die Augen. Es trabte davon, ich schlief ein, die Ebbe nahm das Wasser mit.

Als ich erwachte, lagen gut drei Meter zwischen mir und dem Kajak, meine Hände fuhren durch den Strandhafer wie durchs Haar eines Riesen. Der Strand war verlassen und frostig, in rosafarbenes Licht getaucht. Ich zog das Boot ins

Wasser, ich musste bis über die Knie hinein, ich hatte das Gefühl, die Beine fallen mir ab. Sie blieben die ganze Zeit taub. Ich paddelte, die kalte Luft kratzte mich im Hals, Arme Oberkörper Schultern, alles glühte schmerzhaft. Meine Ohren und meine Hände wurden zu Eis, mein Blut erstarrte. Die Insel in der Ferne schien mit jedem Paddelschlag vor mir zurückzuweichen, vom Strand aus glaubte man sie mit dem Finger berühren zu können, aber im Gewoge der Fluten wurde sie unerreichbar. Die Sonne spiegelte sich in Lachen flüssigen Silbers, die Vögel flogen in weiten Bögen um mich herum, ihre durchdringenden Schreie zerrissen mir das Trommelfell, mir schwirrte der Kopf, aber der Kajak glitt über das Wasser wie über ein Meer aus Eis, flitzte in glatten, berauschenden Schwüngen dahin. Die Inselchen zeichneten sich als zahnlose Hindernisse ab, im Westen steckte die Sonne Fréhel in Brand. Abgestufte Farbtöne lagen in regelmäßigen Streifen übereinander, die ganze Palette von weiß bis lila, eine unwahrscheinliche Farborgie. Neben mir schossen Basstölpel über das Wasser, mit ausgestreckter Hand hätte ich sie spüren, ihre nassen Federn streifen können. Ich passierte eine Klippe, von ihrer Spitze herab beäugte mich ein Kormoran, mit ein paar Flügelschlägen kam er näher, stürzte sich dann ins Wasser, um ein paar Meter weiter mit einem Fisch im Schnabel wieder aufzutauchen. Ich hatte noch nicht die Hälfte der Strecke zurückgelegt und war am Ende meiner Kraft, die Sonne stand schon tief. Ich machte eine Pause, ausgestreckt auf dem Boot, das Paddel neben mir, den Blick mit klarem Kopf gen Himmel gerichtet, dann schloss ich die Augen, und alles begann zu schwanken. Ich überließ mich der Bewegung des Wassers, wurde eins mit dem Schlingern, spürte meinen Körper nicht mehr. Da erschien mir Sarah, ruhig, friedlich, ein gütiges Licht in der Finsternis, ein Kerzenschein im Aschgrau. Es war, als käme sie direkt aus dem Himmel, ich folgte ihr durch die Straßen einer unbekannten Stadt, ihr orangefarbener Rock sah unter ihrem beigen Regenmantel hervor, ich starrte auf ihre weißen Knöchel, auf den Schwung der Waden, die Gasse führte zum Meer hinunter, schlängelte sich an gekachelten Fassaden entlang, Glyzinien wucherten über die Mauern, sie drehte sich um, ihr Gesicht war sehr rein und ausgeruht, sie hauchte mir einen Kuss zu, bevor sie verschwand. Ich schlug die Augen auf, und sie war da, mit nackten Schultern und beinahe entblößtem Busen beugte sie sich über mich, sie zog ihre rote Seidenbluse aus und suchte mit ihrer Zunge meinen Mund, ich spürte das zarte Gewicht ihrer Brüste auf meinem Oberkörper, mit der Hand knöpfte sie meine Jeans auf, nahm meinen Schwanz und führte ihn in ihre feuchte Höhle. Ich hörte die Vögel schreien, aber ich sah nur noch sie, ihre Augen ihren Mund ihre Schultern ihre Brüste, mich durchfuhr ein heller, glänzender Strahl, ein stechender Blitz. Danach gab es nur noch den dunklen Samt der Nacht mit den Stecknadelköpfen der Sterne. Der Kajak trieb in den Wellen, die Temperatur sank unablässig, ich klapperte mit den Zähnen und spürte meine Glieder nicht mehr. Ich begann wieder zu paddeln, unter dem Boot wogte das Meer, bebend und muskulös, hart wie eine Kruste. Die Insel in der Ferne war kaum zu erkennen, ein flacher Schatten. Schließlich kam ich ans Ufer, der Mond schien auf den harten Sand. Ich legte mich hin, ein zusammengerolltes Bündel, meine Finger wühlten sich in die Muschelscherben, und Sarah ging mir keinen Augenblick aus dem Sinn. Ihre Art, sich die Strähnen aus dem Gesicht zu blasen, einen Träger hochzustreifen, fast ganz im Badewasser zu verschwinden, so dass nur noch ihre Brüste hervorschauten. Ihre Stimme, wenn sie den Kindern Geschichten erzählte, ihre Telefonate, während sie Mittagsschlaf machten, die Eiswürfel, mit denen sie sich sommers im Garten die Stirn kühlte, die Bücher, die sie unter dem Kirschbaum verschlang, auf der alten Decke liegend, mit der Brille auf der Nase und einem Grashalm im Mund. Ihr immer eiliger Gang, wenn ich sie auf der Straße sah, ohne dass sie mich bemerkte, ihr stets besorgtes Gesicht, die gerunzelte Stirn und die Augen, die sie zusammenkniff, wenn sie an ihren Mentholzigaretten zog, und die ganz geschlossen waren, wenn ich mit ihr schlief und ihr Mund zu flehen und nach Luft zu ringen schien. Steif vor Kälte und benommen von Müdigkeit schlief ich ein.

Als ich erwachte, hatte sich das Meer zurückgezogen, der Morgen graute noch kaum, der Kajak war nur ein Schatten und trieb langsam in südlicher Richtung. Die Flut hatte ihn mitgenommen, er schaukelte leicht, in ein paar Stunden würde man ihn irgendwo am Strand wiederfinden. Ich versuchte aufzustehen. Meine Stirn war heiß, ich zitterte an allen Gliedern, im übrigen bestand ich nur noch aus Eis. Der heraufdämmernde Tag drehte sich um mich und ließ die Landschaft torkeln. Ich griff zu meinem Telefon und wählte den Notruf, dann hatte ich das Gefühl zu fallen, in einen bodenlosen Abgrund zu stürzen, nichts würde mich aufhalten. Danach wurde alles ganz irreal, das Schiff draußen auf dem Meer und die beiden Typen im Schlauchboot, die mich aufhoben und mitnahmen, die Rettungsdecke und die Fragen, die ich nur wie von fern hörte, und meine wattigen Antworten, die vom Brausen des Meeres übertönt wurden. Der Krankenwagen und die Flure der Klinik, das Aspirin und die Glukoselösung, die in meine Venen lief, die Berge von Wolle, unter denen ich begraben war, alle drei

Minuten kam eine Krankenschwester, die ich im Halbschlaf nur unscharf sah, und maß meine Temperatur. Ich brauchte drei Stunden, um wieder zu mir zu kommen, ein Polizist bombardierte mich mit Fragen, und alle waren wütend, ob ich denn glaubte, sie hätten nichts Besseres zu tun an so einem Tag ... Ich schaute auf die Uhr, es war beinahe Nacht, die Kinder würden auf mich warten und sich Sorgen machen. Ich stand auf, zog meine noch nassen Kleider an und ging quer durchs Krankenhaus, Zimmer 224 war das von Élise, ich trat ein, aber ihr Bett war leer und ringsum nicht die geringste Spur von irgendwem. Ich traf eine Krankenschwester, ich fragte sie, ob Élise nach Hause gegangen sei, sie verzog betrübt den Mund, und ich begriff: Élise war gestorben. Ich marschierte bis zum Auto und raste in die Altstadt. Bei Jules kaufte ich mir neue Klamotten und behielt sie gleich an. Die Verkäufer schauten entgeistert. Ich bat sie um eine Tüte für meine triefenden Sachen, im Spiegel war ich leichenblass, ich hatte Schüttelfrost und sah mit meinen fieberglänzenden Augen aus wie ein Irrer. Dennoch machte ich noch die Runde durch die Spielwarenläden, es war nicht mehr viel übrig, ich kaufte drauflos, fliegende Hitze folgte auf kalten Schweiß, eine Verkäuferin bot mir einen Stuhl an. Ich stopfte alles in den Kofferraum und parkte ein paar Meter vom Haus entfernt. Der Weihnachtsbaum blinkte und erleuchtete das Fenster, die Malereien erschienen und verschwanden wieder. Ich verstellte den Sitz, drehte die Heizung auf und schlief ein oder zwei Stunden. Als ich das Wohnzimmer betrat, stürzten sich die Kinder auf mich, Alex warf mir einen wütenden und zugleich erleichterten Blick zu, was ich denn nun wieder angestellt hätte, sie hätten geglaubt, ich würde nie mehr kommen. Ich zog den Champagner aus meiner Tüte, Nadine umarmte mich.

Manon fand sie in ihrem schwarzen Samtkleid und mit ihrem Schmuck wunderschön, und sie hatte nicht so unrecht. Alex sah auch nicht schlecht aus, er trug ein weißes Hemd zur schwarzen Hose und hatte sich die wenigen Haare, die ihm noch blieben, schneiden lassen, das verjüngte ihn um fünf bis zehn Jahre.

»Hilf mir mal mit den Austern.«

Die Kinder machten sich wieder dran, Datteln mit blauem gelbem rosa Marzipan zu füllen. Im Wohnzimmer erklangen Weihnachtslieder, unter dem Baum war eine große Krippe aus Papier aufgebaut, der Ochs der Esel Maria Josef und die drei Könige hatten sich um das Kindlein im Stroh versammelt.

»Ich wusste nicht, dass ihr so gläubig seid«, sagte ich.

Alex zuckte mit den Schultern, ich folgte ihm in die Küche, eine Pute brutzelte im Ofen, und auf dem Tisch wartete die Gänseleberpastete darauf, in Scheiben geschnitten zu werden.

»Dein Sohn hat die Krippe verlangt, stell dir vor. Wir haben ein bisschen diskutiert, er und ich, nun ja, du solltest darauf achten, was er liest.«

»Wieso das?«

»Er weiß Bescheid. Das Paradies, die Jungfrau Maria, Unser Vater der du bist im Himmel und der ganze Quatsch … Wusstest du das nicht?«

Er reichte mir das Messer und ich nahm eine Auster in die hohle Hand. Mit dem Kinn wies er auf einen gelben Schutzhandschuh. Er trug einen blauen, aber ich hatte diese Dinger immer verabscheut.

»Willst du dir vielleicht lieber die Hand kaputtmachen? Weihnachten in der Notaufnahme, nein danke.«

»Mal langsam. Das ist mir ein einziges Mal passiert.

Seither hab ich Tausende aufgemacht, und es ist nie wieder vorgekommen.«

»Zeig deine Hände.«

Sie sprachen nicht gerade für mich, Dutzende kleine Verletzungen überall, manche kaum ein paar Tage alt.

»Du hast ja eiskalte Pfoten.«

Mit einer väterlichen Geste fasste er mir an die Stirn, berührte meine Schläfen.

»Du bist eisig, Alter. Ist es in Paris so kalt?«

Ich sagte nichts, ich schlürfte das graue, mit Zitrone beträufelte Fleisch und machte mich wieder an die Arbeit. Alex war nie sehr geschickt gewesen, normalerweise meckerte er während der ganzen Aktion, aber diesmal nicht, er sang oder pfiff, je nachdem.

»Du bist ja ausgesprochen fröhlich. Weil Weihnachten ist?«

Er warf mir einen rätselhaften, ungewohnt verschmitzten Blick zu, bevor er eine letzte Auster auf die Platte legte und sie ins Wohnzimmer trug.

»Auf zum Aperitif ...«

Am Tisch waren die Kinder schon bei ihrem dritten Glas Champomy und leerten ganze Schüsseln mit Erdnüssen und Cocktailwürstchen. Alex machte den Champagner auf, und Nadine rutschte seltsam auf ihrem Stuhl hin und her, sie konnte nicht stillsitzen. Wir stießen auf den Weihnachtsmann und die Geschenke an, Manon wollte so tun, als glaubte sie noch an ihn, und war schon ungeduldig, es war Nacht, sie wollte schlafen gehen, sie behauptete, Glocken zu hören, aber es war nur das Klirren der Segelboote. Wir tranken alle einen Schluck, dann ergriff Nadine feierlich das Wort.

»Alex und ich müssen euch was sagen.«

Ich sah die beiden an, sie schauten, als müsste ich die Fortsetzung erraten, mein Gehirn war aufgeweicht, mein Blick trübe, mir gingen alle möglichen Gedanken durch den Schädel, aber ich kriegte sie nicht auf die Reihe, konnte nichts mit ihnen anfangen. Ich konnte nur versuchen, inmitten der Engelsstimmen und Lichter durchzuhalten und meine Tränen zu unterdrücken.

»Errätst du es nicht? Ich erwarte ein Baby.«

Beide hatten sie glänzende Augen, sie waren so schön anzusehen, ich umarmte sie fest, zuerst schienen sie überrascht, aber dann ließen sie es geschehen. Die Kinder kamen auch dazu, einen Augenblick blieben wir alle aneinandergedrängt, unsere Gesichter, unsere Haare berührten sich, es war wie ein Gebet, in dem das kommende Kind und die Erinnerung an Sarah sich vermischten, ich zerfloss in Tränen, plötzlich hatte ich das Gefühl, mich von etwas zu befreien, noch waren die Worte nicht über meine Lippen gekommen, aber die Gesten waren dieselben.

Überwältigt setzten wir uns wieder und schlürften unsere Austern. Das ganze Essen verlief in einer Atmosphäre seltsamer, unpassender Freude, aber es war auch gut so, die Kinder strahlten eine Sorglosigkeit aus, die ich seit einer Ewigkeit nicht mehr an ihnen erlebt hatte, sie hatten nur Weihnachten und ihre zukünftige Cousine im Kopf. Manon war überzeugt, es würde ein Mädchen und sie würde sich um sie kümmern wie um ihre eigene Schwester. Ich dachte, es ist verrückt, wie das Leben uns manchmal durch eine Geburt wieder in seinen unausweichlichen Lauf einbeziehen, uns weitertragen kann, ohne dass wir uns wirklich dagegen wehren können. Natürlich täuschte ich mich gründlich, natürlich war ich vernichtet, aber irgendwie schien mir an diesem Abend in der weihnachtlichen Wärme, mit dem

Glück, in dem Nadine und Alex schwammen, mit dem Glitzern der Lichterketten und dem Tannengeruch, wieder eine Zukunft möglich zu werden. Eine unerträgliche Unklarheit und Ungewissheit war beseitigt. Die Kinder wussten es noch nicht und ich eigentlich auch nicht, aber nun würden wir uns nicht mehr im Kreis drehen und mit offenem Mund und zum Himmel gerichtetem Blick ziellos umherirren, auf der Suche nach Antworten. Ein neuer Abschnitt würde beginnen: Wir würden versuchen, mit der offenen Wunde zu leben, so unvorstellbar es auch war. Ja. So sah ich die Dinge in diesem Augenblick. Doch die Wahrheit war viel einfacher und brutaler. Ich hatte es noch nicht begriffen. Zwar hatte ich ihre Kleider gesehen, aber ich hatte es noch nicht begriffen. Ich wusste, was passiert war, aber all das blieb abstrakt und unwirklich. Ich hatte eben doch noch nichts gesehen.

Nadine hatte einen Dreikönigskuchen gebacken, vierzehn Tage zu früh, Manon versteckte sich unter dem Tisch und verlangte, dass er in sechs Stücke geschnitten wurde. Kurz dachte ich, sie wollte eines für ihre Mutter reservieren, und der Gedanke bestürzte mich, aber das war es nicht, als die Kuchenstücke verteilt wurden, nannte sie zweimal Nadines Namen, sie meinte, Nadine müsste jetzt für zwei essen, von allem müsste immer ein Teil dem Baby zukommen. Manon tauchte wieder auf und fand das Figürchen in ihrem Stück. Ich wurde ihr König und verbrachte den Rest der Nacht mit meiner Krone auf dem Kopf.

Nach dem Essen gingen die Kleinen nach oben, und ich ermahnte sie, die Lichter auszumachen, der Weihnachtsmann käme nur, wenn sie tief und fest schliefen. Manon und Clément spielten das Spiel erstaunlich überzeugend: Sie redeten nur noch leise und spähten durch den Vorhangschlitz, ob nicht ein verschneiter Schlitten oder ein Rentier zu sehen wäre. Alex und ich legten die Geschenke unter die Tanne, auf dem Tisch hatten die Kinder heißen Kakao für den alten Santa Claus und zwei Möhren für seine Tiere bereitgestellt. Nadine ließ beides verschwinden, und ich läutete an der Tür. Alex fragte mich mit dröhnender Stimme, ob die Kinder brav gewesen wären und ob sie schliefen. Ich antwortete, ja, und lud ihn ein, sich auszuruhen. Er wolle gern etwas Warmes trinken, habe aber nicht viel Zeit, er müsse noch viele Kinder besuchen. Ich schloss die Tür wieder, und die Kinder stürzten ins Wohnzimmer. Das Ritual war unveränderlich und ging auf unsere Kindheit zurück, Papa verstellte die Stimme und sprach als Weihnachtsmann mit unserem Onkel, während wir oben in unserem dunklen Zimmer, unter den Decken versteckt, vor Lachen platzten. Auch Manon und Clément waren mit Geschenken beladen, Manon hatte jede Menge Bilder gemalt und für Nadine Ketten aufgefädelt, Clément hatte seine Sparbüchse geplündert, um für uns Kerzen, Räucherstäbchen und ein kleines Armband zu kaufen. Ich fragte mich, wo und wann er das alles besorgt hatte, es uns zu schenken, schien ihn genauso glücklich zu machen wie seine eigenen Päckchen zu öffnen. Am Schluss war der ganze Teppich übersät von Spielsachen DVDs Videospielen und zerrissenem Geschenkpapier. Unter dem Baum standen nur noch unsere Schuhe, und etwas abseits lagen noch ein Bild und eine von Manon gebastelte Kette. Ich schaute mich nach ihr um, sie frisierte ihre Dornröschen-Barbie.

»Für wen ist das hier?«

»Für Mama. Wenn sie wiederkommt.«

Sie sagte das so natürlich, es schien für sie so selbstverständlich zu sein, ich küsste sie aufs Haar und ging hinaus, es zerriss mir das Herz. Draußen war die Nacht nicht kälter als der Tag, so dass mir die Luft fast milder vorkam. Ich ging ein paar Schritte auf der Promenade, es war Hochwasser, vom Jachthafen aus konnte man nicht sagen, wie das Meer beschaffen war, es konnte weiter draußen toben und hier ganz ruhig sein. Ich setzte mich auf die Stufen und steckte mir eine Zigarette an. Der Pub war geschlossen, außer mir war niemand draußen, überall brachte man die Kinder zu Bett oder ging zum Schnaps über. Alex kam mit zwei Zigarren, legte mir die Hand auf die Schulter und zog mich an sich. Dann zündete er seine Havanna an, und der erste Zug schien ihn mit unbeschreiblichem Glück zu erfüllen. Ich sah ihm zu, einen Moment lang fragte ich mich, was für ein Spiel er wohl spielte, ob ihm klar war, dass die Chancen, dass das Kind von ihm war, eins zu tausend standen, aber ich hatte keine Zeit, darüber nachzudenken.

»Ich weiß, was du denkst ...«, fing er an.

Ich drehte meine Zigarre sorgfältig, während ich sie anzündete. Ein Geruch nach Holz, Erde, Karamell und Lakritz stieg in die Luft.

»Ich bin ja nicht doof«, fuhr er fort. »Seit fünf Jahren haben wir alle Untersuchungen der Welt machen lassen. Aber was juckt mich das? Nadine wollte ein Kind. Und ich auch. Sie hat getan, was nötig war. Was ändert das?«

Seine Weisheit trieb mir die Tränen in die Augen. Ich zog an meiner San Cristobal, ein Wald von Kiefern und Heidekraut wuchs mir in Bauch und Lungen. Wir rauchten unsere Zigarren bis zur Binde, dann drückten wir sie aus, in dem Moment fingen zwei Möwen an zu schreien, einfach so. Unter den Laternen pisste ein Hund, der Mann mit grauer Pelzmütze, der ihn an der Leine hielt, wünschte uns frohe Weihnachten. Als wir zurückkamen, saßen die Kinder immer noch auf dem Teppich und sichteten ihre Geschenke. Wir tranken unseren Whisky und schauten ihnen zu, Alex gestand mir, er mache sich Sorgen um die Kleine, irgendwann müsse ich mit ihr über Sarah reden. Ich begnügte mich damit, ihm zuzustimmen, es war Weihnachten, Nadine strahlte, die Kinder spielten, im Radio sangen die Engel, um nichts in der Welt hätte ich das kaputtmachen wollen.

Kurz nach ein Uhr gingen die Kinder schlafen, Alex und Nadine eine halbe Stunde später, ich blieb allein im Wohnzimmer. Ich schaltete den Fernseher an und schlief vor einer Kirche ein, in der dicke Schwarze in dunkelbauen Gewändern Gospels heulten.

Am nächsten Tag kamen Isabelle und ihr Sohn Gaël zu uns zum Mittagessen. Sie hatten die Arme voll Geschenke, Isabelles Augen leuchteten, sie war geschminkt, frisiert, in Gold und Seide gehüllt, strahlend, witzig, gesprächig und lachte über jede Kleinigkeit. Der kahlgeschorene und muskulöse Gaël hatte Augen wie ein Wolfshund im hageren Gesicht, aber eine Stimme und Gesten von ungeheuerer Sanftheit. Die Kinder täuschten sich nicht in ihm, sie akzeptierten ihn sofort und wetteiferten den ganzen Tag um seine Aufmerksamkeit. Ich briet Jakobsmuscheln, grillte Barsche, flambierte Bananen, und in der süßen Müdigkeit der Feiertage hatten wir sie im Nu verdrückt. Nach dem Kaffee ließ ich mich aufs Sofa fallen, ich war erledigt, Isabelle gesellte sich zu mir, die Sonne beschien uns freundlich, und wir schlummerten selig, während die Kinder im Garten versuchten, ihrem neuen Idol Tore unterzujubeln. Bréhel trat ohne zu läuten ein und fand uns dösend auf dem Sofa, seine Tüten quollen über von Seemannspullis, Cabanjacken und

Fischerhemden. Gaël deckte sich ein, er hatte nur sehr wenig dabei und nicht genug anzuziehen, je mehr Tage vergingen, umso geringer wurde seine Lust, wieder in See zu stechen, er wollte seinen Aufenthalt um ein paar Wochen verlängern, Isabelle wurde zusehends jünger. Dann kam auch Justine, als ich sie sah, spürte ich meine Lungen reißen wie schlechtes Papier, ich entschuldigte mich, ich musste mich übergeben, in meinem Kopf ging alles durcheinander, aber es musste heraus, es drehte mir den Magen um, sie hier zu sehen, sie mir mit diesem Kerl vorzustellen, sie verschmolz mit Sarah, und mir kamen Bilder hoch, vergrabene gefürchtete auf Distanz gehaltene Bilder, grauenhafte Bilder der leidenden, entsetzliche Qualen ausstehenden, verstümmelten sterbenden Sarah. Als ich zurückkam, lächelte Justine mir zu, ich wich ihrem Blick aus. Sie merkte nichts, sie war mit etwas ganz anderem beschäftigt, wie sie und Gaël sich mit den Augen verschlangen, das konnte niemandem entgehen. Sie setzten sich in eine Ecke, vollkommen fasziniert voneinander, und man hörte den ganzen Nachmittag nichts mehr von ihnen. Die Kinder kamen verfroren und schmutzig von draußen. Sie nahmen sich nicht die Zeit, sich zu waschen, sondern stürzten sich gleich in eine Runde Schiffeversenken. Ich schloss die Augen. Bréhel hatte die Zeitung aufgeschlagen und kommentierte laut, was er las, Isabelle streckte sich, Justine und Gaël brachen alle drei Sekunden in Gelächter aus. In die alte orangefarbene Decke gewickelt stand ich auf und kochte Tee. Die Kinder verlangten ihren Kakao. Durch die Tür sah ich auf diese kleine Gesellschaft und betete, dass nichts sich ändern möge, dass alles so bleiben möge für die kommenden Jahrhunderte. Oder dass alles aufhören und verschwinden möge ohne Schrei und Schmerz. Aber das Schlimmste stand noch bevor.

Dies war erst der Anfang. Das Schlimmste war gewiss. Es war schon geschehen. Wir waren nicht am Ende unseres Leids. Ich wusste es. Die nächsten Tage würden die schmerzlichsten, die härtesten, die quälendsten unseres Lebens sein, und ich weiß immer noch nicht, wie wir mit all dem fertiggeworden sind, wie wir drei haben weiterleben können.

Die Milch zitterte leicht, nicht mehr lange, dann würde sie überkochen. Ich machte das Gas aus und lehnte meine Stirn ans Fenster. Der Himmel hatte sich geteilt: Eine Flut goldenen Lichts ergoss sich in den Garten, im Westen jagten schwarze und violette Wolken dahin, bald würde der Regen auf die Häuser niedergehen, sie standen Seite an Seite am Meer, aneinandergeschmiegt, von der ganzen Landmasse zum Wasser hingeschoben, an den Rand gedrängt, fragil und gefährdet, aber sie standen.